初心如磐

黄华清 —— 著

中国言实出版社

图书在版编目(CIP)数据

初心如磐 / 黄华清著 . -- 北京 : 中国言实出版社，
2024.11. -- ISBN 978-7-5171-4975-0

Ⅰ . I267

中国国家版本馆 CIP 数据核字第 20246WS157 号

初心如磐

责任编辑：王蕙子
责任校对：代青霞

出版发行：中国言实出版社

　　　　地　址：北京市朝阳区北苑路180号加利大厦5号楼105室
　　　　邮　编：100101
　　　　编辑部：北京市海淀区花园北路35号院9号楼302室
　　　　邮　编：100083
　　　　电　话：010-64924853（总编室）　010-64924716（发行部）
　　　　网　址：www.zgyscbs.cn　电子邮箱：zgyscbs@263.net

经　　销：新华书店
印　　刷：北京盛通印刷股份有限公司
版　　次：2025年1月第1版　　2025年1月第1次印刷
规　　格：710毫米×1000毫米　1/16　17.25印张
字　　数：260千字

定　　价：56.00元
书　　号：ISBN 978-7-5171-4975-0

前言

　　这是一部展现新时代人民警察风采的散文集。作者用散文的白描手法记录人民警察工作与生活，勾勒人民警察惩恶扬善、不怕流血牺牲、公正执法、无私奉献的职业道德和优良品格。

　　在和平年代，警察是高风险职业之一，也是付出心血与汗水最多的工种。

　　当万家灯火照亮街头的时候，他们仍然在工作岗位上履行职责，巡逻、蹲点守候，或者在车轮滚滚的追捕途中；当节假日人们休闲共享快乐时光的时候，他们照样坚守着岗位，为人民群众的平安奉献着青春与热血。文集中优秀人民警察大多是作者身边的同事，他们的故事都是作者采访之后撰写的文稿。

　　生命的意义需要自己发现和创造，而他们经历的点点滴滴也是需要有人去挖掘去抒写，感动的力量往往充斥整个采写的过程。为人民写作是一名有良心的作家的担当，而有担当的书写，则会激发全社会的能量。警察的人生都在为人民的利益和社会的安宁而战，无数次的挺身而出，无数次的甘心奉献，在黑暗来临的时刻，犹如一道光明，照亮人们前行的道路，成为永恒的榜样。文集中这些优秀人物，有被江西都昌县委、县政府和县公安局评定为工作典范的，有被评为全国、省、市优秀人民警察的，还有被公安部追记一等功臣的。每每听到他们获奖的消息，或者现场见到他们在庆功台领奖的身影，作者的自豪感油然而生。

"警察就是风和日丽时常常被遗忘的角落，暴风骤雨来临时用来遮风挡雨的那把伞。"警察就是一把为群众遮风挡雨的平安伞，撑开的是平安与奉献，合拢后就是警察收获的幸福。警察又是这样一个再普通不过的群体，在危难来临时那一刻，却与普通人不同，不仅流汗流血，甚至还可能付出宝贵的生命。

　　这本散文集收集的文章，是作者在不同时期所写，创作时间跨度比较大，有的长达十余年。虽然过去所写的文字现在读来有点幼稚，但作为作者记录一路走来的创作历程，以真实的文字与场景呈现不同时期的生命感悟，因此并没有刻意作大幅度的修改。

　　散文不同于小说，小说可以天马行空地虚构，而散文创作是一种非常诚恳的写作，全部来自于作者内心的真情实感。无论是写他人，还是写自己，所有的亲情友情爱情的情感表达，力求准确真实，因为只有说真话道真情才能打动人感染人。文集里每一篇文章都可见证作者真诚和勇敢的写作态度。在决定是否把那些情感文字放进来时，作者曾犹豫不决，后来想到，来人间一趟，有风和日丽，也有狂风暴雨，有经历挫折之后的反思，也有经历失败之后的感悟，那就不如跟自己的内心达成和解吧，不至于在柔软的心里留下遗憾。

　　本书分三个篇章：守初心、山河行、情意长，60 篇文章。最后附录几位友人为作者长篇小说《爱过》所写的评论，还有都昌县公安局党委委员、副局长付美桂女士对作者的印象记等。加入这些文章，从他人的视角了解警察，认识作者，那清新脱俗、犀利而不失韵味的文字，无疑是给散文集锦上添花。

　　向初心致敬！向所有人民警察致敬！愿《初心如磐》成为一首讴歌人民警察风采的赞歌。初心如磐，笃行致远，让我们踏着坚定的步伐，一路欢歌，一路前行！

2024 年 5 月 13 日

目录
CONTENTS

第一章　守初心

第二章　山河行

第三章　情意长

附录 友之韵

守初心

在心儿最柔软的地方
小心地将初心安放
时光老人
请度我为山花一朵
开在高高的山坡
以热烈，以深沉
感恩那滴滴甘霖

警察的姿态

俗话说："站有站相，坐有坐相。"意指一个人无论是站着，还是坐着，都要有一个好姿态。人的仪态、表情和风度全面反映了一个人的素质、受教育程度及能够被人信任的程度。一个人举止端庄文雅，落落大方，就能给人以深刻良好的印象。

培根说："相貌的美高于色泽的美，而优雅合适的动作美又高于相貌美，这才是美的精华。"笔者以为，要树立良好的警察形象，就要在平时养成良好的外在形态，随时注意自己的仪表，要"站如松，坐如钟，行如风"，从而把警察的风采提高到一个新的高度。

站如松，就是站着给人看上去像松树一样挺、直、高的美感。

你看那炎炎的夏季，还是寒冷的冬季，人来车往的十字路口，总能见到兢兢业业指挥交通的民警，他们笔直地站在岗位上，用一双矫健的手规范地指挥着来来往往的车辆，不仅让交通秩序井然，而且给人安全感，此外还可欣赏到他们规范执法的动作和精神焕发的身影。

一场大型的公益活动，也离不开警察的护卫。如果在这种特殊的场合，警容不整，站立轻浮，人民警察的形象就会大打折扣。在执法或维护秩序的过程中，很可能群众对你反感而不予配合。因此，我们要养成良好的站立姿势，显示出与众不同的朝气与活力，从而给群众留下良好的形象，进一步和谐警民关系。

坐如钟，就是坐姿给人以端庄、稳重的感觉，使人产生信任感。

坐姿恰当可以向对方传递信息，给交流带来方便。像我们的窗口民警，天天面对前来办事的群众，就要在平时养成良好的坐姿，与群众交流时，身体上半身应稍微前倾，背部不要靠住椅背，双手平放在桌面上，眼神要集中，特别是坐时不能高跷二郎腿，否则会让人产生高高在上或者懒散的感觉。

再说我们的刑警，在讯问犯罪嫌疑人或询问证人时，如果没有良好的坐姿，将会让对方产生不信任的感觉。坐姿端庄可以给犯罪嫌疑人以震慑、威严之感，嫌疑人在彻底信任警察之后，才愿把自己的所作所为给警察道个一干二净。良好的坐姿，恰当的审讯策略，将会给刑警以事半功倍的效果。

行如风，就是步态让人感觉朝气蓬勃、积极向上的精神状态，行走如一阵疾风，给人留下美好的印象。

如我们的巡警，接到指令赶赴现场，就要在规定的时间内完成处置任务；我们的刑警，接到群众报案，就要及时赶赴现场认真及时开展现场勘查和现场访问，条件成熟时要及时锁定犯罪嫌疑人；我们的治安警，无论是面对一触即发的械斗，还是一场大型的民事纠纷，都要像疾风一样快速赶赴现场，及时处置可能发生后果更为严重的纠纷或械斗。

笔者以为，上述只列举了交通警察、窗口警察、保卫警察、刑警、治安警察等警种的良好形象构想，仔细琢磨，其他警种也应一样，无论是站着、坐着，还是行走，都要有良好的姿态，唯此，方能树立警察形象，把警察职业尽善尽美地做好。

活成一束光

　　喧嚣散去，或者黎明醒来时，我常常在想，人也能活成一束光？

　　生活中，其实我们往往在一束光或多束光的照耀下，经历人生的潮起潮落，笑看世间的花开花败。也许，我们往往总是忽视有那么一束光的存在。那些活成一束光的人，永远被人铭记，永远镌刻在人们的心里。

　　基辛格在《论中国》里说："中国人，总是被他们之中最勇敢的人保护得很好。"这群勇士中，有英雄，也有凡夫。

　　雷锋同志是一个孤儿，幼时经历的苦难数也数不清，但他有着坚定不移的革命斗志，有着乐于助人全心全意为人民服务的无私奉献精神。雷锋是时代的楷模，雷锋精神是不朽的。这种精神深深教诲着我们提升做人的品格，不管何时何地，只要在他人身处危难之时伸出援手，也就在无形中传承了雷锋精神，从而闪耀着人性的光辉。

　　雷锋，他活成了一束光。

　　活成一束光，与职业无关。炎炎夏季、残雪寒冬，那些清早即起的环卫工人，不顾脏和累，也不顾垃圾臭气熏天的刺激，忙碌在大街小巷，把整洁干净留给大地，从此大地有了美丽的容颜，人们有了开心的笑靥。他们装饰别人的梦，很少被人记起，但他们恪尽职守，任劳任怨，忘了卑微忘了是否被尊重。

　　所以说，活成一束光，不一定是要活成英雄的模样，也可以是凡夫俗子、平民百姓。

在这个和平年代，让我们记起还有这样一群可爱的人，那就是警察！警察是一个高危行业，他们为保卫人民群众的生命财产安全，坚守在不同的岗位，挥洒着汗水，忍受着屈辱，甚至付出了宝贵的生命。

还有许许多多的人，活成了一束光……

活成一束光，与生命的长短无关。"生如夏花之绚烂，死如秋叶之静美"，印度诗人泰戈尔如是说。活着的时候，要如夏花一样尽情地绽放，追寻生命的意义，就是到死时，因为没有错过灿烂之夏，也就不会眷恋滚滚红尘，而是洒脱如秋叶般静静地落地归根。

活成一束光，不是索取社会对自己的认可，不是索取名和利，而是怀着一颗感恩的心，做一切有益于国家、社会的事。

活成一束光，是将人性的真善美演绎成生命的精彩，照亮他人，也照亮自己。这束光，就像夜半回家伸手不见五指的路上，一盏亮如白昼的路灯，在引领着人们正确的方向。

但愿，世间有更多的人"活成一束光"！

一心一意跟党走

三十多年前，我还是一个懵懂少年，为了心中那身威武的警服，为了那枚嵌在帽子上的金色国徽，也为了心中"匡扶正义，惩恶扬善"的那股正气，毅然投身警营。从那时起，就注定了这一生，我必将用信念、心血、汗水，守望着这一崇高的职业。

歌德说：人生最重要的事情是确定一个伟大的目标，并决心实现它。我常把这句话记在心上，有了目标，就有了方向。尽管在从警路上，有过困惑，有过彷徨，但我都会像一个朝圣者，乐此不疲，无怨无悔。

初入警营时我在基层派出所工作，那时的理想与目标就是加入中国共产党。对党忠诚，就从行动开始吧！于是，从调解鸡毛蒜皮的小纠纷到破获小案件，我利用自己年轻和农家子弟能吃苦耐劳的优势，工作积极主动，干出了不少成绩，但当我呈交入党申请时，所长接收后鼓励我，说我的条件暂不够格，还要努力。那一刻我更觉得党是崇高的，入党是光荣的，于是我毫不气馁，继续朝心中的目标攀登。

派出所坐落在一个紧靠乡镇的大村子里，院内有一口老井，附近的村民经常到井里取水。遇到年老力衰者，我总是帮忙打水并挑到其家中。如果打水桶掉进井底，只要我知道，立马帮忙打捞。遇有刮风下雨，为保证水质，我会早早把井盖合上。日子一久，我便与他们熟络，在当地百姓中有了好口碑。调处纠纷时，不管是多么大的事，我都能独撑场面。村民见到我，都会投来信任的目光。凡是我提出的处理方案，他们都会尊重。特别是在获取案件线索方面，那些跟我打过交道的村民，如果知道一点线索，得知我着急，会连夜赶到派出所找我反映。

逢年过节，只要听说我值班，村民们都会到派出所"陪坐"，到了饭点硬拉我去做客。当听说我将前往刑警队工作时，这家送日用品，那家拎土特产，甚至在我临走的那天，还有几位纯真善良的村民抹了眼泪，让我也忍不住热泪盈眶。

我常常在想，我对村民的付出只不过是举手之劳，或者说微不足道，可又为什么值得他们如此待我？多年之后，我渐渐明白，只要有一颗为人民服务的心，时时听党的话并为之努力去做，一定会赢得老百姓的信任和爱护。

新的环境迎来新的挑战，刑警工作又苦又累，没有双休日，经常出差在外，我依然热爱岗位，听从召唤。一次去汕头追捕，在夜宵摊吃了一碗粉，当晚上吐下泻，一同出差的同事余传喜、段雪松、余金泉将我送到医院检查发现是急性肠道炎，我只输了两天液就要出院。医生说，要是不治好，以后会得肠胃病，但我放不下工作就强行办了出院手续。从汕头回县，人瘦了十余斤，坚持出色地完成了抓捕任务，我心里高兴。听到领导在大会上对我的表扬，那些苦，那些累，顿然烟消云散。我虽然不把名利看得那么重，但我的工作得到了同事的认可，心里还是满足的。当然我觉得，干好工作并不是为了表扬才去做，而是应该全心全意履行自己的职责，干得自己心里踏实才行。

记得我入党宣誓的当天，治安大队长程仙孙特地找我谈心，让我明白入党不是为了名利，而是时时处处一言一行都要履行一个共产党员的权利和义务，立足本职工作。我默默地记着领导说的话，在后来的工作中，发挥模范带头作用，以一个共产党员的标准严格要求自己，坚守做人的底线。从警以来，我看到身边个别同事因违法乱纪受到了党纪国法处理，深感痛惜的同时，也警醒自己：时刻都不能忘记党的教导、职业操守和道德规范。

我自幼爱好文学，时常利用空余时间写点文字，握起手中的笔，把笔墨对准身边的战友，记录他们的动人事迹，这是我最幸福最快乐的事。时光荏苒，二十年里笔下的战友有全国优秀人民警察，也有省、市、县的优秀人民警察，多达百余人。每当采访时听闻他们的优秀事迹，心里的敬佩之情油然而生，以至于笔墨难停，抒发的警察形象自然水到渠成，鲜明而高大。

今天，我们生逢盛世，没有理由不去好好珍惜，没有理由不去好好践行职责。尽管我还是一名普通民警，再过几年就要退休，但我依然愿在平凡的岗位上把党的信念扎根在心上，默默地奉献最后的光和热。

"我是一掬水，飘洒在天空。因为有了阳光，我才成为彩虹"，党啊！亲爱的党，我想对你说，你就是我的太阳！照亮我的人生路。今生我就只有一颗心，这颗心就是一心向着党，一心一意跟党走。

搬"家"记

　　宽敞的办公室，明亮的灯光映照在洁白的墙壁上，崭新的办公桌上整齐地摆放着电脑，内网、外网流畅无阻，木质茶几上两盆郁郁葱葱的吊兰让室内更显得生机盎然。我坐在这样的办公室，有一种心花怒放的感觉。说句实在话，这是我从警32年来最好的办公室。每日清晨，我情不自禁早早提前来上班；黄昏，我依依不舍地延缓下班的时间。我想，这是我第二个家，是我这辈子心甘情愿坚守到退休到白头的地方。

　　推开窗棂，南山秀美地矗立在我面前，脚下是浩渺无际的鄱阳湖，那一浪翻过一浪的湖水，仿佛在诉说着一件件陈旧的往事。微风掠过，我的思绪也开始翻涌不止……

一

　　青葱岁月，懵懵懂懂。1986年8月，我到乡村派出所报到那一天，在安排住宿时，所长指着比我大一点的同事刘明生说，你以后就跟他打通铺。意思就是和小刘同住一张床。事后我才知道，派出所是租了民房，虽然有两层，但只有八间房，其中厨师需住一间。平时办公，所里八个人都集中在大厅里的简易办公桌边，要是遇到多名被询问对象，就分别把他们带到各自的房间里问话。

　　下乡调查、办案全靠一双脚丈量，只有所长、指导员各有一辆永久牌自行车。有一天下午，办完警务，我见所长的自行车未上锁，竟然有了一颗好奇心，于是未经所长批准，就擅自学骑自行车。不一会儿，所长驾到，严肃地说，这可是所里办公用的东西，你怎么能随便骑车呢？我被批得满脸通红，不舍地把自行车放回原处。

那时我们以所为家，吃住在派出所。只有到了月末，才有四天假集中休息，所以大多的时间里，是和农村的群众打交道。有一次我和小刘在所里值班，辖区一群众报警，称有几个邻县的地痞到龙泉村庄偷鸡摸狗，还强奸村里漂亮农妇，我俩迅速出警，连奔带跑赶到现场时，地痞们早溜了。我和小刘对视了一下，小刘说，我们要是骑了自行车来，也许就抓到了坏人哪！从那以后，我开始积攒工资，好几个月之后终于买了一辆新自行车，办事效率明显提高了，我也多次得到所长表扬。一天深夜，我睡得正欢，突然脸部被什么东西划过一般，心里一惊，莫不是老鼠来过？我拉开电灯，看见一只肥硕的老鼠正往墙角跑，然后悠然地钻进床底。我喊醒小刘抓老鼠，可是无论怎样"施法"都未见到老鼠的踪影。那一夜我俩没再合眼，痴痴地盼着天亮。

我在派出所的第三年，所里买了一部二手带斗的 132 小型货车，但半路上经常坏车。炎炎夏日热，冰冻雪天冷，在泥泞的乡村机耕道上，我们合力推过车，推不响车时，只好步行到乡镇请来修车师傅。岁月虽然艰辛，但苦难磨炼了我们的意志，也从此懂得美好的生活需要努力创造与拼搏，社会的平安需要我们一步一个脚印地呵护。

二

1996 年 11 月，我调往刑警大队办公室工作。尽管我的"家"从乡村搬进了城里，但办公环境还是十分的破旧不堪，三四个人挤在一间不到 20 平方米的办公室工作，出警用车是经常"掉链子"的吉普车，通讯工具靠的是座机电话。当然这些条件远比在乡村派出所时强了。后来，在公安部的精心部署下，全国基层派出所统一标配，从房屋到装备都进行了翻天覆地的大改变，民警的办事效率得到了很大的提升，特别是高科技走进了刑侦破案的各个前沿后，打击犯罪成效显著。

1996年，都昌县蔡岭镇村民徐某兵因求婚不成实施报复杀人，一夜之间将女方一家五口杀绝潜逃。徐某兵如人间蒸发般销声匿迹，我局始终没有放松对犯罪嫌疑人的追捕，充分运用现代高科技手段在侦查破案中的作用，紧咬点滴线索，后来，终于通过有效的信息研判，将藏匿在外省达10年之久的徐某兵成功抓获归案。依稀记得押解恶魔进城的那一幕，道路两边站满了群众，他们打着长长的横幅，燃放鞭炮，敲锣打鼓欢迎民警凯旋。我们不禁感慨万千，案件破获的背后，是坚持的毅力，是守望的辛苦，更得益于我们时代的发展、信息的收集及民警的不懈努力。

出警现场，我们需要快速处置，有的事件还必须及时化解，否则后患无穷。有一年，都昌县有两大袁姓因玩龙灯路线走向问题发生分歧，元宵节之夜，双方村民对峙仅百米之遥，他们手里握的是刀、棍、石块、铁锄，械斗一触即发。当地派出所最先赶往现场，但因人手太少根本无法控制局面。刑警大队接到支援的命令后，多部性能优良、稳定的警车短时间集结并风驰电掣般驶往现场。由于快速地处置，事态并没有进一步恶化。当地乡村干部看到全副武装的警察如神兵天降，纷纷赞叹不已，当地群众对民警们的神速相助也击掌表示感谢。

三

2003年，我又从刑警大队调往治安大队工作，我工作的"家"又搬了一次，环境变化不大，但公安改革技术创新突飞猛进。从手摇式座机电话到BB机、手持电话，再到数字化的座机、手机，遍布各个单位和个人，办事效率更上了一层楼。特别是城乡道路、商场等重要部位安装的监控，俨然形成了一张天网，让许多犯罪嫌疑人凸显"庐山真面目"，也让犯罪现场及踪迹无处遁形。民警通过手机信息的分析，破案无数，彰显公安技术的无穷力量。公安装备也得到了长足的改进，不再受硬件的制约而贻误了战机。

2008年8月，都昌县电信部门的几位同志行色匆匆地来到都昌县公安局，他们气愤地说，城乡多个地方发生多起盗割电信电缆案件，案值百万余元，公司不仅经济受损，还受到群众的无数个投诉。看到他们无奈而愤怒的眼神，民警铆足了劲，不分白天黑夜地忘我工作。通过天网分析是民警的必选之路，从数以万计的车流中梳理出嫌疑车辆，再以车找人，不到一个星期就打掉了这个影响大、作案次数多的犯罪团伙。公安窗口民警更是"神通广大"，他们鼠标一点，户口本、出境证件很快输出，如此快捷地服务群众，也彰显了现代科技的发达与民警办事效率的提高，两者相得益彰。

公安内网及民警手持的警务通，在以前是根本无法想象的事。网上操作办案，手机实现人像、车辆盘查，只要现场用手机对盘查的人或车辆一照，就能迅速地发现端倪。

平时喜爱舞文弄墨的我，也感受到了现代物质与科技发展的速度。以前撰文是写纸质稿件通过邮政局邮寄发出，不仅浪费纸张，还耗时耗力；现在只需坐在电脑前，想咋写就咋写，想咋改就咋改，然后通过网络电子邮件几秒钟就能搞定。特别是业余学习渠道畅通，通过电脑网络或微信读书，随时随地可以汲取书中营养，丰盈自己。

2018年7月，我局喜迁新址，办公场所得到了前所未有的改善。11层的公安办公大楼巍然矗立在鄱阳湖畔，院内的停车场面积是以前的几十倍，办公场所宽敞明亮，设施一应俱全。我们两个人一间办公室，一套实木沙发、每人一组衣柜、每人一张办公桌，相比之前三四个人拥挤在一间室内办公，显得特别"奢华"。我本人出行、住房条件也不断升级换代，从骑自行车、摩托车到开私家小车，从租房到买房，真正实现了"鸟枪换炮"的大飞跃，生活便利了，工作起来劲头也特别足。"忽如一夜春风来，千树万树梨花开"。我经历的公安办公楼，从单位租房到残旧楼房的勉强维持，再到拥有现代气息的全方位多功能的立体大楼，改革开放40多年来，我切身感受到公安基础设施逐渐发生大改变，人们的生活水平逐步提高了，民警们的精神面貌焕然一新了。

我想，以后再也不会有搬"家"的机会了，作为一名老警察，还有近十年在岗的工作时间，我应"老骥伏枥志千里，不需扬鞭自奋蹄"，珍惜当下，因为，工作的"家"搬了变了，而我们唯一不变的，是坚持全心全意为人民服务的宗旨，和从警的那火热初心。

这三十年

花开，花落。缘去，情在。

三十年前，烟火璀璨，相遇、离别；三十年后，梦想已圆，相逢、怀念。

岁月褪尽青春芳华，梦里梦外却总有同学们的模样。蓦然回首，灯火阑珊处，我总悄悄在问，我的同学，你们过得还好吗？

这三十年光景，如五味子酒，我在其中浸润，我在其中磨炼。关于人生的意义，关于青春的梦想，关于生活的信念……我固守城池，保持淡定从容，风雨兼程，幸福时偶尔也有忧伤，快乐时也有些许烦恼。

我小心翼翼地打开尘封已久的窗棂，那一件件往事无法再藏在心窝，悄然地展现在模糊的眼眸下。还记得吗？我的同学，那年，还是懵懂的少年，我们为了心中那神圣的警服，更为了那一枚镶嵌在帽子上的金色国徽，也为了心中"匡扶正义，惩恶扬善"的那股正气，毅然投身警营，却不知从那时起，就注定了这一生必将用信念、心血、汗水，守望着这一崇高的职业。尽管在路上，有过困惑，有过彷徨，但我们都会像一个朝圣者，乐此不疲，无怨无悔。

我曾在乡村派出所待过十年。那时的农舍，又脏又乱；那时的道路，凹凸不平，太多的泥巴路，砂子路都很少。农民朋友们大都穿着破旧的衣服……那是一帧困苦也不迷人的乡村风景，因而，出警路上大多是乡村泥泞小道，每日打交道的大多是农民，但他们朴实的面容是那样的可爱，他们的举手投足是那样的纯真，我总忘不了。尽管他们时而发点脾气，但我对他们的需求了然于心，我的一腔热血都给了他们。从调解鸡毛蒜皮的小纠纷、小疙瘩，到破获偷鸡摸狗的小案件，我都认真对待，从不马虎敷衍。我与群众建立了纯洁的友谊。于是，逢年过节，只要听说我在派出所值班，他们常会一窝蜂似的跑到我办公室，请我去家中做客。尽管百般解释，他们却总带着遗憾的、失望的面容离去。那一刻，我记住了人世间有一份不掺任何杂念的情感，那样真挚，那样令人动容。

派出所工作期间，局里经常有人事更动，我却专心工作，心无旁骛，似乎仕途总与我无关。多少次"宠辱不惊，看庭前花开花落；去留无意，望天上云卷云舒"，守望着心中那幅纯净的蓝天美图。至今我还是一个普通民警，虽然没什么级别，我却不自卑。因为无忧无虑，晚上睡觉非常安稳。

随着社会经济的发展，受拜金主义思潮影响，一些我儿时的玩伴、曾经小学到高中的同学，还有一些朝夕相处过的同事纷纷弃职下海经商，毅然走出了小镇，潇洒地赚着钱，高调地做着人。对比自己平凡而又忙碌的警务工作，心中也曾有过惶惑，甚而有过"怀才不遇"的感慨，但一想到心中的信念、入警的誓言，想到那一张张灿烂的诚实的笑脸，我便幸福着他们的幸福，快乐着他们的快乐，那股失落的念头瞬间消失得无影无踪。

人生有尺，做人有度。我虽然是一名治安民警，手中似乎也是有一点"权力"，但我从不"越雷池一步"，坚守着做人的底线和职业操守。经营游戏的娱乐城老板，辖区几十家宾馆业主，还有矿山腰缠万贯的"财神"，我都非常熟悉，也曾经常为他们的治安问题正常执法服务。其中不乏邀我入股者，我知道，随便投入一些钱，将会有丰厚的回报，但是，我深深知道，他们看中的不是我本人，只是我手中的权力。既如此，我怎能"见利忘义"？因此，我坚决拒绝。我很清醒地领悟到，心有规尺，会心静如水，心若平静，幸福会如花开。心念淡然皆在一瞬间，知足者收获宁静、收获幸福。

今夜微风阵阵，吹开了暗淡的星光，也吹拂着我盈满记忆的胸膛。岁月的年轮已经碾过沧桑，如今已是人到中年。我的梦想已在天空翱翔，我的心中涌起了新的希望。墙上的钟声依然敲打着我难眠的梦境，些许白丝已悄然爬上双鬓，岁月的刻刀无情地在我的额头印下生命的痕迹。是的，岁月无情，但却是清幽的。我在平常而充实的日子里，远眺山峰，俯瞰平地，心亦盈满，思绪常如一只小鸟，在青山碧水间任意东西，心安而快乐。我想，这样不是很好吗？

这三十年，我循规蹈矩，安然地做着一个普通小民警。在本职岗位上，在信念的支撑下，勤勤恳恳、默默无闻地工作。工作上，我曾多次被评为优秀公务员，受到过江西省公安厅、九江市公安局的表彰。业余勤于笔耕，坚持写作，有百万余字发表在全国各级媒体，有多篇文章获奖，荣立过三等功，受到过嘉奖，良好的兴趣也丰富了我的业余生活。2014 年，我的作品集《警歌飞扬》出版后，得到了社会的广泛好评。

胸怀坦荡，心无杂念，引领我的从警路，从自己的梦想起步，伴着人间风风雨雨，干干净净做人，踏踏实实做事。

我坚信，这一生，我心怀坦荡，也必将会平安、幸福、安然。

（写于警校毕业 30 年之际）

守住那颗初心

在我心中，时常勾勒出这样一幅画面：逢年过节，乡间的母亲爬上木楼，在一只红漆木箱里取出平时舍不得穿的衣服，给我们穿上，然后，一身整洁如新的我们出现在外婆面前时，外婆的笑靥像一朵花，抱起我在她脸上亲了又亲。这种温暖的记忆延续至今。

岁月沧桑，时光荏苒。一个在警营摸爬滚打三十余年的老警员，在建党 100 周年来临之际，以何种姿态面世才算合格？我想过，在我平淡如水的过往工作里，几乎没有多少闪光点，太多的按部就班，太多的庸常，有过坎坷也有过欢笑，有过成功也有过失意，缺少激情的生活如一潭死水，没有波澜壮阔，没有惊天动地，这些，也许已成一种缺憾，令我难以心安。

一夜春风来，空气变得格外清新。

辛丑年三月，春意盎然，绿色的自然律动诠释着生命的意义。一场政法队伍教育整顿活动正悄然铺开。政治教育、党史学习教育、警示教育、英模教育，等等，热火朝天的学习教育活动在不同的地点扎实开展。都昌新一中多媒体教室、都昌县电视台多媒体大厅、都昌县公安局四楼大会议室、都昌县人民政府大礼堂，还有各单位的小会议室、民警个人办公室，都留下了政法干警们精神饱满的学习模样……政法干警学习的热潮一浪高过一浪，精神风貌焕然一新。

退居二线的老余，本在外地带孙子，听说这次教育整顿非同寻常，他提前三天赶到单位。当他穿着挺括的警服出现在教育整顿动员大会上时，大家才发现这次教育整顿绝不是走走过场的虚晃一枪，而是在职民警全覆盖式的真行动。

还有十天就办退休的老曹，也到了我们整齐划一的队伍里。他笑如春风，盛赞这次活动的意义的同时，还说这次教育整顿是他从警以来见过的最为严肃的一次。

抱病在身的老周，面容虽然憔悴，但从其眼神里感觉到了有一种信念在支撑、有一种力量在召唤。

……

书本学习，有集中组织学习，也有个人自学。在学习中国共产党历史的过程中，我从中汲取了开拓前行的精神力量，对党的热爱又提升了温度，对党的领导发自内心地敬仰。

学习党史，不仅让我增长了历史知识，还在我的思想上、政治上受到了教育。中国共产党人始终不渝把实现共产主义作为党的最高理想和最终目标，义无反顾肩负起为中国人民谋幸福、为中华民族谋复兴的初心和使命，团结带领中国人民进行了艰苦卓绝的斗争，谱写了气吞山河的壮丽诗篇。是中国共产党救了全中国，我们要以中国革命的辉煌历史作为最好的教科书，认真研读，切实提高对党的认识，学习党领导中国人民从"站起来、富起来、到强起来"的成就、经验，了解该历史进程中的先进事迹和典型人物，并学习共产党人开拓进取、艰苦奋斗、勇于牺牲奉献的伟大品格。

我觉得，在传承初心使命上应该见行动。我们要在平时的工作与学习中，科学认识当代中国与外部世界，认清自我的历史定位，在各种错误思想与观点面前保持清醒，面对大是大非问题要敢于亮剑，坚定马克思主义信仰。要在主动担当奉献中见行动，将小我融入历史坐标中，与时代同步伐、与人民共命运，在平凡的岗位中找到自己坚守的方向，从而贡献不平凡的力量。

今天，我们处于和平安宁的时代，应该感谢无数革命先烈，是他们抛头颅、洒鲜血，才换来了我们今天幸福的生活。我们没有理由不去好好珍惜，没有理由不去好好工作，没有理由不去好好践行职责。

都昌县公安局土塘派出所民警黄华杰就是践行为人民服务的典范代

表。他在公安英模报告会上激情满怀地说，在平凡的社区民警岗位上，脚踏实地为人民做好事、办实事、解难事，看到辖区的群众幸福感、安全感不断上升，我发自内心的荣誉感油然而生。是的！黄华杰有一副热心肠，看到路边滞留的老妇人，他做不到不闻不问，他担心老人受寒，竭力帮老人找亲人；黄华杰虽是位年轻民警，但听起群众的唠叨却很耐心，辖区的大小纠纷，难办事、棘手事，他不厌其烦插手，甘当"和事佬"；面对群众需要救助，危难关头、命悬一线时他一定勇敢地挺身而出。譬如，2020年7月，辖区突遭洪水围困，土塘镇有两个村委会的村民需要紧急转移，接到警情的黄华杰不顾近期奔波的疲劳，马上投入到转移群众的行动中。三个多小时的劝说，让26户80多名群众安全离开后，回望村里已是汪洋一片。看到在齐腰深的洪水里浸泡的瘦削的黄华杰背起一个个群众安全脱险的场面，许多群众都向他投来感激、敬佩的眼神。

黄华杰坦诚地说："我经常与群众打交道，干得好不好，群众说好就是好，群众说你不咋的就是不咋的，因为我们的一言一行，群众的眼睛是雪亮的，看得一清二楚。所以为他们服务总的说来就是要对得起自己的良心，不能敷衍塞责，不能虚情假意。"

密切联系群众，走群众路线，是我们党的优良传统，公安工作也离不开人民群众的支持。共产党人好比"种子"，人民就像"土地"，只要把"种子"播在"土地"上，就能在人民当中"生根、发芽、开花、结果"。我们干任何工作都要心系百姓、扎根群众，才能赢得人民群众的理解与支持，才能把本职工作干得更好更有成效。我们要从一件件小事做起，慢慢积累，才能打好群众根基，拨响警民和谐的强音。群众的脸是块晴雨表，群众的心是块试金石，我们的工作出色不出色、作风过硬不过硬，都写在群众脸上，刻在群众的心里。

黄华杰是我身边的同事，他用平凡诠释了伟大，用一颗真心、一贯的努力换来了众多赞誉。那么，我还要纠结自己的缺憾吗？工作、生活其实很多时候都是平平淡淡，只要我们守住那颗为人民服务的初心，就能立于不败之地。人其实可以平凡，但不能平庸；可以低落，但不能堕落；可以淡泊名利，但也必须不断进取。只要用心用力地活着，每天以一个崭新的姿态出现，我相信努力不会被辜负，每一个梦想都可能会实现。

感恩的呼唤

明媚的阳光照在都昌五小的操场上，一至六年级的同学们穿着洁白的校服，排着长长的队伍，正静静地等待着一场特殊的演讲。此时，家长们也纷纷紧靠在儿女身旁，左手牵右手，在老师们的组织下，依次慢慢进入演讲会场，同学们的脸上溢满了笑容。

这是一场呼唤感恩的演讲。演讲者何老师，一位年过半百的学者、专家，浑厚而动情的声音把学生、教师、家长引领到他所罗列的故事里。故事里有经典引用，也有睿智之思；有教诲，也有劝慰。

第一声呼唤，感恩祖国。作为小小少年，要懂得热爱祖国，要奋发读书。周恩来总理曾说过，为中华之崛起而读书。只要认真读书，慢慢积累知识，才能武装智慧的头脑，才能报效祖国，为祖国添砖加瓦。

第二声呼唤，感恩老师。老师每天为学生们传授知识，天天与学生们在一起，夜深人静时，还要批改一摞摞作业，可谓呕心沥血。每一位老师，都希望自己的学生成才成器，其殷殷希冀不亚于父母。除此之外，老师们还教会学生怎样做人，什么是社交礼仪，什么是正义，什么是善良。何老师列举了多个模范教师的感人故事，有汶川地震中为救学生英勇献身的，也有以善良之心养育、扶助那些需要关心的困难学生的。

第三声呼唤，感恩父母。何老师深情演讲的每一句话、每一个故事都牢牢地印在学生们心里，许多学生、家长们情不自禁地流下了感恩、激动的泪水。特别是学生与父母互动的场面，让我们看到了这世间的真情，孩子们那稚嫩而纯净的呼喊："妈妈，我爱你！""爸爸，你辛苦了！"一声声的呼唤穿透整个操场，我们的心也跟着现场的气氛而惊叹，这哪是一场演讲，这分明是一场呼唤爱与感恩的教育。

女儿的一双小手紧紧抱住我的腰，我也用双手抱住女儿，只见女儿脸上挂满泪花，我也是泪流满面。我们一边聆听，一边感受这今生难遇的亲情交融。女儿哭得稀里哗啦，竟然轻轻抽搐起来，我拍拍女儿的背心，用早已准备好的毛巾擦干她脸上的泪水，可是，擦干了，眼眶里又涌出来了。我只好哽咽地劝慰，宝贝，宝贝，别哭！

女儿是个爱哭的女孩，自去年开始，我就发现她懂事了。2014 年春节去乡下过年，住了十来天，回县途中，她闷闷不乐，我知道女儿的心事。我劝道，阿娇，下次还有机会来的。女儿不知怎的，竟然号啕大哭起来，哭得我如何劝都无用。我深深地震撼了！女儿懂事了，我既欣慰，也难受。我知道，这泪水不仅是挂念乡村的那些爷爷奶奶、爹爹娘娘、哥哥姐姐，还有她的感恩情怀。女儿在乡村，大家对她的宠爱，她是放在心里的，现在一下子分别，她怎不难过？

2015 年春节，我开车带着她行驶在返乡的途中，我一高兴，给女儿来了个提议：爸爸唱一首歌？女儿默默地点点头。我开始清唱了，腾格尔那首《父亲的草原，母亲的河》还没唱到结尾，我扭头注视到，女儿已泪花满面。我的心也一阵疼挛。我若不能给女儿一个完整的家，但我一定会尽到一个父亲应该承担的责任，一个父亲对女儿的深情。

回家当晚，我跟女儿聊。我说，人生其实有许多东西容易错过，但唯感恩是不能错过的。只有深怀一颗感恩的心，用心爱社会，爱你的亲戚朋友，爱你身边每一个人，你才能获得同样的爱与温暖。女儿点点头，似乎明白了一些。我为她的成长高兴。

（2016 年 3 月 3 日之日记）

读书写作生乐趣

　　窗外，夜色清朗，室内，宁静安谧。这时，独坐书房，捧上一本书，这便是我一天中最美的时刻，我喜欢这样的日子。读书如三餐，不可或缺，食髓知味。书中精彩的片段撩起心中阵阵涟漪，用"山珍海味"形容，真是恰当不过，慢慢品味，慢慢咀嚼，回味无穷。这样宁静的夜晚，这样美妙的时光，就这样爱上了读书。虽没有徐霞客踏遍青山那样的豪迈，也没有李白、杜甫吟诗成河那样的洒脱，但每天抽出一两个小时来读书，早已在生活中形成一种习惯，日积月累，虽身在家中，胸中却有丘壑百态。

　　少年时，喜爱看几分钱一本的连环画，但家庭经济拮据的我根本买不起，往往在别的同学看完之后，赔着笑脸显示友好地向他们借阅。那时家境贫寒，吃饱饭都成问题，哪有什么钱买书呢？因而那时买书成为一种奢望。曾记得，为了一本心仪已久的好书，我常利用周末的空余时间到离家七八里的集镇，找到铸铁厂的地址，在厂子周边逡巡，捡些破铜烂铁去卖，没少挨过看门老头的吼叫与谩骂，竟有一次头顶被磕出一个小包包，也毫不在乎。偶有收获时内心欢喜，把拾来的物品卖给收购站换得几角小钱，藏在口袋里手不停地摸索，生怕一不小心丢失。忍着对商店糖果饼干等零食的贪馋，我飞也似的跑到曾来过的小书店，买到自己倾心喜爱的那本书时，闻着书香很是雀跃。

　　参加工作以后，自己有收入了，买书已不再是一种奢望，对购书我也很舍得付出。我常常这样想，别人抽烟喝酒，一年少说也要一两千元甚至更多，而自己不抽烟也不喝酒，何不用别人抽烟喝酒的钱来购买书籍呢？于是，空闲的日子里，我要到书店逛逛；出差在外的日子，我要打听当地的书店在什么地方。选上自己喜爱的书籍满载而归，心里煞是痛快。如今购书更是快捷，只要在手机里打开"京东""淘宝"或"当当"，输入购买的书名，在支付宝下单，没几天快递员就把书送到你的手上。书房积累的书越聚越多，每日见到这些堆积如山的书籍，我的精神世界也变得异常充实。不过，经过一段日子，我会把一些已看过但意义不大的书归类打捆，放置于杂物间内，而把好一点的书放到书桌的显要位置，好的散文集、小说刊物都是我的最爱，自然它的存放位置格外显眼。

古人言："读万卷书不如走万里路。"事实上，在今天这样物欲横流的社会里，人们的思想与观念都发生了很大的变化，走万里路不再是一件很困难的事，而能坚持读完万卷书，确实需要一种锲而不舍的精神、一种忘我境界、一种难得的坚持。那么，你必须在书中寻找那座叫"黄金屋"的地方，寻找书中的精华加以学习，充实自己，提炼自己，这样才会让自己读书的劲头渐渐递增，向上的动力永远不会减弱。只有坚持读书，才能在书中寻找智慧的东西，丰富自己并从中受益。

感谢生活，感谢平安盛世，我可以边读边写，也可以边写边读，从中生出许多快乐。寂寥的夜晚，我抒写心中最美的散文，写生活中的点点滴滴，写个人的心情，写人间的美好。我也可根据日常获取的素材加工成小说，海阔天空去构想，天南地北去书写，想怎么发挥就怎么发挥……写累了，我就去读读别人的文字，读那些清淡的而不是庸俗的，读那些真实的而不是模仿的，读那些洒脱的而非张扬的……读着这样的文字，就像一个圣人在给我讲故事，就像一个知己在抒怀，就像一束淡雅的花朵陪伴在我周围。

苏轼有"绚烂之极，归于平淡"的名句，曹雪芹亦借薛宝钗之口云："淡极始知花更艳。"陶醉在读书与写作的海洋里，时而激扬，时而淡泊，时而欢快，时而宁静。此刻意境，绝对是我的一种人生享受。

殚精竭虑守"东门"

都昌县中馆镇与鄱阳县一些乡镇相毗邻，号称都昌县的"东大门"，这里曾经刑事案件频发，边界纠纷不断，治安情况复杂。紧急关头，他临危受命，殚精竭虑，把一个治安形势严峻的乡镇管理得井然有序，因而他被人称为都昌县"东大门"的守护神。

俊朗的外形，谦逊的谈吐，浓郁的眉宇下有一双明亮的眼睛。他身材瘦削，却在百姓心中分量万千；他不善张扬，却在辖区家喻户晓。他疾恶如仇，严打犯罪不手软。面对辖区群众，总是满腔的热忱。他用青春与热血、忠诚与奉献铺满了14年的从警路。

入警以来，他深深扎根基层，牢记使命不忘初心，在平凡的岗位上干出了非凡的业绩，获得一连串骄人的荣誉。他先后荣立个人三等功两次，获"江西省治安系统先进个人"一次、"全市优秀人民警察"两次、全市"十大亲民警察"一次，全省、全市综治先进个人两次，多次被评为九江市十大亲民警察、九江市十大管理标兵、九江市十佳警察。他就是都昌县公安局中馆派出所所长姜少龙（男，现年37岁，中共党员，大学文化，2003年入警，三级警督）。

一串串荣誉的背后，蕴含着他对公安工作的忠诚与奉献、他的艰辛与汗水，折射着他亲民爱民忠贞不渝的信念与追求。

"辖区稳定我心安，群众满意我快乐。"这是常挂在姜少龙嘴边的"口头禅"。辖区一旦发生刑事案件，是最影响稳定的因素，姜少龙对此总是严阵以待，带头参战，起到了中流砥柱、率先垂范的作用。

2015 年 9 月 16 日，辖区一女子王某跟随同事何某乘坐一男子的小轿车外出郊游，谁知夜深人静之机，王某被陌生司机带到荒郊野外，被人强奸并被抢走苹果手机及现金万余元。姜少龙接待王某之后，迅速组织本所警力开展破案攻坚。通过对嫌疑人乘坐的小轿车入手，当日很快锁定犯罪嫌疑人，并取得其准确位置后，快速赶到九江市格林豪泰宾馆。他第一个冲进房间，将嫌疑人汪某死死按在床上。事后，通过对房间的搜查，民警们发现汪某的枕头下藏着一把匕首。如果在第一时间内没有将犯罪嫌疑人控制住，后果不堪设想。案件破得漂亮，王某送来锦旗，对中馆派出所 24 小时之内破获此案表示衷心的感谢。

2011 年"清网行动"中，姜少龙带领全所民警主动出击，不等不靠，自筹经费，加大对涉案人员的追捕力度，取得了显著成效，率先完成撤网率 100%，受到有关部门的高度肯定。当年 8 月，通过信息研判，获取了在逃人员陈某在九江炼油厂活动的信息，姜少龙带领民警火速赶赴九江炼油厂，经过长达 7 天的追踪，进一步锁定了嫌疑人的准确位置。为抓住有利战机，姜少龙来不及得到九江市东郊公安分局民警的支援，便带领追捕组民警果断出击，当场捕获系列盗窃耕牛案的犯罪嫌疑人陈某。

每次出征，姜少龙事必躬亲，同事们跟他在一起，总有一种踏实感，工作起来更加信心十足。派出所民警在姜少龙的带领下，拧成一股绳，团结奋战，坚不可摧。

姜少龙不忘公仆形象，常思百姓冷暖，视辖区为第二故乡，把群众当亲人，将满腔的深情厚意化为爱民为民的情怀。

辖区小河村村民刘金良丧失了劳动能力，生活极其困难。姜少龙看在眼里，急在心里，很快与村委会干部联系，向上级有关部门汇报，为刘金良申请了生活低保。此后有空就前去探望，要么给点现金让他购买日用品，要么陪他说话聊天，开导思想。2015 年的一天晚上，刘金良不小心打翻了热水瓶，开水瞬间流向了刘金良全身。因家中困难，刘金良不想医治，也没有告诉他人。姜少龙探望时发现其全身皮肤发炎、溃烂，便立即把其抱上警车，送到中馆卫生院。医生告知姜少龙，此人烫伤面积达50%以上，因发炎、溃烂，生命时刻有危险，应送到大医院救治。姜少龙立即用车把他送到了九江一家医院，并自掏腰包为其治疗。伤愈后，刘金良有空就到派出所，开口的第一句话就是："姜所长在吗？"一句简单的问候，蕴含着深深的信任和感激情怀。

像这样的好事，姜少龙做了一件又一件。几年来，他为群众做好事180多件，调解纠纷750余起。

2015年，姜少龙受都昌县公安局指派，脱产前往中馆镇南塘村担任扶贫第一书记。他迅速开展结对帮扶、产业发展、村庄整治、基础设施建设等工作。南塘村现有人口2860名，姜少龙经过5个多月的走访调查，梳理出64户217名贫困人口作为重点帮扶对象。

要想脱贫，必须要有产业，那么搞什么产业好呢？姜少龙经过调研和综合考虑，费尽了心思，终于决定在大棚内种植生长周期短、收效快的无害西瓜。17个标准化大棚应运而生。为降低生产成本，他亲自动手参与测量、搬运材料建设大棚。为种植绿色无公害的西瓜，他到鄱阳县购买了上万元的羊粪。干一行精一行，姜少龙就像一位纯粹的老农，胆大心细，勇于摸索，善于总结经验。

2016年，他种植的西瓜喜获丰收，每个大棚净收入约4500元，每个大棚可帮助贫困户增收4000余元，劳动入股贫困户通过劳动每人全年可以收益5000余元。

倾一腔深情，留一片绿荫。他将万家忧乐挂在心头，情系苍生铸就警魂。汗水浸湿了衣衫，真情洒在征途上。

"竹有节而直冲云霄，人守廉乃扬帆万里。"姜少龙常对身边的民警说，没有廉洁自律的品质，就会失去法律的约束，并提出了人人争做"学习、团结的模范，遵纪、廉政的模范"的目标。

在办案过程中，姜少龙总是提醒民警，哪怕是当事人的一包烟、一瓶酒，都不能接受。如果做不到防微杜渐，那么案件办理就不能做到秉公执法，法律的天平就会倾斜。因此，姜少龙首先对自己严格要求，起到示范带头作用。许多犯罪嫌疑人的家属总是通过各种途径找到他，希望能网开一面，都被他一一拒绝，为此他没少"得罪"人。廉洁自律的风尚给派出所吹来一身正气的清风，全所民警在姜少龙的带领下，未发生过一起违法违纪行为。

姜少龙同志就是这样，在本职岗位上恪尽职守、爱岗敬业、持之以恒、埋头苦干。在为民服务中，想群众之所想，急群众之所急，将万家忧乐挂在心头，用真挚的言行塑造了一个人民警察的光辉形象。

（此文发表于《新法治报》2017年9月25日12版"特别关注"）

新招迭出赢民意

三岔路口秩序混乱，穿梭车辆事故多发，校园路口稠人广众，一个个隐患乱象丛生，民怨沸腾，当地领导、过往群众，还有热切关注的媒体，一双双期待的眼睛……他临危受命，大刀阔斧，在这些乱点区域创新交通管理新路子，一路披荆斩棘，几经周折，终于把一个个乱点区域整治为井然有序的交通枢纽。领导刮目相看，群众啧啧赞叹。

那一张曾经白净细腻而变成古铜色粗糙的脸庞，终于舒展出灿烂的笑靥。他就是江西省都昌县公安局交通管理大队蔡岭中队中队长李少锋。

今年45岁的李少锋，曾在都昌县第二中学任教。他性情率真，为人厚道，怀着对警察事业的无比敬仰，于1997年加入公安队伍。他在都昌县公安局交通管理大队蔡岭中队当过民警，后因工作出色先后担任三汊港中队副中队长、中馆中队教导员，2013年担任蔡岭中队中队长至今。不管在哪里工作，他都精神饱满，不忘初心，牢记入警时的誓言，把对警察事业的热爱诠释到日常繁忙的交通管理之中。

蔡岭交警中队所辖的蔡岭镇是都昌县第一大镇，是该县前往外省外市的必经之镇，人称都昌县的北大门。都蔡公路的尽头离高速路口一百米处是一个三岔路口，交通流量大，车流不息，而这儿卖甘蔗的摊点就有数十处，甘蔗渣、甘蔗皮遍地皆是。更煞风景的是，摊贩无视交通安全，见车辆经过，随意挡道，强买强卖，甚至把甘蔗伸入驾驶室，由此经常引发交通事故，造成车辆堵塞。一段时间里，群众怨声载道，市县有关部门责令整治，虽年年整治，但不久就会反弹，不仅影响了当地的交通安全，而且严重影响着都昌形象。

李少锋作为蔡岭交警中队的领头人，颇感压力山大。能不能创新交通管理，解决这一"老大难"问题？他辗转难眠。

他多次实地察看，结合当地的车流人流，心里萌发了"只要把车辆分流，把摊贩引开，就能避免这些卖甘蔗的在公路上交易、三岔路口长时间停留"这个念想，从而破解交通安全隐患或交通堵塞难题。后来，李少锋发现离高速路口一百米公路的左边区域是一片空旷处，没有房屋，仅是农田，顿然来了主意，何不将此空旷地开辟成专门停车、专卖甘蔗的停车场？场地一旦建成，不仅可引流一部分车辆出入缓解交通压力，而且可以把所有卖甘蔗的摊贩集中到相对安全的停车场，这样三岔路口就不会出现交通安全事故，没有事故，那交通堵塞问题自然迎刃而解。

于是，他多次找到镇领导陈述自己的观点，争取取得镇党委、政府的支持，同时坚持每天带领中队民警值守路口，无论酷暑炎热，无论寒风凛冽，认真对过往车辆进行引导、疏通。2013年3月间，一个由镇政府出资、面积1500平方米的停车场很快投入使用。

劝说摊贩进入停车场也不是一件易事，李少锋和村镇干部一道，逐个入户走访，宣讲法律政策，列事实、摆道理，终于让上百位蔗农高高兴兴进入到停车场交易。此后，他还带领中队民警配合当地城镇执法队、环卫所对停车场完善管理，处置蔗农之间的纠纷，让他们遵纪守法，营造安全有序的环境。

为了防止车辆在上下高速这一百米的敏感区域违规停车，造成不必要的隐患，李少锋将一辆上有"违停抓拍"四个大字的面包车停在三角带中央，从而有效地防止了违规停车、乱停乱放等现象的发生。2014年3月，通过李少锋的努力，在镇政府的大力支持下，此三岔路口又安装了智能摄像头。这在当时的都昌县乡镇中是第一个智能摄像头。

都蔡公路是都昌县交通主干道，是进出都昌的必经之路，路面车流量极大，交通压力可想而知。特别是虎山村地段，村小学、幼儿园、村卫生所，还有沿路村庄都集中在该路段，经常发生交通事故。2015年5月，一男孩横穿公路时被一辆货车撞成重伤；2015年12月，两学生骑摩托车经过都蔡路虎山地段，撞上了一辆货车，双双被撞成重伤；2016年4月，一60岁老人骑电动车右拐弯时被车撞成重伤；并且，蔡岭镇虎山村小放学，一百余名学生需要跨过公路……

交通事故频发，隐患凸显，看到伤者们流血流泪，李少锋心如刀割般地疼痛。如何避免这些事故发生，成了他心头压着的一块石头。他多次把中队民警召集在一起，讨论解决办法。同时加强对路面的管控，发现违章及时纠正、及时处置，防止小隐患滋生成大事故。

中队仅4位正式民警，而辖区交通管理的范围广、任务重，面对繁忙的工作，以及交通管理中遇到的难题，李少锋总是坦然面对。他利用空闲时间专程拜访当地村委会干部，寻找新办法、新路子，同时争取当地村干部的支持。一来二往，他与当地村干部建立了深厚的友谊。在李少锋的努力斡旋下，中队与村委会联合成立了交通安全管理站、劝导站，有效地规范了村民的交通安全意识。每逢节假日及放学高峰期间，中队与村委会各安排一人共同维护虎山路段的交通安全秩序。李少锋还到村小学校宣讲道路交通安全知识，教育孩子们不坐无正当手续的三无车辆。

凛冽的北风，难熬的酷暑，到蔡岭带班四年多来，他率先垂范，事必躬亲。这个农村交通安全双站建立后，交通事故明显减少，蔡岭交警中队也因此受到了市、县有关部门的高度肯定。

蔡岭镇有一座慈济中学，紧邻304省道，校门距省道不足10米，而该校有学生4000多人。304省道车流量较大，景德镇至湖口的货运车辆全都走这条线。

在校学生骑自行车、电动车、摩托车的比较多，有一些学生不遵守交通规则，个别人还无视交通安全，成群结队在公路上骑车追逐嬉闹，已多次发生交通事故。特别是节假日和放学高峰时段，学生一窝蜂似的闯出校门，毫无秩序可言，由此也引发过多起交通事故。

李少锋把校门口的交通安全隐患作为重点攻克的难题。

他主动找到校领导，阐明观点，提出解决办法，得到了校领导的热情支持。这之后，他又厘清思路，制定了一系列的交通安全措施，然后逐个去落实。

他带领中队民警走进校园，宣传交通法规，教育学生尽量不骑摩托车、电动车、自行车，即使骑车也要依法取得驾驶证，并佩戴头盔，同时定期上好每一堂交通安全课，提高他们的交通安全意识。

在校门口、公路上，高峰时段安排协警把守。从 2015 年 9 月起，交警中队在慈济中学聘请品学兼优的数名学生作为学校安全监督员，名为"校园交警"，佩戴反光背心及校园交警袖标，负责学校交通安全宣传，定期开展交通安全宣传活动，协助交警开展校园安全知识授课；同时配合交警对违规驾驶摩托车进行处罚、劝导，在放学高峰期协助交警维护校门口交通秩序。

校园交警组建后，慈济中学学生的交通安全意识明显加强，学校门口秩序井然，交通事故大幅度减少，校园交警这一做法也得到了学校及群众的一致好评。

李少锋自 2013 年担任蔡岭交警中队中队长以来，先后于 2014 年、2015 年连续获得"全市道路交通安全管理工作先进个人"称号，被都昌县县委县政府授予"爱岗敬业先进个人"，多次获"全县交通管理先进个人"荣誉。

（此文发表于《新法治报》2017 年 5 月 27 日 8 版"警察故事"，整版）

情洒警途全是爱

1 米 76 的个头，穿一身挺括的警服，庄严的国徽下是一张善良而谦恭的国字脸。出警路上，面对处于生死边缘急需救助的伤者、高速公路桥底下孑然一身被寒风裹挟的老奶奶、醉驾的司机、丢包而焦躁的旅客……哪里有危难，哪里有险情，哪里就有他忙碌的身影。他爱岗敬业，真诚服务，胸怀万丈柔情，置生死于不顾，演绎了一曲曲为民服务的动情乐章。

他就是都昌县公安局交通管理大队主持中馆中队工作的教导员万焱青。

万焱青入警 20 年，其中在乡村基层工作就达 18 年。他在从警的岁月里，始终把职业当事业，心里装着群众。遇到危难，他总是冲锋在前，身体力行地践行着"立警为公、执法为民"的职业操守，以实际行动诠释警民一家亲的深刻内涵，树立了交通民警亲民爱民的良好形象。

2017 年 2 月 13 日下午 3 时许，狮万公路搅拌站路段发生一起交通事故，驾驶人余某头部鲜血直流，痛得不停地在路上翻滚，而坐于余某的摩托车后座的赵某则躺在地上人事不知，已处昏迷状态。万焱青立即上前用双手按压余某头部，进行止血，同时吩咐同事拨打 120 急救电话。当医生到达现场后，万焱青一直在旁边协助托头部，撕纱布，配合医生救治伤者，尽管警服上沾满了血迹，他也全然不顾，直至把两名伤者安全送上急救车。现场有许多群众为万焱青忘我救人的精神所感动，纷纷赞他为"最帅交警"，并把现场救人的照片发到了微信朋友圈。

2016 年 12 月 20 日上午 10 时许，万焱青带着同事在辖区公路巡逻，当巡至中馆张家山路段时，他陡然发现有一名中年妇女躺在路边，于是迅速停车询问。他俯下身子时，看到妇女的右腿严重肿胀，且散发出阵阵恶臭，万焱青没有丝毫厌恶，仍耐心询问，关切查看。这名妇女最初拒不言语，后被万焱青认真负责的精神所感动，最终滔滔不绝地诉说着她的境况。原来早在三日前，因与丈夫吵嘴就离家出走，腿部本来受伤，她却执拗地在外流浪。待弄清她的家庭住址及亲人的联系方式后，万焱青迅速与三汊港派出所取得了联系，并用警车护送此妇女回家，交警的善举得到了当地村民的一致好评。

像这样救助群众于危难的例子很多，万焱青总是满腔热情，乐于奉献，充分体现了一名交警亲民爱民的优良作风。

中馆镇与鄱阳县银宝湖等乡镇毗邻，交通情况比较复杂，一些交通事故常常牵涉到县与县之间的关系，处理起来比较棘手，一旦处置不当，极易引发群体事件。因为交警工作的特殊性，一些人出于私利总爱套近乎，以达到个人目的。面对诱惑，万焱青刚正不阿，坚决做到不受诱惑，其坚守规定的正直做法与严格的组织性纪律性，得到了领导和同事们广泛的认可。

2015 年 3 月间，一驾驶人李某涉嫌醉驾造成一起财产损失严重的交通事故。李某到案后，公安机关通过调查核实，依法应对李某刑事处罚，并吊销驾驶证。面临这些严重后果，李某找来了很多熟人，并多次给万焱青送来高档烟酒，恳求放他一马，不要以危险驾驶罪立案侦查。万焱青作为中队主持工作的领导，又是承办此案的主办民警，他一次又一次地拒绝了李某的要求，之后顶住来自外界的压力，排除了干扰，将李某绳之以法，依法立案起诉，吊销了驾驶证。

2016 年 3 月 24 日深夜，在中馆高速路口往狮山方向发生一起交通事故，一骑车人被一辆小车撞倒，小车肇事后逃逸。万焱青带领同事赶到现场时，伤者已经昏迷，万焱青一边组织同事们对伤者进行施救，一边寻找蛛丝马迹。漆黑一团的荒野，他细致入微，苦苦搜索，终于在路侧发现很多银灰色塑料碎片，初步判断是肇事车辆散落的。通过调取事发路段天网监控、公路卡口及入村走访，不到 16 小时就成功地锁定了肇事车辆。当晚有个熟人带着红包找到他，请求从轻发落，万焱青不为所动，严正拒绝，使肇事者受到了应有的处罚。

在公与私的天平上，他专心倾情于前者。万焱青热爱警察职业，一心倾在工作，在平凡的岗位上默默奉献着自己的青春与热血。2008 年特大冰雪期间，万焱青坚守在抗冰救灾的第一线，当时他年迈的老母亲在农村老家不慎摔伤，他忍着思念与牵挂，把电话打给大哥，请哥哥代劳照顾。而对群众来说，哪怕是一件小事，他都会亲力亲为，认真去做。万焱青常说："只要我们真心为群众做好事，群众自然就会对我们满意，而追求群众的满意不就是我们工作的初衷吗？"他把这句话作为激励自己工作的座右铭。他是这样说的，也是这样做的。

2016年12月6日，辖区段家洲一村民在304省道152公里路段被安徽省一辆无牌无保险的三轮汽车撞成重伤，后因伤势过重死亡。万焱青历尽千辛万苦，不畏来自各方的压力，终于在近期为受害者讨回了公道，伸张了社会正气。2017年3月28日下午，当地段家洲村民蜂拥而至中馆交警中队院内，敲锣打鼓，燃放鞭炮，并把一面绣有"公正执法、热心为民"八个大字的鲜红锦旗送到万焱青手中，以表心中感激之情。

有一些司乘人员在公路上遇到身体有残疾或病弱的老人，往往拒载，万焱青发现后总要上前去管一管。2015年4月的一天，天下着小雨，一位高龄、独臂、失明失聪的老人站在都中公路游水潭路段的公路中间，用一根探路的木棍拦车想去县城。虽然十几辆车都被他拦停了，但没有一辆车让他搭乘。万焱青正好巡逻遇到，他立即上前，帮忙拦住了一辆开往县城的客车，扶老人上车后，为老人买好了车票，再三叮嘱驾驶员和售票员，一定要将老人送交县城的亲人，而且表示自己会联系好老人的亲属。一个小时后，万焱青得知老人已被家属接走，悬着的一颗心才落了地。

出警路上，万焱青遇到那些困境中的老人、妇女、儿童，他总是乐善好施地实以救助。2015年12月的一天，外面寒风刺骨，万焱青带队在春西公路巡逻时，在杭瑞高速公路桥底下发现一位聋哑老奶奶，一床破棉絮铺在桥墩与斜坡间的空地上，老人用拾来的一些柴草堆成围墙用来抵御寒风。见此情景，万焱青鼻子发酸，不禁泪流满面。他用手机对老人拍照并发到微信朋友圈。老天有眼，有一位村干部认出了老人。通过不懈努力，终于帮老人找到了回家之路。原来老人生有两个儿子，家庭都十分困难，老人是因家庭琐事负气离家的。把老人安顿好后，万焱青把身边仅有的几百元钱全掏了出来，同行的几位民警也纷纷你一百我二百地掏，老人接过钱的瞬间，泪水从她的面颊淌了下来。

旅客丢包的事屡见不鲜，但为了找到所乘车辆，很多旅客都把希望寄托于求助交警。每每遇到这些情况，万焱青从不推诿，热情帮助。有位九江浔阳区的刘先生，在都昌县往九江市的旅途中，中途在蔡岭高速路口换乘车辆的时候，不慎将装有重要资料的黑色公文包遗失。从公文包遗失到电话求助已过 24 小时了，加之丢包的时间是晚上，而这 24 小时的进出车辆有一千余辆，寻找难度可想而知。万焱青得知后，主动承担找包任务。通过调取天网视频、高速管理处监控录像等办法，反复查看、仔细分析，经 3 个多小时的工作，终于找到了捡拾公文包的驾驶员。因为长时间紧盯着电脑显示屏，眼睛熬得通红，但当看到失包旅客开怀的笑容，万焱青从心底里产生一股自豪感，一切的付出都是值得的。

这些年来，群众纷纷以各种方式表达对中馆交警中队、对万焱青的赞扬和感激之情，特别是网上的跟帖点赞，更让中馆交警真心为民的故事家喻户晓。

万焱青就是这样，以一腔热忱播洒着对群众的深情厚意。由于工作出色，表现突出，他先后被评为 2014 年度都昌县公安局"执法标兵"，2015 年、2016 年都昌县公安局先进个人，2009 年江西省道路交通安全管理工作先进个人，2011 年九江市道路交通安全管理工作先进个人，还多次被评为优秀公务员、优秀共产党员光荣称号。

（此文发表于《新法治报》2017 年 5 月 6 日 8 版"警察故事"，整版）

交管执法排头兵

　　都昌县一个基层交警中队，有这样一位"80后"民警，入警仅六年，就被人起了三个"外号"，有人戏谑他是"包工头""白加黑"，也有人斥他为"黑包公"。其实，这些"外号"只是意味着他在不同工作状态中的不同角色，实际上，他乃是公安交通管理执法战线上的排头兵。繁忙的交通管理，他厘清思路，分内的、分外的，他不是抢着干，就是带头干，不顾白天与黑夜。家人不理解，亲戚也埋怨，但他乐此不疲，一如既往地坚守在工作岗位上。

　　他就是都昌县公安局交通管理大队三汊港中队民警张助财。

　　1988年出生的张助财是都昌县阳峰乡人，2008年毕业于南昌师范高等专科学校语文教育专业，同年通过"三支一扶"考试，分配到都昌县西源中学支教；2011年通过招警考试成为都昌县公安局一名民警，分配在都昌县公安局交警大队三汊港中队，至今已有六年工作经历。

　　三汊港中队位于三汊港镇与阳峰乡交界处，辖三汊港、周溪、土塘、大沙、阳峰、西源四镇两乡，人口20余万，各类机动车25000余辆，非机动车及电动二轮、三轮车更是超过5万辆，年事故量1300余起。张助财分配到该中队工作后，认真学习道路交通管理的各项法律法规及交通事故处理的相关规章制度，迅速从按部就班、朝九晚五的教师转化成上班、值班、加班的"白加黑"的警察，并主动扛起巡逻执勤、事故处理、案件办理、内勤管理等各项中心工作。

　　中队仅4名民警，隔一天便要值一天班，尤其是碰上节假日人流量、车流量增多，交通事故多发，出警没有白天与黑夜之分，只要有警情，就要及时处警，张助财创造了一天处警25起的记录。因日夜操劳，连吃饭的时间都没有，饿了就在处警的路上啃几口面包，渴了就喝点矿泉水。自

2011年进入中队以来，经他手处理的简易事故2400余起，一般事故1100余起，占整个中队事故量的72%，事故调解率达到95%以上，由于处警公正、合理合法，其经手调处的事故无一起上访投诉现象。

辖区要是发生了交通肇事逃逸案，张助财更是不分白天黑夜地投入到工作中。2014年10月的一天，都昌县都中公路大沙桥路段发生一起重大交通事故逃逸案。接警的张助财第一个到达交通事故现场，一名躺在道路南侧边缘线附近的伤者，头部大量出血，道路北侧机动车道内有一些擦印。根据初步判断，系摩托车擦印。然而除擦印外，并无其他痕迹物证。危难面前，张助财主动请缨。他对现场进行地毯式勘查，最终在道路北侧路边的草丛中，发现一疑似摩托车前灯罩的物体。当晚，他马不停蹄，一鼓作气，不顾疲倦地入村走访，一村又一村，一户又一户，终于在凌晨5时许，发现了肇事嫌疑车辆的踪迹。天亮时分，中队民警依据张助财的线索来源，很快将肇事者成功抓获归案。

张助财家住阳峰乡竹林村，距离中队步行仅五六分钟路程，然而在中队工作六年，他竟然没有在家里过过一个除夕夜，都是在中队值班备勤中度过。2014年的正月初三，连续值了除夕、初一、初二共三天班的张助财，拖着疲惫的身躯回到家中，独自带着孩子在家过了三年除夕的妻子埋怨地说："你也知道回来啊，还把这里当家吗？不知道上辈子作了什么孽才嫁给你，别人家里除夕夜是一家人团聚，开开心心地过年，我每年都只有带着宝宝听着别人家鞭炮声的份儿。"闻听妻子的抱怨，他深感内疚，继而耐心解释，请求妻子理解。虽然中队到家近在咫尺，但他极少有时间待在家里。除了自身工作繁忙，他还经常主动帮助其他同事执勤，尤其是节假日人流车流急剧增加，他总是放弃自己的休息时间。

工作中也并非一帆风顺。在中队工作的六年中，他遇到过当事人的无理谩骂甚至殴打，每一次他都能做到镇静处置，秉公执法。2015年7月，张助财在辖区土塘镇刘云村处理一起交通事故过程中，遭遇当事人及其家属蛮横无理的无故谩骂，他克制自己的情绪，骂不还口，当事人变本加厉，继而对其动手，他一边避让，一边调整执法记录仪的拍摄角度，同时警告当事人其行为的严重后果，而当事人不以为然，继续他的疯狂行为，后被赶来增援的民警现场抓获。凭借执法记录仪的视频资料，暴力妨碍公务的江某最终受到了法律的惩处。

张助财工作出色，业务娴熟，中队的各类行政、刑事案件基本被他包揽了，有人戏谑地称他为"包工头"，也有人直接说他傻，不知道偷懒，但他总是微笑着说，年轻人就该多做事，做事的过程其实就是学习的过程。

因张助财的老家就在中队旁边，日常执勤执法及事故处理过程中，难免遇上亲戚朋友说情，然而他一身正气，坚持原则，谁的面子都不买，天长日久，"黑包公"的外号不胫而走。

2013年暑假，在一次路面巡逻执勤过程中，中队民警查获了张助财妻子的表哥无证驾驶。表哥看到是妹夫在执法，很不以为然，却没想到这个妹夫是个"倔脾气"，直接给他开具了"公安交通管理行政强制措施凭证"并录入了系统，按规定处以伍佰元罚款。从那之后很长一段时间，这位表哥都没跟他说过话，心里憋着气。张助财知道表哥误会了他，于是通过妻子与表哥进行沟通，最终表哥理解他了，对这位"倔脾气"妹夫表示了敬重之意。

作为交警，手中有一定的处置决定权力，因而还会经常面临"糖衣炮弹"的袭击。张助财坚决抵制，刚正不阿。2015年10月，在一次夜间查处酒后驾驶专项行动中，他拦下一辆宝马牌小轿车，经呼气式酒精测试仪现场检测，该车驾驶人血液中酒精含量达65.9mg/100ml，属酒后驾驶。这时，驾驶人将张助财拉到一旁，从车尾厢中拿出两条中华烟，企图通过这种方式让小张放他一马，但驾驶人没想到的是，他的"聪明"没奏效，小张断然拒绝，直接将其传唤至办案中心进行证据采集和询问工作。此后，他严格按照相关规定，对驾驶人作出了罚款1500元、驾驶证记12分并暂扣6个月的处罚。

张助财虽然从警仅六年，但他树立了一个交警人的良好形象。他办理的32起行政案件、11起刑事案件，在执法质量考评中，分数都在9分以上，成绩优秀，2014年、2015年连续两年获得"办案能手"称号。2014年10月，张助财在九江市公安局交通管理支队举办的兼职教官选拔中脱颖而出，成为"假牌假证识别"兼职教官。2016年获全县公安工作先进个人。

张助财，这位交通管理战线上的执法标兵，名副其实。

（发表于2017年6月12日中国警察网"卫士风采"栏目）

风雨兼程葆初心

素颜亲和，踏实干练。她朴实无华的外表下，谈吐举止非常优雅。从警14年来，她虽然没有一线刑警与犯罪嫌疑人殊死搏斗的英勇业绩，也没有缉毒警察深入虎穴那种惊心动魄的传奇故事，但她却在平凡的工作岗位上做出了不平凡的业绩。

她做过政工内勤、派出所民警、刑警内勤、装财出纳，现在还是经侦战线上一位普普通通的民警。无论在哪里工作，角色转变了，但她勤恳实干的本色从来不变。她踏实的工作精神令同事们肃然起敬，她默默无闻全身心倾情公安工作的表现多次赢得上级领导的一致好评，因此被多次评为先进个人、优秀共产党员。

她就是江西省都昌县公安局经侦大队踏实肯干的女民警张晓燕。

今年34岁的她，14年前还是一名人民教师，带着对公安事业的执着热爱，通过公开招考，于1997年光荣地成为一名人民警察。当时她被分配到县公安局政工科，负责民警的警衔晋升、工资调整等一大堆杂事，相比那份轻松的教师工作要繁忙得多，但她干得认真，从不马虎，以致从来没出现过差错。她的干练与细心赢得了同事们的交口称赞。这一年，她被同事们推举为全县公安系统的先进个人。

1998年6月，都昌县公安局刑警大队一位内勤女民警因工作调动，刑警大队当时缺少一位内勤。由于男同志大多不愿意干内勤工作，且男同志干起繁琐的内勤工作时容易出现差错，因此局里考虑挑选一位女同志担任。经局党委研究，让工作认真负责、办事细致周密的张晓燕接替。来到刑警大队，张晓燕仍然是原来的工作作风，默默无闻地奉献着，以自己的真诚与朴实感染着身边同事。

一个华灯初上的夜晚，张晓燕正忙于家务，突然接到刑警大队长的电话命令，要她配合队里一位男同志乔装成一对情侣出入该县娱乐场所，从而查明是否有警方要抓获的犯罪嫌疑人。当晚，张晓燕不负重任，配合同事出色地完成了任务，大队战友们在她巧妙传递信息之后，成功抓获3名犯罪嫌疑人，破获刑案5起。

转眼到了2003年，县公安局装财科一位出纳又因工作调动了，这次领导首先又想到了她，她又毫无怨言地接受了出纳工作。3年来，她一直在平凡而又繁杂的岗位上勤奋地工作着，从无差错纰漏。虽然没有轰轰烈烈的事迹，但她用一腔热血真诚地诠释着共产党员随时听从召唤、服从大局的涵养，以满腔热忱实践着当初入警时"立警为公、执法为民"的誓言。

装财科是公安局的后勤保障部门，后勤保障部门的工作职能主要是搞好服务，既要为机关搞好服务，又要为基层搞好服务，更要为全体民警搞好服务。张晓燕同志深知基层派出所受警力不足、经费紧张等诸多因素的限制，来一趟县城很不容易，因此她对每一位报账民警总是予以热情接待，尽量让他们满意。去年寒冬腊月的一天上午，已经到了下班的时候，张晓燕刚下楼，就遇上一位从乡下来的村民要办理户口收费手续。她二话没说，返回办公室为这位村民办好手续。村民感激地说："真是太谢谢你了，不是你帮忙，我要等到下午了！"为了给内部的民警和外面的群众充分的便利，她想到做到的是：提前上班、延迟下班。

都昌县从2003年5月开始实行了财政统一支付制度，所有的收入支出全部要进入财政局下设的会计管理中心，公安局当然也不例外。都昌县公安局现有400多名民警，算是大的机关，下辖近30个有收入的基层科、所、队，这就给报账工作增加了巨大难度。加上公安局离财政局很远，一个在城东，一个在城西，往返有几里路。装财科本来就是管车的单位，叫一下公车办公事很正常，而张晓燕同志为了减少开支，总是骑着自行车往返于财政局和公安局之间，不管日晒雨淋、风吹雨打。每逢到了月底，各科、所、队报账时，张晓燕中午干脆不回家，要么在食堂吃个工作餐，要么到小店买碗面条，根本顾不上老公和小孩吃什么，就一头钻进办公室，继续关起门忘我地工作。每逢年底关账，更是繁忙，为了保证各项工作的顺利进行，张晓燕只得把工作带到家里。十二月正是隆冬季节，天气冷得刺骨，张晓燕就把票据铺到被子上，把棉被当成办公桌，虽弄得孩子、爱人都无法安心睡觉，但爱人理解她，常宽慰地说：我真是找了一个"先进"老婆啊！

张晓燕同志就是这样一个倾情奉献的人、一个把工作看得重于一切的人。"即使对儿子有愧疚，但我干完了工作就会心安。"虽然说起儿子，她心存歉疚，但仍然把工作看得最重要。

2005年6月，张晓燕的爱人出差到杭州学习，正在上班的她突然接到学校老师打来的电话，说儿子发烧并呕吐。张晓燕匆匆赶到学校，把儿子接到家里喂了点感冒药。吃过饭，她吩咐儿子注意安全，便上班去了。可是，当她忙完工作下班回家推开门时，看到躺在床上动都不想动、身上滚烫发烧的儿子时，她的眼泪止不住地涌了出来，一边心疼地说："孩子，妈妈对不起你！"一边抱起儿子就往医院赶。

说起张晓燕在装财科工作的时候，有个"历险记"，同事们都记忆犹新。那一次，张晓燕经历了一场车祸，有惊无险。

一天下午，张晓燕乘坐装财科的昌河面包车去县人寿保险公司为民警代缴人身简易保险费，就在保险公司门口转弯的时候，从后面开来的一辆的士车，因车速太快、来不及刹车，一下把张晓燕乘坐的昌河车撞了个"底朝天"。张晓燕被送进了县人民医院，头部受伤较重，医生建议住院观察。可她只住了三天，伤情有所好转就不顾医生和爱人的反对，办了出院手续。因为她知道，第二天就是各科、所、队报账的日子。

张晓燕想人之所想、急人之所急，充分给人方便，但在原则问题上却毫不含糊。在担任出纳工作以来，她严格遵守财务制度，严守财经纪律，认真把好票据审核关，当好领导的参谋和助手。虽然有少数人当时不理解，但之后却得到了大多数人的肯定和其他业务部门的高度评价。

岗位虽然多次转换，但她每到之处工作都干得有声有色。张晓燕常说："当我苦累时，我迷茫过，但从没后悔过当初的选择，因为我知道，既然选择了警察这个职业，必会有风雨兼程。"

张晓燕就是这么一个值得尊敬的人，默默无闻，倾情奉献，爱岗敬业，永不言悔。

（发表于 2008 年 3 月 20 日中国警察网"卫士风采"栏目）

风雨兼程葆初心

群雁高飞头雁领

要说人长得帅，他绝对算一个；要说人随和，他也算一个；要说人踏实，他更算一个。我今天说的这个人，就是都昌县公安局治安大队的领班人物——程仙孙同志。

翻阅他从警后的档案，不难发现，其充满正义与公平执法的人生轨迹，可谓一路鲜花与掌声。自 2003 年 9 月担任治安大队长以来，他带领的队伍连年多次获得殊荣，就拿近两年来说，治安大队就连续两次获得全市治安管理先进单位；2006 年、2007 年、2008 年获得全县目标管理优胜单位。

他有何种本领把队伍带得风生水起，又是如何赢得了人民群众的好口碑呢？

先讲他的领导带头作用。但凡遇到紧要关头，他总是毫不犹豫挺膺担当，既是指挥员，又是战斗员。

2006 年，大树乡一中学女学生因交通事故死亡，死者家属为达到尽快解决赔偿之目的，竟然聚众到县政府无理取闹，公然阻碍政府工作人员正常上班。通过近半天的耐心劝说，这些聚众闹事人员毫无收敛之意，竟粗暴地对政府主要领导动手动脚，此后欲到县政府抬尸闹丧。治安民警接到指令，拟抓获几个为首的组织者、闹事者。程仙孙作为现场的指挥人，面对众多的村民，面对有可能受到伤害的危险，他全然不顾，第一个冲在最前头。在他带领下，后面的民警紧跟而上，成功抓获 4 个为首闹事者，并将4人分别予以行政拘留，从而确保了事件得到正常的处置。

2008年7月4日，都昌县一出租车司机余某驾驶的士行驶至都蔡路29公里处时，与大树乡玉介村委会窑府村牛某某的自行车发生碰撞，牛某某被送往医院因抢救无效于当日19时死亡。7月5日，交警大队治安股以余某涉嫌交通肇事罪将其刑事拘留，并已将肇事车辆依法扣押，事故也在处理之中。然而以死者之弟牛某为代表的死者家属，为达到尽快得到赔偿的目的，纠集数十名群众来到交警大队，向交警大队提出苛刻要求。当要求未得到落实后，牛某等人不听工作人员劝阻，召集数十名群众于5日上午11时许强行将死者遗体抬进交警大队一楼大厅，随后又煽动不明真相的群众上路，造成大转盘交通堵塞。交警大队、大树乡政府、大树派出所多次对他们进行劝说，告知他们要按照程序办事，不要采取过激行为，可是牛某等人置之不理。

此后，县政法委、县公安局、大树乡、交警大队多家单位和部门反复做工作，牛某等人于7月6日凌晨4时许才把冰棺拉走。牛某等人的行为严重触犯了《中华人民共和国刑法》，造成了极坏的社会影响。鉴于此，都昌县公安局依法立案侦查。

2008年11月25日，县公安局通过广布线索来源，得知牛某已从外地回来途经县城。程仙孙随即带领三名治安民警会合大树派出所，在县府南路一超市门前发现了牛某，程仙孙一个箭步冲上前死死抱住了牛某。在抓获过程中，程仙孙的上衣被撕破，纽扣被扯落，手背也被抓破，可他仍坚定地竭尽全力与民警一道将嫌犯拉上警车，使这起影响极坏的聚众扰乱秩序案及时得到侦破。

再说他的踏实能干与诚挚待人，可以说，在工作中展现得淋漓尽致。

都昌县农村人口多，发生的纠纷也多，而一旦发生非正常死亡所引发的纠纷，派出所几乎都要报告治安大队，以使问题得到及时处理。此类纠纷的被害人，情绪往往表现得非常急躁，容易发怒。程仙孙常说："他们是被害人，多点宽容，多点理解，多换位思考，问题也会迎刃而解！"

2008年10月9日下午5时许，治安大队接到报警：多宝乡蒋公岭一工地施工现场因土方塌陷造成2名民工死亡。接警后，程仙孙立即向局领导作了汇报。根据局领导指示，他带领大队民警迅速赶到现场，一边展开调查，一边妥善处理善后事宜。经查，当日下午 4 时许，多宝乡蒋公岭工地业主陈某（男，34 岁，多宝乡寺前村委会北陈村人）及民工朱某（男，50 岁，多宝乡长平村委会朱村人）在作业时因工地现场土方塌陷被压致当场死亡。朱某系业主陈某雇用的民工。

事情发生后，死者朱某的家属情绪十分激动，扬言如果事情得不到妥善解决，将抬尸闹丧，双方械斗一触即发。程仙孙了解情况后，向死者家属一边宣传法律法规知识，一边和风细雨地展开人性化劝说，耐心细致做双方家属思想工作，要求他们先冷静下来协商处理此事。在协商过程中，由于业主陈某也当场遇难，处理一时无法满足死者朱某家属的要求，朱方家属便于 10 月 10 日上午纠集老人及妇女到多宝乡政府闹事，程仙孙仍耐心地一个接一个地找当事人进行疏导劝解。声音沙哑了，他就用手比画着，或用笔写清想说的意思；确实疲惫了，他就以双手作垫，伏在桌上打个盹，双方家属都被他诚挚的心感动了。就这样，程仙孙坚守在事故处理现场三天三夜，硬是凭着顽强的意志，认真地履行着职责，终于使双方家属于 10 月 12 日下午达成调解协议，使事件及时得到圆满处置。

再说他的政治敏感性是超强的，一点也不假。

为确保"平安奥运"，作为唱平安主角戏的公安部门自然责任重大。为此，程仙孙多次召开大队民警工作例会，部署相关工作，先后组织民警开展了治爆缉枪、"三电"专项斗争、禁赌专项行动，并取得了显著成效。自 2008 年 3 月至 10 月，程仙孙带领民警逐个下乡，排查整治涉爆安全隐患，严查非法矿点及涉爆重点人员。先后组织开展了"拉网式"大排查、清查收缴行动、危险物品整治、剧毒化学品专项整治、非法矿点整治等一系列集中整治行动。同时，加大了打击涉爆、涉枪犯罪力度，查获了一批涉爆涉枪案件。由于工作措施得力，2008 年 7 月 21 日晚，治安大队会同周溪派出所成功破获周溪汪某非法制造、买卖、储存爆炸物品案，当场收缴黑硝 100 公斤并销毁，抓获涉案犯罪嫌疑人汪某，及时消除了一起重大隐患。

最后说说他带队的举措吧！他说，要带好队伍服人心，就必须从自己做起。

程仙孙曾在乡村派出所工作 14 年，无论是从普通民警到派出所所长，还是从所长到治安大队长，都是一步一个脚印走过来的。他爱岗敬业，深深感染着属下民警。当有人劝他在工作上不要太执着时，他常说："我像火车头，就要起到火车头的作用！"他耿直的性格与朴实的为人，彰显着他无论做人还是做事的坦率与真诚。

为把治安大队建设成一支有战斗力、作风过硬的队伍，作为大队长的他可谓用心良苦。他很注重民警的学习与培训，一有时间和经费，就不惜代价选派民警参加省市治安部门组织的学习培训，使民警及时得到知识"充电"；他也善于发现"掉队"民警。由于受权力观、金钱观的影响，个别民警心理时有不平衡而心存疙瘩，因而工作中出现消极情绪。程仙孙就像一个大哥哥一样，及时找到"掉队"民警，了解其是工作中困难还是生活上所需，通过真诚的交流与沟通，解开其"心结"，使民警的责任感、使命感有了明显的改变；他还善于与民警交心，对表现好的同志常常叮嘱戒骄戒躁，对表现差的就经常耐心开导。可以说，这已成为程仙孙同志工作中的一部分。通过"换位思考"真诚地交心，他与民警建立了融洽的"兄弟手足"之情。他常说："把心交给别人，才能得到别人的心，这是心灵的沟通，也是我们做人的处世之道。"

群雁高飞头雁领。大队治安民警在他的带领下，精神风貌焕然一新。他言传身教，用诚挚的心贴近每一个跟随他的民警，从而赢得了大家的尊敬与爱戴；他工作默默无闻、身先士卒，与民警打成一片，也赢得了有关部门的肯定。从警26年来，他任劳任怨、乐于奉献，因其业绩显著，多次受到县公安局表彰；1993年被九江市公安局授予"全市优秀派出所所长"称号；1994年、2002年先后两次被江西省公安厅授予"全省优秀人民警察"光荣称号。2007年1月8日，被九江市公安局记个人三等功。2008年程仙孙获"全县公安系统优秀基层科所队负责人"光荣称号，所属治安大队也获得机关目标管理考评优胜单位。

（发于中国警察网2009年11月16日"卫士风采"栏目）

警营有个"火车头"

因为组织的信任，他被安排在一个治安较为复杂的偏远地区当警察，而且是一所之长。接到任命的那天，他神色自若，内心淡定，因为他知道，警察要像军人一样，以服从命令为天职。上任后，他雷厉风行，带领全所民警把工作干得有声有色，被当地群众誉为跑得飞快的"火车头"。他有点欣慰，因为他知道这是群众对他最好的评价。

从警 14 年来，无论在哪里，他都以实际行动全力维护着辖区稳定，为确保一方平安作出了不懈的努力。他踏实的工作作风多次赢得领导和同事们的好评，同时受到了辖区群众的啧啧称赞。2003 年他本人因业绩突出被评为全省基层派出所优秀民警；2007 年被评为全市巡逻盘查能手；2009 年他担任狮山派出所所长以来，该所连年被评为全县目标考评先进单位，曾多次荣获全县优秀人民警察、优秀共产党员等荣誉称号，并多次受到县局嘉奖。

他就是 1997 年参加公安工作、曾任都昌县公安局周溪派出所副所长、教导员，现任都昌县公安局狮山派出所所长的周伟，今年 37 岁。

俗话说："火车跑得快，全靠车头带"。作为一所之长，周伟深知，自己在整个派出所工作中起着至关重要的作用。而要当好一名所长，首要的是需要具备较高的综合业务素质。在工作中，周伟认真学习各项业务知识，熟练掌握各种法律、法规，善于协调处理各类问题，积极为辖区群众排忧解难。2009年5月，周伟通过竞争上岗调任狮山派出所所长。

狮山乡地处偏僻山沟，历来民风彪悍，社会治安状况比较复杂。周伟深知社会治安责任重大，凭着多年的公安基层工作经验，使他意识到要把派出所工作搞好，就一定要带出一支有战斗力、作风过硬的队伍，要让全所民警心往一处想、劲往一处使。于是，周伟同志带头勤政，既当指挥员，又当战斗员。不论是治安巡逻、打击违法犯罪还是侦查、抓捕，他都冲锋在最前头，身先士卒，哪里有危险就冲向哪里，哪里有困难哪里就有他忙碌的身影，为全所民警树立了榜样。

2010年5月，狮山乡发生一起空巢老人不明原因死亡案。案发后，狮山人心惶惶，一段时间内，案件是否侦破成了当地人茶余话后的谈资，同时也引起了上级部门的高度关注。周伟临危受命，带领全所民警配合刑侦部门积极开展调查取证及秘密摸排工作。经过一个多月昼夜艰苦卓绝的努力，终于锁定辖区居民邵某为作案嫌疑人，并于2010年6月2日将准备外逃的犯罪嫌疑人邵某成功抓获归案，从而一举破获了近两年发生的强奸杀人案3起。案犯被押回时，辖区居民奔走相告，百姓夹道相迎。望着长跪不起的受害者家属，听着众多百姓的啧啧称赞，周伟同志真切地感受到，是这片热土、这方百姓给予他和他的战友们辛勤付出后最好的回报。

2010年8月29日早晨，周溪镇双垅村委会村民张某急匆匆来到狮山派出所报案称：当日中午11时许其停放在狮山乡狮山街的一辆货车被人无故砸坏。看到受害人焦急的目光，想到受害人积攒下来的血汗钱多么的不容易，周伟同志心急如焚，倍感责任重大。为了尽快破案，他顾不上吃饭，带领民警走村串户、深入村庄，查线索、摸重点、寻嫌犯至深夜，很快便将该案的犯罪事实查清，迅速锁定段某等3名犯罪嫌疑人。当得知嫌犯段某要闻风外逃时，周伟便利用晚上时间走访犯罪嫌疑人家属，规劝其投案自首争取宽大处理。在强大的政策攻势下，该起车辆被毁案及时告破，受害者财产损失被及时挽回，民警们高度负责的工作精神受到了群众的交口称赞。

正是由于周伟同志对公安工作的无限忠诚，狮山派出所整体作战能力有了显著提高。2010年狮山乡连续发生的两起因交通事故引发的聚众阻碍交通秩序案均得到成功告破，辖区内无一积压案件，狮山派出所堪称一支拉得出、打得胜的队伍，真正撑起了狮山乡的一片蓝天。

2009 年 5 月，周伟同志从周溪派出所教导员调任狮山派出所所长。作为所长，周伟感觉到身上的担子比以前更重了。为了让所里的民警有一个温馨的环境、有一个愉快的心情投入工作，他与其他所领导研究以后，从派出所有限的经费里加大了硬件建设力度，添置了办公桌椅，更换了一批办公设施及消毒柜、冰箱等生活设施，为民警购买了新床，让民警有了一个比较舒适的办公条件和稳定的生活环境，使民警体验到"家"的感觉，真正做到拴心留人。夏天来临，周伟见办案民警办案回所后汗流浃背，在办公室里制作询问笔录也流汗不止，经多方筹款给民警办公室及值班室安装上了空调，让民警实现了夏天凉爽办公的心愿。

关爱民警重行动，一片真情暖人心。周伟真诚关心爱护所内民警，只要民警家有红白喜事，除有警务活动外，他都会亲自到场，与民警一道同甘苦、共患难。民警遇有困难，他必伸出援助之手，民警生病住院必前去探望。2009 年 11 月，所里民警詹某的父亲因病去世，刚刚出世不久的女儿又患上先天性心脏病住院急需手术，家里经济十分拮据，周伟得知这一情况后，主动找其谈心，多方为詹某争取经济援助，亲自为其办理请假事宜，告诉他不用担心所里工作，一心一意照顾好家人，还特地叮嘱他，如有什么情况再续假。此后周伟多次到医院探望其女儿，让詹某的家人内心感动不已。

春风催得梨花开。正因为有爱，才营造了温馨；正因为有情，才造就了坚强的战斗堡垒。自周伟同志 2009 年 5 月调任狮山派出所所长以来，该所连续两年被评为全县目标管理先进单位，并多次受到县局嘉奖，民警无一人违法乱纪，赢得了人民群众的交口赞誉。

"权为民所用；情为民所系。"周伟同志不仅在工作上兢兢业业、任劳任怨，而且在生活作风上严于律己，始终保持清正廉洁。他常说，公安民警是人民的公仆，手中权力是人民给予的，就只能全心全意为人民服务而不能图索取。言必信，行必果。在担任狮山派出所所长以来，他把抓警风正、带民风纯、树好形象作为工作重点，坚持忠诚履职、廉洁自律，从自身做起，带出了一支作风朴实、敢打硬仗的队伍。在党性原则上，他坚持民主集中制，科学决策讲大局，讲团结，以德服人，关心下属。在生活上，他艰苦朴素，厉行节约，从未因私报销过发票。2010年12月，狮山派出所查获一起偷狗案，犯罪嫌疑人托熟人找到周伟，表示只要派出所不刑拘涉案人而从宽处理，他们不管花多少钱都愿意，并一定"好好感谢"周伟，但遭到周伟的严正拒绝："派出所代表的是国家，不是个人，触犯了法律，想用钱是买不到的！"结果，周伟并未因熟人的出面而降格对案件涉案人的处理，而是依法对该案进行了处理。

有人说，警察的心是铁打的，其实警察的心，也是肉长的。对十恶不赦的犯罪嫌疑人，警察的心是铁打的，而对需要救助的百姓，警察的心是柔软的。辖区有位村民冯某，因父母患病、妻子又离他远去，不堪忍受家境的贫困、生活的重负而变得精神失常了。周伟得知此情后，积极上门配合村委会，将冯某送往医院救治，同时到有关部门奔走请求免收了一千多元生活费。当冯某康复出院后，他第一件事就是到派出所感谢周所长。

身不正，不足以服人；言不诚，不足以动人。周伟同志以其十多年的基层工作经历告诉人们，他不仅在同各类违法犯罪斗争中是强者，在糖衣炮弹面前同样是强者。他以对公安工作的无限热爱，不辱使命、不负重托，彰显着一位乐在乡村、甘于奉献、甘于清贫的人民警察的高尚情操……

（发表于中国警察网 2011 年 6 月 24 日"卫士风采"栏目）

警营有个「火车头」

实干心安

"一滴水珠，可以折射太阳的光辉；一个好人，可以温暖千万的心田。"他常常这样勉励自己，做人就要做个好人，做事就要干出实事。从警14年来，他始终牢记当初入警的誓言，本分做人，踏实干事，曾先后两次荣获"全市水上工作先进个人"光荣称号，多次被本局嘉奖，充分诠释了一名人民警察的良好职业道德和个人素养。

他就是现任都昌县公安局治安管理大队行政管理中队中队长的徐全金，现年37岁。

徐全金原是一名人民教师，凭着对公安事业的热爱，于1997年考录到公安系统，曾在水上公安分局工作，因工作出色于2009年调任治安管理大队任中队长。

他到任后，方知自己是中队最年轻的民警，内心压力骤增。压力一，他曾在水上公安分局工作，一年到头也办不了两起案子，业务上不精通；压力二，自己最年轻，工作中能够安排好比自己年长的民警吗？反复思考，他终于理清了头绪：作为一名年轻的中队长，不懂的就要问身边的老民警，争取精通本职业务工作；此外要在工作中率先垂范，难度大的案子，自己一定要亲手一把抓，同时在做人上狠下功夫，低调做人，保持适当的低姿态融入到同事之中，要充分取得同志们的信任。

他常引用名人所言告诫自己："微小的知识使人骄傲，丰富的知识使人谦逊，所以空心的禾秆高傲地举头向天，而充实的禾穗却低头向着大地。"他坚持利用业余时间，扎扎实实开展自学法律法规，给自己充电。在工作中，遇有不懂的问题，虚心向老同志或法制科的同事求教，争取把案件办好办实。通过近一个月的系统学习和历练，他不仅很快熟悉了公安业务理论知识，为以后成为业务骨干打下了坚实的基层；还很快实现了由水警到治安警的角色转换，并融入到中队民警的良好氛围之中。

"干工作，就要当作是一种责任，一种磨炼。"徐全金如是说。公安工作是一项特殊的工作，来不得半点马虎，更来不得半点虚假，因此他在做事方面格外慎重、踏实。

2010年10月间，几个福建人来到都昌县一些乡村，在一些小商店或休闲屋秘密摆放了电脑，从事网络赌博活动。治安大队接到举报后，徐全金负责在外围收集证据。由于该团伙摆放的网点有20多个，且每个网点分布偏远，要秘密取证不是一件易事。但他坚持把这项工作当成一种责任，白天干不完，夜晚接着干，遇有天寒地冻，也不畏艰苦，与同志们一道，细致地广泛收集证据。饿了就吃随身带来的方便面充饥，渴了就喝几口带来的矿泉水，硬是全面地展开了地毯式的调查摸排工作。由于工作主动，仅利用一周的时间，就充分获取了证据，为日后拘捕犯罪嫌疑人事先获取了证据，也赢得了宝贵的时间。

2011年清网行动开展以后，徐全金以满腔热情投入到追捕和争取在逃人投案自首工作之中。秦某是一名潜逃5年的在逃人员，通过工作，民警发现可以争取到秦某投案自首，于是徐全金利用休息时间，先后五次来到在逃人家中，给其父母做思想工作。也许是精诚所至，秦某的父母对徐全金的看法由拒绝转变为信服，最终在第五次登门时，表示一定配合公安机关，尽最大能力劝说儿子到都昌县公安局投案自首。果然，不到一个星期，秦某专程从外地回家，在其父母的陪同下来到公安局自首。

在担任中队长后，他按照县局及大队的要求，认真扎实地做好本职工作。近三年来，他与同事认真开展爆炸物品、金融单位内部安全保卫的管理工作，积极参与安全保卫工作、警卫工作、专项整治工作、处置突发事件预案制定等。在工作中积极向大队领导提出合理化建议，认真收集各种情况信息，及时向上级领导和有关部门反馈和报送工作情况，做到信息畅通，尽职尽责，对工作高度负责，毫无怨言，责任心特强。同时，他积极参加大队对娱乐服务行业管理、案件查处、复杂场所整治、警卫执勤等工作，在两年多的时间里，主办和参与办理治安案件30余起，刑事案件10余起，参加警卫执勤、处置突发事件等重大活动30余趟次，坚持做到公正文明办案，从没发生一起群众投诉事件。

治安管理范围广，名目繁多，经办的案件也多。由于受社会风气的影响，有些当事人经常施以金钱诱惑，以求得从轻或减轻处理。面对一个个诱惑，徐全金有自己的处世原则和标准，坚决做到勤于修身、严于律己、堂堂正正、清清白白。他常以"勿以善小而不为，勿以恶小而为之"这句话告诫自己，要做一个光明磊落的人。因此，无论是工作中还是生活中，他都严格遵守公安部"五条禁令"和省厅"四个禁止"等廉洁自律规定，从自身做起，以党的事业为己任，一心扑在工作上，积极学政治、学业务、学法律，勇于开展批评与自我批评，自觉遵守党风廉政建设中的各项规章制度，不断巩固自己的思想道德防线，增强自身防腐拒变能力。

2010年11月的一天深夜，徐全金的一位好友带着一起网络赌博案的当事人家属，来到徐全金家中，请求徐全金在处理时给予关照，临走扔下一个信封，里面装有一叠人民币。徐全金当场严正厉色地回绝："把东西收回去！权力是党和人民给予的，我不会利用手中的权力徇情枉法！"

本分、谦逊、踏实、肯干，领导和同事都这样评价他。徐全金挂在嘴边的一句话是，只有踏踏实实干事了，心才会安宁，否则对不起身上穿的这身警服。无论是学习、培训、考评活动，还是实战办案考核，他的成绩总是名列前茅。他以优良的工作作风和谦逊的人格魅力，赢得了领导的信任、同志们的信服，从而彰显了新时期一名公安民警的新风貌、新风采。

（发于中国警察网2011年5月12日"卫士风采"栏目）

初心如磐

矢志不渝守监所

江西省都昌县拘留所监管人员中有这么一个人，花白的头发，沉稳的外表。他淡泊名利，甘守清贫，默默坚守监所工作岗位22载。20多年光景，说长也短，说短也长。说它短，是因为他20年如一日，以踏实的工作作风，把自己的青春和理想都献身于监管事业；说它长，是因为这20年中他所经历过的人和事，太多太多了，酸甜苦辣咸五味俱全，他把监管事业作为人生的历练，在本职岗位上创造连续20年无事故纪录。

他就是都昌县拘留所副所长游安明。

现年49岁的游安明同志，参加公安工作近30年，其中10年从事农村派出所工作，20从事看守所、拘留所的监管工作。1991年，因工作需要，他从基层派出所调到都昌县看守所工作。2007年都昌县成立拘留所，他就调任拘留所任副所长。

监管工作是个特殊岗位，虽没有刑侦或其他部门那样惊心动魄具有挑战性，但来不得半点马虎。他把监管场所当成教育人、挽救人的特殊学校，一心一意扑在工作岗位上，视监管场所为家。据了解，他在看守所工作17年，有15年的春节值班都是他主动要求的。为此，他愧对身体羸弱的老母亲。有一年春节，老母亲生病了，而所内正是他值班走不开，他知道其他同志正在与亲人团聚中，不好换班，就坚守岗位，把母亲患病的事全交给已经下乡过年的妻子照料，而事后他没有一声埋怨，依然执着地坚守在本职岗位上。说到这件事，他非常感谢妻子风风雨雨陪伴他走过的30多个春秋，"没有妻子的默默付出与牺牲，我也不能安心坚守监管岗位！"游安明如是说。

他虽是所内副职，但他所管理的事务繁多而杂乱。财务管理、在押人员的生活管理、接见审批，他都事必躬亲。对所内财务管理账目，他做到了清清楚楚；对待来所接见的群众，他都热情周到，不分城乡差距，一视同仁。

1998年，一场洪水席卷都昌，当时的老看守所地势低，条件简陋，而看守所当时就关押了160余名在押人员，其中重刑犯30多名，如果洪水决堤将会冲击看守所，后果不堪设想。在这危急关头，正在医院打点滴治疗糖尿病的游安明闻讯后，毅然地把针头拔掉，投身到看守所的值班和做好在押人员思想稳定工作中。

洪水险情一个月，他从没退缩过一天，由于那时刚查出糖尿病且较严重，每天都要打点滴时，他就天天自带着盐水瓶，让同事帮忙扎针输液，硬是挺过艰难的每一天。

游安明有一双乌黑明亮的大眼睛，能从一个监室内十几名在押人员的不正常举动中一眼发现端倪。那是一个寒冬腊月天，都昌县人民检察院送来一名袁姓嫌疑犯，袁某入所后，情绪非常低落，恰被检查监所的游安明一眼看出，便把他带到问话室，从其内裤夹层发现两包毒鼠强。经耐心开导，袁某说出了欲在监室趁其他嫌犯睡觉后服毒自杀的打算。游安明三天两头找袁某聊天，劝其放下思想包袱，珍惜生命，温暖的话语终于感化了袁某，袁某最终放弃了轻生的念头，配合办案单位交代了自己的犯罪事实。

说到在老看守所工作期间发现"打洞"一事，游安明记忆犹新。一天深夜，游安明像往常一样到监室检查，发现一号监室后墙有泥沙松动痕迹，当即报告所领导，全所民警突击检查，在后墙发现一80cm×70cm的大洞。经提审在押人员，他们均交代，这是死刑犯张某、江某将铺板撬掉之后，在铺板底下用建所遗留的马钉打洞，准备趁夜深人静无人之机，预谋将执勤的哨兵杀死，然后越狱逃跑。

游安明不仅善于发现隐患，而且肯在管教方法上下功夫。重刑犯邵某是个胆大妄为、无恶不作的死刑犯，拒不服从监室管理，游安明从其身上的伤痛治疗开始，悉心关心他的身体，然后从尊重其人格上做文章，还带来很多法律书籍让他学习，解决了他在人间空虚无聊的最后时光。杀人犯江某自宣布死刑判决以后，在庭审现场用砖头猛击自己的头部，颅骨破裂，游安明与其他同志一道陪其在医院治疗了一个星期，施以无微不至的关怀。执行死刑的那一天，江某跪倒在游安明面前，动情把说："游管教的大恩大德，我无以回报，就让我向天跪拜一下，保佑你一生平安！"

游安明从警30年的生涯里，有20年是把自己的青春与热血都献给了自己热爱的监管事业。所领导换了又换，单位的同事走了又走，而他从没要求过调到其他岗位，就是有一次晋升机会，他都毫不犹豫地推辞了。面对职务升迁，面对金钱的诱惑，他都淡泊以对，宁静致远，担任看守所副所长之职已连续十三年。

2007年，都昌县拘留所筹建，他积极协助所长做好建所工作。新拘留所成立之初，所内只有3名工作人员，警力严重不足，游安明夜以继日地投入工作。他亲手草拟各项规章制度，探索工作流程，做好文书建档工作，当年拘留所进入全省三级拘留所行列。工作中，他根据不同对象采取不同方法教育谈心，实行宽严结合，使违法人员真正认识到错误根源所在。自拘留所建所以来，共收拘1000余人，他从没出现过差错。

游安明是个闲不住的人。他经常利用广播、报纸、集体谈话让在押人员学法、知法、守法，同时十分关心在押人员的生活。遇到家庭困难的，他突出一个"实"，帮助在押人员解决实际困难；遇到表现不好的甚至有轻生念头的，他突出一个"诚"，鼓励在押人员放下思想包袱，燃起生活的希望；遇到思想顽固拒不改正的，他突出一个"情"，以情感化，促其回归到正常人的生活轨道。从游安明密密麻麻记录的工作日志里，粗略统计，20年监管，先后排除重大隐患150余次，教育转化在押人员200余名。

就这样，从事监管工作22载，他风里来，雨里去，以所为家，全身心投入到监管工作之中，默默地奉献，无私而执着。他从未因自己的失职而发生任何事故，树立了良好的监管民警形象。

（发于中国警察网2011年6月10日"卫士风采"栏目，游安明已因病去世）

情系键盘心系民

　　面朝南山，坐落在东湖边上的都昌县公安局城镇派出所东湖社区警务室，一进入便可见室内的各项资料堆积如山，却摆放有序，接警出警、处警等各项数据全流程录入，出警速度、出警效率一目了然。在这里，一个承载着警务室管理平台和网格化管理平台的 55 英寸电子屏幕赫然在目。这是该管段社区民警程辉在省厅部署"全警情录入工作"以来，发扬吃苦耐劳的工作精神，以昂扬的斗志、以饱满的精神状态创造的一项工作成果。

　　程辉，男，汉族，中共党员，1976 年 10 月出生，现为都昌县公安局城镇派出所社区民警。先后荣立个人三等功一次，获市县嘉奖二十多次，并荣获"九江市消防工作先进个人""九江市优秀人民警察""江西省优秀人民警察""纪念抗战胜利 70 周年"全国安保先进个人等荣誉称号。

　　程辉在城镇派出所负责社区民警中队工作，与所内 4 名民警及 18 名社区协警承担县城 13 个居委会的社区警务工作，辖区人口基数达 12 万余人，治安防控压力很大。自全警录入工作开展以来，程辉每日上班第一件事便是登入"三台合一"平台，对前一天的各类警情予以分析研判。拿他自己的话说，研判研判，就是要多研究多判断，至少要明白，哪类警情多了起来，哪类警情新出现。根据研判的结果，程辉适时调整社区巡逻安排，向社区居民发布警情通报，提醒居民加强防范。

　　2015 年 11 月上旬，都昌县城镇派出所辖区连续发生多起电动车被盗案。程辉根据警情分析判断，确定了案发时间、作案区域等规律，然后带领社区中队民警及时调整巡逻时间和方式，并于发案重点时段和发案重灾区开展了艰苦的蹲坑守候，终于在一周以后现场抓获一名专盗电动车的犯罪嫌疑人，从而有效地打压了电动车案件频发的势头。

2015年12月中旬，城镇辖区又连续发生多起电信诈骗案件，程辉结合案件实际进行研判分析，及时通过县局短信平台向居民发布了防范电信诈骗温馨提示。几天后的一个中午，程辉接到社区居民刘先生专门打来的致谢电话。电话中，刘先生告诉程辉，若不是看了程辉发的提醒信息，当天差点上了一个冒充九江市公安局总机号079282××××的骗子的当。

据统计，2015年，程辉根据警情研判情况，发布此类温馨提示13次，计6万余条短信，收到了良好的社会效果。

根据"谁接警谁录入，谁处警谁录入，谁反馈谁录入，谁录入谁负责"的原则，程辉严格按照《江西省公安机关接处警信息录入规范》的有关精神和"全部录入、准确录入、即时录入、过程录入"的工作要求，切实做到接警必录入、有警必流转、有案必查办。因此，在"全警情录入＋"具体操作过程中，程辉力求规范、详尽、准确地把相关数据录入"三台合一"接处警系统，从而为后来的办案或服务查询提供有力的帮助。程辉不仅严格要求自己，还时常督促其他同志认真规范地录入各项数据，使每起警情一查便知，一看就懂。

2016年3月24日，都昌县城个体户占某找到程辉，焦急地说："程警官，救命！我去年向你反映别人借我一笔140万元的账，现在人家扯皮，当时你给我一个报警回执单，我弄丢了，现在我因起诉，法院质疑我持有的借条，你可要帮忙啊！"程辉热情接待了他，安慰他慢慢说。

听完占某的叙述后，程辉马上在"三台合一"接处警系统进行查询，调取了2015年3月29日占某报警警单。因警单上当时的情况记载得清楚明白，程辉便实事求是地出具了一份警情处置情况证明材料，占某夫妇这才松了一口气。后来法院也以这一证明材料为依据，作出了相关认定。占某对公安机关的及时帮助表示了由衷的感谢，同时对民警的服务给予了高度的赞赏。一起有可能无休止的诉讼被一纸警单的及时证实得到了平息，这就是"全警情录入"带来的良好收效。

程辉于 2012 年 11 月入驻东湖警务室，发现在日常工作中有许多"口袋信息""抽屉信息""脑袋信息"杂乱无章，一旦工作中需要则不便查询，更无法共享。目前，周法平台或其他相关平台又无法有效接口录入，为此，他积极想办法，自己动手搭建社区信息管理电子台账，并结合社区网络化管理平台将日常工作信息分类录入。取得这些一手资料后，程辉动手进行分类管理，并输入相应程序，使这些数据在电子屏幕上一目了然，检索起来也十分清晰可辨。

2015 年 10 月的一天，程辉在东湖社区南坡湾小区 1 栋 5 单元居民付某家走访，了解到户成员信息中女主人曹某反映女儿付某瑶在江苏上大学，曾在广西旅游遗失了身份证并登报挂失。程辉将这些信息有效地录入了电子台账。2015 年 12 月，城镇派出所接到全国经济案件侦破协作平台函件，要求核查城镇派出所辖区内付某瑶是否在广西进行信用卡诈骗。当函件转到程辉手中时，程辉迅速在电子台账中查到了付某瑶一家的情况（在户口信息系统中付某瑶为单人户，地址与实际居住地不符，但在搭建的电子台账中全户关联，地址相符），程辉专门上门核查该调查事项。付某瑶母亲提供了付某瑶当时挂失身份证时的登报收据，发现挂失是在案发前两个月，程辉将收集到的付某瑶与家人书信往来笔迹，向发函单位回复，后经查实确系付某瑶身份证遗失后被他人捡到冒用，开卡诈骗。

程辉及时核查情况为案件侦办提供了帮助，使办案单位少走了弯路。如今，东湖社区警务信息平台中纳管人口 10200 人，仅住户电话就收集 6000 余门，各项信息详尽明了，从而极大便利了社区的各项管理。

程辉就是这样一步一个脚印、踏踏实实地投入到社区警务工作中，以真情记下细致周全的键盘备案录，用真心为群众办实事、办好事，赢得了领导和同志们的一致好评。

（发于《江西公安》杂志 2016 年第四期"卫士风采"栏目。程辉曾被授予"全国优秀人民警察"光荣称号）

不忘初心写忠诚

　　在他的身上，关键词很多，"老黄牛""冷峻与沉稳""智慧与忠诚"，这些词的背后都有一连串的故事，彰显着他独特而传奇的警察人生。他从警整整 30 年，从一个派出所民警干起，逐渐成为派出所所长、看守所所长、水上分局教导员、禁毒大队长。待过的岗位有 6 处，有人说他是"南征北战"的战士，也有人说他是"哪里需要哪里搬"的一块革命的砖。他服从组织安排，每到一个新地方都可谓临危受命，所干的业绩在全局排名总是遥遥领先。30 年的光景，他从未忘记过入警时的誓言，把对警察事业的热爱诠释到日常繁忙的警务工作中。他先后获得"优秀先进个人"、"优秀共产党员"等光荣称号，曾荣立个人三等功一次。他就是都昌县公安局禁毒大队大队长邱默林（男，1965 年生，大专文化，中共党员，二级警督）。

　　30 年里，他不忘初心，以满腔热情投身到警营，对警察事业无限忠诚。他先后在派出所、治安大队、看守所、水上分局、禁毒大队等多个部门工作，其状态可谓南征北战，就像"一块革命的砖，哪里需要哪里搬"，其无私奉献、不怕苦累的品格，受到领导及同志们的赞誉。

　　1986 年 8 月，邱默林从江西警校毕业，分配到都昌县公安局周溪派出所工作。正如他的名字一样，他默默无闻地做事，领导叫干什么就干什么，从无怨言，受到了辖区群众的好评。

　　时过 5 年，因治安大队需要增加"新鲜血液"，邱默林作为乡村民警中的最佳人选调入。治安大队老同志居多，他抢着干事，虚心向老民警请教，积累了不少的工作经验。又一个 5 年过去了，他因成绩突出被派往离县城最远的万户派出所工作，这里民风剽悍，纠纷不断，而且又与鄱阳县交界，要在派出所主政一方可谓十分艰巨。他集思广益，厘清思路，克服困难，把一个治安乱糟糟的农村乡镇治理得井井有条。他在万户派出所工作的 6 年里，工作业绩始终保持在全县兄弟单位的前列。

后来因看守所工作需要，他又被调任看守所所长，这一干就是 6 年。6 年间，他带领同事们坚守在责任重大的看守岗位上，吃住在看守所，以所为家，使看守所工作又进入全县前列。随后，他被调入当时的水上分局任教导员，维护鄱阳湖水域的宁静与平安，可谓风餐露宿，昼夜坚守岗位。特别是近几年，都昌县禁毒工作繁重，吸毒人员猖獗，涉毒案件多。2012 年，他又被调往禁毒大队任大队长。他带领着一支敢打敢拼的禁毒队伍，破获都昌县有史以来最多的涉毒案件，令无数涉毒犯罪嫌疑人落网，被人们称为"鄱湖缉毒先锋"。

在 30 年从警生涯里，他低调做人，淡泊名利，谦虚谨慎，从不以取得的荣誉骄傲自居，就是有立功受奖的机会，他也从不去争取，而是把机会让给更多的年轻人，激发和鼓励着年轻人成长。

2002 年，都昌县发生一起出租车司机被杀案，因排查工作量大，县局抽调了多个部门的民警投入到摸排工作中。邱默林作为参战中的一员，并没有因不是自己单位主办的案件而敷衍塞责，他带领两位民警很快进入了状态。细致入微的工作方法，给他带来了好运。通过日夜暗访，他最终发现一名与犯罪嫌疑人体貌特征相似的人住进了县府路一家宾馆，于是迅猛出击，将房门踢开，一举抓获杀害女出租车司机的犯罪嫌疑人。接下来的评功授奖，他始终没有向组织伸手，把亲手抓获犯罪嫌疑人的这一事实隐藏下来。直到后来，指挥中心的文书人员因向上级部门报告侦破案件的需要，才知道抓获犯罪嫌疑人的民警竟是他带着的两位民警。按理，如果主动报告，立个三等功或嘉奖什么的，既合理又合情，但他把名利看得轻淡，而把功劳让给身边的战友。

这一次不参与评功，并非偶然现象。他在万户派出所工作期间，刚刚上任那年，他带领所里战友，打掉了曾称霸一方的犯罪团伙，破获了一批涉抢涉盗案件，当地群众联名上书"要给老邱报功"，他婉言谢绝了，把一大堆要求进城报功的群众拦在刚刚起步的路上。邱默林满怀深情地说："谢谢各位乡亲！我只是做了本职工作，应该的，如果兴师动众，看重名利，这不是我们警察的真正品格！"

他所待过的岗位，大多是主持大局工作，手中的权力还是有的。但他从不以权谋私，徇情枉法，而是清正廉洁，两袖清风，把廉洁自律作为做人的底线，把拒腐防变当作护身之符。

这么多年来，他不仅自己做到了独善其身，严格要求一言一行，而且还时常告诫身边的民警："我们虽然不是生活在真空中，但在清正廉洁上，一定要努力营造一个真空的环境。民警即使做了再多的对人民有益的事情，但只要有一件违法违纪的事情，就会毁掉警察的良好形象。"他所待过的部门，从来没有一位民警因违法乱纪而受到纪律处分，更没有受到法律追究，每到一处所带领的队伍都能经受住金钱、地位、荣辱的考验。他也从没办过人情案、关系案、金钱案，更没有让一个犯罪嫌疑人逍遥法外。30年来，他拒收红包无数，身体力行，树立了一个"铁包公"的清廉形象，彰显着一名优秀共产党员的高尚品德。

满腔热血扬正义，不忘初心写忠诚。邱默林就是这样，在从警30年的生涯里，以一颗赤子之心，谱写着一曲曲对公安事业无限忠诚的动人乐章，其无私的品质赢得了领导和同志们的赞誉。

（发于中国警察网 2016 年 11 月 13 日"卫士风采"栏目。邱默林已退居二线）

户籍窗口"康乃馨"

在都昌县公安局，有这样一位女子，28 年坚守本职岗位，默默奉献，乐做群众的贴心人，受到了广泛的好评。她叫高馨，1965 年 3 月生，1983 年入警，系都昌县公安局治安管理大队副教导员。1985 年她从江西省人民警察学校毕业后，就一直在户政窗口工作，其间无论是普通民警还是如今审核户籍把关的中层干部，面对前来办事的群众，总是满腔热情，微笑服务，为群众排忧解难，让他们"满怀忧虑而来，心满意足而归"。她曾先后获得过"九江市户政系统先进个人""都昌县优秀共产党员"等光荣称号，还曾获得过 12 次嘉奖。

都昌县是江西省的人口大县，全县 84 万多人，每天上门找她办事的群众少则几十人，多则上百人。到底为多少位群众排了忧解了难，笔者难以统计，但她总能保持从容，那样地耐心与细心，令人信任。"胸怀宽容为人，带着感情做事"是高馨的工作信条，她被群众美誉为一朵美丽的"康乃馨"，端庄、雅洁、忠诚、善良。

2014 年 12 月的一天上午，寒风凛冽，高馨正在整理户籍资料，63 岁的都昌县北山乡桃树岭的老人吴某来到了户政室，口里嚷嚷着要变更年龄，称自己已经跑了 3 年多，可每次都被告之少材料而没办成，一副牢骚满腹的样子。高馨细打量，老人冷得直打哆嗦，衣着十分单薄，于是马上给他递上一杯热水，听他慢慢唠叨。

吴某一生坎坷，无儿无女无依无靠，年轻时靠打小工度日，现在年岁大了，靠拾破烂为生，而身体状况越来越差，现在想为自己办理低保和医保手续，以享受国家给予的优惠政策，可吴某的年龄在 2005 年户口整顿的时候，本来是 1950 年出生的，而被误写成 1960 年出生。吴某边说边掏出村委会的证明和许多村民的签名，还气愤地说，这回不办好就坚决不回家了。

看到面前这位走路都成问题的老人，高馨心里一阵难受，决定要尽心尽力帮助老人。由于吴某所带的一些证据材料不能作为变更年龄的依据，高馨就想到了查阅原始档案，以辨真假。但一时三刻不能马上查到，何况现在又是上班高峰时间段，还要为其他人办理户籍业务。于是，高馨就对吴某说："大爷您先回去，等我查到了原始资料就会通过村支书告诉您。"可吴某不听，坚持说，都 3 年了，还是这样回答，不改好就不走。高馨还是不温不火，耐心地告诉他变更的程序，不是一朝一夕的事，还要通过九江市有关方面最后审核才行。一个多小时后，吴某见忙忙碌碌的高馨，为别人办事时还不忘帮自己添水问暖，从心里开始信服高馨。

临近中午，高馨没有回家，而是在食堂草草吃了点饭，就一头扎到档案室里。室内空气混浊，各项户籍资料堆积如山，仅都昌县城居住的就有 13 万人口之多，要查找吴某 2005 年以前的老身份证底子，谈何容易！但高馨就是这样有条不紊地查找着，一堆堆搬过来，又一堆堆搬回去，虽然是寒冬腊月，高馨却忙出了汗。两个多小时后，高馨终于找到了吴某的原始常住人口信息登记表，她悬着的心终于落了地。

吴某拿到更改后的户口本，逢人便说，高馨是这个世上他碰到的最好的女警察！

高馨手上要做的事很多，姓名、性别、民族、年龄等多项变更审核、关于假户口的案件调查、拟写全县户口管理等诸多事项、向上级报告户政信息等等，除此之外，她还要配合局内的专项工作，可谓忙里忙外。但她从不埋怨，而是以良好的精神状态和饱满的工作热情投入服务群众的各项活动中。"带着感情办事，搭起警民沟通桥梁，户籍警才能在群众心中重千斤，才能取得群众的信任，得到群众的拥护。"高馨如是说。

2014 年 5 月上旬，党的群众路线教育实践活动中，高馨和片警程辉走访县城一内燃机厂边的废旧车间时，发现了一位老大爷，衣衫褴褛，家徒四壁，已经 65 岁了，至今还是"黑户"。

原来，早在新中国成立前，老人何某的父母就从本县周溪镇搬迁到狮山乡大垅角村。1949 年 10 月，何某出生了，可两个月后，父母相继因病去世，他成了无人抚养的孤儿。后来当地好心人收养了他，将他抚养到 6 岁时，就把他送进了乡敬老院，此后读了两年书便进了狮山乡林场。何某跟人学了理发手艺，在柘林水库一干就是 8 年。回来后因无固定住所，过着流浪的生活。2001 年，他从农村辗转到县城后，靠搭棚度日。后来由于都昌县内燃机厂改制拆迁，一间破败的旧车间成了他的栖身之地，他终日靠在街道扫地和打杂活维持生计。他从出生以来就一直没有户口，没有结婚，无儿无女。因无户口也就无法办理身份证和医保。他身患类风湿病，双脚行动不利索，还患有糜烂性胃炎、前列腺炎、食道炎，治病不能报销，生活甚为艰难。

高馨又一次心疼了，老人如此困难，身边又没个亲人，自己不主动去帮，良心放不下呀！她当即把有关情况报告了主管领导，取得了领导们的支持，此后她决定特事特办，利用闲暇日子，先后三次下乡找村委会干部、何某儿时的玩伴及当地一些群众反复取证，取得了第一手资料。前前后后不到半个月，高馨就把户口本送到了何某手中。

2017 年腊月的一天清早，寒风呼啸，天气格外地冷。高馨刚到办公室，一位操着普通话的老人找到她，要求帮忙找到他的原单位并补录户口。高馨听了他反反复复的表述，才弄清了原委。

老人姓王，今年 84 岁，老家在宁波。上世纪七十年代，他作为技术骨干被请到都昌县纽扣厂指导工作，并在都昌县落了户。其间老人和一位上海姑娘结了婚，婚后才知道妻子有精神病，但他不离不弃，一心爱护着病妻。上世纪九十年代初单位倒闭，他和妻子投靠在上海的妻子娘家，因没有找到工作无正常收入过着极其贫困的生活。

如今岳父岳母、妻子儿子均已过世，老人偶尔去妻侄那儿吃上几餐饭，过着流浪般的生活。就这样生活处于危机之时，妻侄帮他购买了一张上海到都昌的客车票，嘱咐他找都昌当地政府解决生计。他除了一个破旧的"都昌县纽扣厂"工作证，没有其他任何东西。问及他过去的同事，也早已健忘。老人摸了摸口袋，哆哆嗦嗦地告诉高馨，身上只有几十元钱，一路上都没敢吃饭，只买了几个馒头充饥。看到老人无助的眼神，高馨的心像是被什么东西扎了一下。她赶忙从角落里搬出一把木椅，让老人坐好，叫他等等，然后快步跑到街上买来馄饨、肉包递到老人手上。老人眼睛湿润说着感激的话。高馨接着说，大爷您只管吃好，再说您要办的事。老人狼吞虎咽的样子与他的高龄并不相符，高馨估计老人太饿了没顾得上吃早饭就急着来到了派出所。

高馨当即把情况报告了有关领导，后又找到了管理户口的民警，大家的意见达成了一致，老人的户籍没解决就不可能享受国家的优惠政策，而老人又举目无亲，面临的情况虽有些复杂，但也应该尽心尽力。有关领导在高馨的报告下立即召集相关人员开"碰头会"，明确了方向，先帮助老人解决户籍问题。

高馨和同事们先后去了都昌县经贸委查询档案，接着去了已倒闭的"都昌县纽扣厂"老办公楼调取人口信息资料。在陈旧的破房子里，他们打开锈迹斑斑的铁锁，从蒙上厚厚灰尘的老橱柜里，查找着一页页已发黄的工作簿、签到簿、工人登记表，终于找到了老人的有关信息。之后，他们还通过多次走访，找到了两位尚健在、现已享受社保待遇的老厂长和老工人。

为老人解决户口的一周时间里，这位老人每天清早都来到城镇派出所"报到"，坐在那石墩上。老人很守规矩，从来不到民警的办公室，就是见到民警们，也从不上前打扰，只是微笑着点点头，默默地坐着。后来派出所在老人吃住方面也作了安排，吃在派出所食堂，住在派出所安排的小旅馆。

当高馨把崭新的户口本交给老人时，老人双膝一跪，高馨急忙搀扶，说这是我们应该干的事。

紧接着他们又为老人的生活无着落开始了新的奔波。通过城镇派出所与都昌镇人民政府、都昌县救助站等多家单位协调，终于让老人住进了敬老院。老人从此衣食无忧，不再流浪。老人在敬老院与别的老人聊天时，总是一个劲地说："都昌的民警真好！真的很好！"

掌管都昌县的户籍工作，高馨自然有一点权力，但她从不以权谋私，更不会滥用职权，总是两袖清风，秉公办事。了解高馨的人都知道她对职业道德的把守，能办到的事一定想办法快速去办，不能办的事、违反原则的事甚至违法乱纪的事，就是送座金山银山，她也不会去办。

2014年9月的一天，她的一位远房亲戚带着一个中年男子拎着丰厚礼品来到她家，要求帮忙办理异地入户手续。高馨了解情况后，发现属于不能办的情形，当即好言解释之后断然拒绝。见高馨不同意，此男子从口袋里拿出一个信封，高馨毫不犹豫地将远房亲戚和中年男子拒之门外。

像这样的事，高馨经常会遇到，但她从无贪念，始终保持着一个优秀共产党员的本色，坚守职业道德操守，自觉抵制各种诱惑和腐蚀。

28年的坚守，28年的默默付出与奉献，岗位虽然平凡，但她带着感情去做事，一心服务群众，竭心尽力为民解忧，她散发着康乃馨般的芳香，默默诠释了一位普通户籍民警深切的爱民情怀。

（发于《人民公安报》2016年5月26日"讲述"版，高馨已退休）

追你到海角天涯

他外表俊逸，纯正的国字脸，给人的感觉就是一位正气凛然的大男人。穿上警服，更显英姿焕发。无论在哪个派出所工作，所领导都欣赏他。他工作勤奋，为人聪慧，与群众打交道也很给力，是许多年轻民警学习的榜样。他舍得吃苦，不计较工作得失，分配的工作任务明显比别的民警要多，从来毫无怨言，总是默默地干，先后干出了一系列新业绩。他就是都昌县公安局城镇派出所普通民警曹端英。

曹端英，男，1986 年 10 月 4 日生，大学文化，中共党员。2007 年江西省公安专科学校毕业，当年通过招警考试成为一名正式警察，2007 年 9 月分配至都昌县公安局周溪派出所，2014 年 12 月调入城镇派出所工作。从警 10 年来，多次被评为："县局先进个人""全县征兵先进个人""全市治安系统先进个人"等荣誉称号。

时下，网络作为一种传播信息的工具，以其快速、便捷等诸多方面的优势深入我们的生活。而一些社会丑恶现象甚至构成违法犯罪的事件一旦在网络公布，群众深恶痛绝的同时，会期冀公安机关尽快立案处理。公安机关就这样处于网络的风口浪尖上，处置得当，群众的满意度、安全感增强，反之，会遭受社会及群众对公安工作的质疑。曹端英作为一名年轻的派出所民警，时常关注媒体及网络，常以一名人民警察为自豪，并用心去维护警察的形象与尊严。

2017 年 5 月 10 日，都昌县一些新闻媒体和各大网站出现了一段"湖边沙滩上一青年被多人围殴"的视频，并在微信群内被网友广泛传播，视频中被打的青年和打人的数名青年均操都昌口音，视频中的男子受伤严重。视频中所显示的地方极像都昌县鄱阳湖外湖沙滩边上。这段视频在群众中造成了极大的恐慌和不良影响，还有很多群众质疑公安机关，其中就有网友跟帖称公安机关长期的不作为，才造成这样的事情发生。

都昌县公安局及时审时度势，对这一"打人视频"进行广泛的查证。警情就是命令，公安民警的舆论压力骤然增大。见此情景，曹端英主动请缨，不等领导安排，随即对该视频进行了详细的研判和分析，后又经过三个小时的走访，终于得知该视频中被打的青年系辖区中坝村的高某，但是高某并未到城镇派出所报案，这让曹端英感到蹊跷，深感背后定有隐情。

果然不出曹端英所料，高某涉嫌一起案件被都昌县公安局网上追逃，要想确定案发地及详细案情，首先要找到被害人高某。民警首先想到联系高某的家属，经过联系家属，得知其父亲已经四天没有联系上高某，也是万分焦急。曹端英并没有气馁，而是静静地理顺思路，到此时已经是午夜11 时，曹端英和中队的同事并没有收兵的意思，最后提出一个思路，高某很有可能躲在要好的兄弟家。民警围绕高某的社会朋友圈进行调查和摸排，功夫不负有心人，经过数小时的奋战，民警在高某一朋友位于都昌县西河廉租房家中将其找到，这时已经是凌晨 4 时。高某看到民警后，深感意外，没有想到警察这么快就找到了他。此时的高某受伤严重，腰椎骨断裂，身体有多处软组织挫伤，已经不能正常走路，民警当即拨打了 120 救护车，将高某送至都昌县人民医院治疗。

待病情稳定后，民警随即对高某进行了询问。高某告诉民警，自己和这伙人有过节，当时被打的地方就是鄱阳湖外湖沙滩上，打完之后就被他们送到了其老表王某店里，最后是由其老表将其送到了都昌县人民医院治疗，自己担心这伙人会再次报复，更担心被公安机关抓获，于是报了个假名字，匆匆处理了一下伤就出院了。

曹端英深深懂得，许多案件的侦破都是在"快""准"上做足了，才能顺利成功，一旦风声走漏，会前功尽弃。于是在当晚，曹端英和同事们全面掌握整个案件的起因及经过，并做好相关材料。

民警们了解到，这伙"把人往死里打"的年轻人，是以冯某、沈某、张某为首的团伙，参与殴打的共有15人，所用的工具是棒球棍和钢管。这伙人在打人的同时，还将被害人拖入水中淹溺。之前的5月8日，这伙人在同样的地点用同样的方式对待过另外两个小青年。

对高某进行讯问后，民警对案件进行了梳理。大家一致认为，要想打开案件的突破口，必须抓住一两个首要分子。尽管一夜未眠，案子的压力让民警不敢懈怠，曹端英和中队同事展开了对涉案犯罪嫌疑人的抓捕。不到两小时，在县城一宾馆内抓获了冯某，接着又在小康路上抓获了蔡某。民警当即对此两人进行了突审。在民警宣讲政策和耐心的劝说下，两人如实交代了犯罪经过和动机，为民警办案打开了重要的缺口。之后，民警对其余的涉案人员全部开展网上追逃。

为把案件办成铁案，给被害人及其家属一个交代，还要给众多网友一个说法，曹端英认真梳理整个案情，发誓要力争将所有涉案人员抓获归案。同时，曹端英深入涉案人员家中，做犯罪嫌疑人的家属工作，争取敦促犯罪嫌疑人投案自首。

5月13日，民警通过摸排信息得知，涉案人员黄某在上饶市婺源县一茶楼内活动，曹端英当即和中队同事不顾炎炎烈日，当日驱车赶往婺源，在当地警方的大力协助下成功将其抓获归案。

6月3日，涉案人员黄某某在南昌落网。就在民警将黄某某带回都昌的途中，曹端英又接到了浙江温州警方的电话，称又一名涉案人员落网。曹端英挂完电话，感觉到的不是累而是兴奋。

将黄某某关押后，曹端英的妻子打来电话，称儿子生病了，电话中埋怨曹端英已经好几天没有回家，儿子非常想念他。所领导和中队领导得知此情况后，就安排中队其他民警前往温州追逃，但是曹端英却说："这是我主办的案子，每一位嫌疑人的到案我都要亲自参与处理，老婆会理解我的！"领导见曹端英坚定的眼神，点点头算是默认了。曹端英回到家中和老婆寒暄了几句，带了几件换洗的衣服准备出门，老婆笑着问他："你对待工作认真固然是好事，但是家庭也要兼顾一点吧？"曹端英愧疚地对妻子说："等我追捕回来，我多做点家务吧！"说完匆匆道别，立马登上了去温州的警车。

在此后的时间里，曹端英时刻不忘缉捕其他涉案人员，经常上门做涉案人员家属的工作，劝说犯罪嫌疑人主动到公安机关投案自首，争取从轻处理。7月17日，涉案人员罗某到公安机关投案自首，并交代了犯罪事实。

此案的侦办至今已有六名犯罪嫌疑人到案，均已逮捕起诉。此案的及时侦破，有效地震慑了犯罪分子，净化了都昌的社会风气，拯救了一大批不良青年（包括部分在校学生），得到有关领导和市民群众的认可，从而也给关注此案的广大网友和新闻媒体一个满意的答复。

（发于《新法治报》2017年8月14日12版"特别关注"头条）

一泓清水守护人

看似瘦弱的外形，内心意志却坚定如铁；

貌似文弱的书生，湖上战斗却从不逊色。

他戴一副黑边眼镜，工作一丝不苟。他守在美丽的鄱阳湖畔，待群众和气诚恳，对犯罪分子却疾恶如仇。从警十余年，深受领导的认可、同事们的肯定。曾获得"全市优秀人民警察""全县公安系统办案能手""九江水警先进个人""长江办先进个人"等光荣称号。他就是都昌县公安局水上派出所民警余芳。

余芳，男，汉族，1984年9月生，大学文化；2007年入警，分配在都昌县公安局万户派出所工作；2015年10月调入水上派出所工作至今。

鄱阳湖是江西的母亲湖，而少数违法犯罪者非法捕捞、非法采砂以及渔民之间的纷争常影响着鄱阳湖的安宁与稳定。余芳作为一名水警，总是保持着高度的责任感，有特殊任务期间常吃住在派出所，湖中执法认真负责，无论昼夜，风雨无阻。

每天清早或深夜，正是非法捕捞非法采砂的高峰时间段，余芳在所领导或其他同事的带领下，常常突击出现在湖中现场，那些非法捕捞者顿作鸟兽散。

阻止非法采砂或捕捞是一个方面，但要让他们明白保持鄱阳湖一湖清水的道理，只有经常性入户宣传，沿湖群众家里走走，才是杜绝违法犯罪根源的办法。为此，他一有时间就下到周边沿湖群众的村庄，发放宣传单，讲解危害后果，同时与渔民建立友谊，并从中获取线索来源，发现隐患，立即铲除。每年的禁渔期，他要发放宣传单 3000 余份，串门 1000 余户，获取有价值的线索 100 余个。

鄱阳湖有一些岛屿，如棠荫岛、朱袍山等值得游人观光的地方，常有人租船登岛，因而非法载客又是影响湖区稳定的重要因素。余芳总是放弃节假日休息时间，投身到劝阻渔船非法载客的活动中。

由于曾经发生过游客乘船溺水身亡的事故，余芳丝毫不敢懈怠，不断宣传、劝阻或制止渔船、快艇非法载客。仅十九大召开期间，他成功劝阻60 余艘次渔船、20 余艘次快艇从事非法载客活动。

昼夜值勤、巡逻，余芳根本无暇顾及家里出生仅 8 个月的女儿，也很少回去探望，他只有把愧疚深藏在心底，以满怀的激情投身于本职工作。

维护湖区稳定，不仅要做好宣传、巡查，还要在违法犯罪出现时，以铁的手腕、忘我的精神奋力迎击。在执法现场，余芳总是疾恶如仇；在打击犯罪活动中，也决不心慈手软。

每年的国庆节开始，余芳都会全身心投入湖区巡查活动中。一天深夜11 时许，他接到群众举报，有人在都昌县瓢山水域非法捕捞。当时正值国庆节期间，他马上报告所领导并迅速与同事不顾夜黑风高乘快艇赶赴现场，发现一台正在作业的泵船。在扣押过程中，遭到对方拒绝。僵持过程中，有 20 余人欲登上泵船，余芳挺身而出，大声呵斥，一边警告一边讲明阻碍执法之后果，并与随后赶到的棠荫综合执法点的人员一道，在快艇上持警棍、亮警示灯，保持高度的警惕性，这 20 余人才悻悻离去。水警现场执法，缴获钻井泵船一只。接着，余芳顾不得一夜未眠，对为首的非法采砂犯罪嫌疑人穷追不舍，终于在次日早上 6 时许，与同事们合力抓获运力船主左某（庐山市人）。左某系在钻井泵船购买砂的主要犯罪嫌疑人，经当日审讯，成功锁定了泵船的老板朱某（鄱阳县莲湖人）。

在锁定犯罪嫌疑人朱某之后，有不少登门或电话说情者，余芳一概拒之门外，并告称，唯有投案自首才是朱某的正确选择。经过半个多月的缜密摸排，得知朱某的落脚点，余芳又是奋力当先，在兄弟单位的支持下，成功将朱某抓获归案，一起非法捕捞、阻碍水警执法的犯罪活动被迅猛打击。

"几度风雨几度春秋，风霜雪雨勇搏激流。"余芳，一名优秀的水警，兢兢业业坚守在自己热爱的岗位上，坚守在美丽的鄱阳湖畔，并在一次次维稳战役中谱写着守护湖泊安宁与稳定的胜利凯歌。

（发表于 2017 年 12 月 4 日《新法治报》"特别关注" 20 版）

一泓清水守护人

一路采集一路歌

　　他有一双清澈明亮的双眸,俊秀的脸庞透着阳光般的朝气。他坚守在都昌县的东大门,默默无闻地奉献着宝贵的青春与热血,心甘情愿地践行着入警誓言,为保一方平安,做出了优异的成绩。特别是在近期开展的"一标四实"信息采集活动中,他更是起早摸黑,用坚实的脚步行遍辖区千家万户,竭尽全力采集信息,提前圆满地完成了采集任务,得到领导和同志们的肯定,也赢得了辖区群众的满意和信任。可以说,在信息采集的路上,一路风尘一路凯歌。

　　他 2010 年大学毕业后,通过招警考试加入公安队伍,分配在都昌县公安局中馆派出所工作后,一直扎根于基层。七年来,他先后获得"九江市优秀人民警察""全市治安先进个人""全市消防工作先进个人""都昌县优秀共产党员""全县公安工作先进个人"等光荣称号。他就是现年 30 岁的都昌县公安局中馆派出所社区民警张圣明。

　　中馆派出所一共有两个警务责任区,分别是中馆责任区和鸣山责任区,共有 5 万余人,而张圣明负责的中馆责任区就有 2.4 万人。面对所里人员少、警务工作繁重的情况下,要在规定的时间内完成"一标四实"的信息采集任务,可想而知,困境重重。作为社区民警,张圣明知道这不仅仅是一项任务,更是一项责任、一个考量自己的标尺。

　　张圣明冥思苦想,这项采集工作是来不得半点虚假的,唯有坦然面对，脚踏实地才能全面而准确地完成。于是，他投身基层，带领一名协警，背着一个大布包，内有笔记本、警务通，开始了漫长的入村串户信息采集工作。每每碰到不理解不配合的群众，他都耐心地解释一遍又一遍，与此同时，他还认真宣讲法律、政策，灵活讲解防盗防骗知识，让群众耳目一新，支持他理解他。群众见到这样一位和蔼可亲的年轻警察，纷纷伸出了大拇指。而张圣明呢，依然不骄不躁，走了一家又一户，细致而详尽地把收集到的信息输入到警务通。

天晴时，警服一身灰；雨天时，脚下一团泥。张圣明却乐此不疲毫无怨言。为了尽快完成采集任务，他拟定了采集计划，今天到张村，明日到李村，即使遇到了不顺畅的人和事，他都坚定信心，不分昼夜继续忘我地工作。在这寒冷的冬天，张圣明也是一腔热血，坚持下村入户。特别是到了晚上，北风呼啸，脸上手上都是冷飕飕的，可张圣明顾不得冷，一心只想着采集的事。有的群众见此情景，纷纷调侃，这个小伙子真是个不要命的。张圣明闻听后仍以一脸微笑应之，事实上，他的忘我工作精神已深深地打动了群众，群众哪有不配合不理解的呢？

在信息采集过程中，张圣明并不是只为采集而采集，而是活学活用、灵活应用，以采集工作促破案战役，一旦发现违法犯罪活动，他坚决不放手，以不负使命的责任感，维护一方平安与稳定。

2017年6月30日，张圣明在信息采集过程中，有村民私下主动向他报告，中馆镇的曹某、段某经常组织一些不务正业的人聚众赌博，张圣明立即将此情况进行了记录，并当即返回报告所领导。通过调查走访，民警们发现曹某、段某涉嫌开设赌场，次数多，涉案金额大，于是开展立案侦查，曹某、段某听到风声后为逃避打击躲藏在外地，随后被都昌县公安局列为网上在逃人员。张圣明作为社区民警，多次到其家中走访，通过对其家属做工作，使曹某、段某终于放下包袱，于9月29日到公安机关投案自首。

2017年8月4日，张圣明到了中馆镇刘山村准备采集信息，当到达女村民向某、李某家中时，他发现了桌子上有"六合彩"码单，同时见到两位妇女神色慌乱，于是怀疑两人有从事"六合彩"非法活动的嫌疑。张圣明当即向两位妇女了解情况，但她们均支支吾吾不回应。张圣明知道，有的群众不懂得"六合彩"的危害，总是带着贪念去购买、去经营，因此必须要认真对待，决不能心慈手软。他随后将此可疑情况向所领导汇报。所领导高度重视，立即进行了安排和部署。经过两个多月的调查和取证，于10月25日将涉嫌非法经营罪的向某、李某等人绳之以法，同时，通过信息采集，深挖了涉案的段某、石某，从而有效地净化了当地的社会治安和不良风气，群众拍手称快。

如今，张圣明在基层派出所一干就是7年，他走遍了辖区的每个角落，接触了成千上万的群众，而当看到一些困难群众的艰难处境时，他强烈地感受到自己肩负的责任和使命，坚持用心换心，以真情换真情，用深情厚意并付诸实际行动去帮助辖区群众渡过难关，在这一方水土牢固树立了人民警察的光辉形象。

2017年9月13日，张圣明像往常一样来到了都昌县中馆镇小河村颜家山低保户颜某家中，在核实信息过程中，发现其儿媳吴某某今年已经29岁了，却是一位未办理身份证的"黑户"。经进一步了解，发现吴某某是江西省南昌市人，于2009年嫁到都昌，户口于2010年6月30日从南昌迁移到中馆镇小河村，因未办理身份证，于2013年11月25日被删除。在颜某家中，民警见到吴某某本人，发现吴某某智力不全，一直以来未出去打过工，只在家中带小孩，也不属于双重户口。张圣明了解这些情况后，立即帮其整理补录资料，在最短的时间内，帮吴某某恢复了原有户口。

中馆镇大塘村有位妇女张某，今年43岁，是一位精神病患者，经常无事生非，张圣明没有置之不管，而是常常惦记，多次到家中找到她的亲属，要求严加看管。当发现张某的身份证也被删除后，又不辞辛苦，先后多次到村委会、张家村核实有关情况，并整理好相关资料，为张某进行了补录。

张圣明虽然从警时间较短，但他用自己的实际行动证明了对党、对人民的无限忠诚以及对公安事业的无比热爱，充分展示了一位社区警察朴实无华、扎实肯干的优秀品德和良好的职业道德。

（发于2018年3月5日《新法治报》12版"特别关注"）

愿天堂没有劳累

都昌县公安局城镇派出所民警沈华祥同志于 2018 年 4 月 19 日因公牺牲后，受本局委托，我怀着无比沉重的心情完成采访、撰稿、统稿任务，连续加班加点，先后听取了沈华祥生前战友、共同工作过的协警、同学、社区书记、主任以及沈华祥的妻子等人关于其工作、生活的点点滴滴，不禁热泪盈眶，觉得作为一个在宣传战线上深耕多年的老兵，应该竭尽全力用手中的笔，坚守良知与责任，再现这位优秀民警生前的光辉形象，以传播正能量，教育更多的人。

——题记

生平简介：沈华祥，男，1981 年 8 月生，江西省都昌县阳峰乡人，2010 年 4 月通过公务员考试录入甘肃省兰州市公安局刑警支队从事法医检验工作；2014 年 12 月从兰州市公安局调入都昌县公安局，分配在该局土塘派出所工作；2017 年 12 月作为优秀社区民警被选调到都昌县公安局城镇派出所工作；2016 年加入中国共产党。

事迹概况：2018 年 4 月 19 日，江西省都昌县公安局城镇派出所社区民警沈华祥在辖区走访沿街店铺 240 家并采集相关信息后，因劳累过度突发心脏病，当日傍晚 7 时 30 分，经 120 医生抢救无效光荣殉职，年仅 36 岁。令人扼腕叹息的是，这一天，他女儿出生刚满 100 天。

4 月 25 日，沈华祥遗体告别仪式在都昌县殡仪馆举行，来自沈华祥生前的亲朋好友、共同工作过的战友、各界领导及群众共千余人参加了告别仪式。灵堂两侧摆满了白色花圈，悲痛而低沉的音乐在大厅盘旋，如泣如诉，场面庄重、肃穆。仪式上，都昌县副县长、公安局局长田贤平介绍了沈华祥生前的工作、生活情况，都昌县公安局党委委员、副局长舒剑锋宣读了公安部、江西省公安厅、九江市公安局、兰州市公安局发来的唁电。沈华祥的妻子曹蜜红泪眼婆娑地泣诉了沈华祥生前的可贵事迹，令在场的人为之动容、落泪。

从警8年来，沈华祥始终不忘入警誓言，踏实肯干，扎根基层，全身心投入繁忙的警务工作，深得领导的信任、群众的赞誉。

牺牲当日回顾

2017年，结合信息化"大培训、大采集、大应用"活动，江西省公安机关社区民警相继开展"一标四实"基础信息集中采集工作。

2017年12月25日，沈华祥因表现突出从土塘派出所被选拔到城镇派出所工作，到岗后被分配到城镇派出所巡逻中队。半个月以后，沈华祥得知誉为全市标杆警务室的东湖社区警务室"一标四实"基础信息采集工作比较薄弱，主动找到所领导请求扛起这份重担。从那时开始，沈华祥不分昼夜地带领协警对所管辖东湖社区实有人口、实有房屋、实有单位、标准地址等信息进行采集。

2018年2月初，都昌县公安局按照省厅、市局要求发布通知，要求各社区民警在6月30日前将所属责任区的"一标四实"工作录入、整改到位。

2018年4月17日上午，都昌县公安局城镇派出所召开社区警务会议，对"一标四实"信息采集工作做再次部署。部署过程中，沈华祥向所领导保证，一定在5月30日前整改到位。于是，沈华祥不分昼夜地走访，加班加点采集信息，用踏实的脚步丈量着辖区的每一个角落。他的工作日志，每一页都记得满满的；他的手机相册里，密密麻麻地塞满了信息采集对象的照片。

4月19日是个大晴天，对于多雨的春季，这是个难得的走街串巷工作的好天气。沈华祥带领协警按惯例到辖区沿街店铺走访、采集信息，走过一家又一家，脸上、身上布满了汗水。有人提议歇会儿再干，沈华祥认真地说："我们今天把所有的沿街店面都入户采集吧！明天我们中队还有其他的工作安排。"见协警们挥汗如雨，嘴唇发干，沈华祥知道他们累了、渴了，便买来矿泉水，分发给他们，然后微笑地鼓励他们加油干。

当日中午回到家，看到桌上丰盛的菜肴，沈华祥感到很意外，认为将有客人到来。妻子曹蜜红心直嘴快地说，今天是女儿满百日呀！沈华祥顿然觉得惭愧。是啊！自女儿出生后，妻子瘦了一大圈，他忙于工作确实管家管得少，是休产假的妻子承揽了全部家务。吃完饭，沈华祥想中午小憩片刻，妻子央求说，今天是个特别的日子，你再忙也要带宝宝去拍个"百日照"吧？看到妻子一脸的期待，沈华祥不忍拒绝，不过马上说出了附加条件："百日照"一照完，妻子带宝宝回家，自己继续上班。遗憾的是，本想接着拍个全家福，但因为快到上班时间，沈华祥说下次再来。谁料想，这张女儿的"百日照"在照相馆还没来得及取出来，沈华祥却永远离开了妻子和女儿。

当日下午 14 时 30 分，沈华祥在都昌县城颐景园小区对面的沿街店铺采集信息时，协警周小华发现沈华祥脸色异常，就劝他休息会儿。沈华祥就近到警车上坐了几分钟后继续开展工作，周小华看到他难受的样子，劝他多休息一会儿，可执拗的沈华祥笑着说："没事、没事。"

15 时 45 分左右，在都昌县城东风大道福德龙超市对面的华为手机店采集信息时，沈华祥满头大汗、脸色苍白，还不时用手捂胸口。周小华劝沈华祥结束采集，明天继续，但是沈华祥再次说："第二天所里还有别的工作，今天的工作必须完成，就再坚持一下吧。"

17 时 30 分结束采集工作后，沈华祥和周小华回到东湖社区警务室，准备将当天采集的 240 张照片信息录入到电脑系统中。但因警务室电脑其他民警正在使用，就决定改天再录。17 时 45 分左右他离开警务室，准备回城镇派出所与副所长李阳讨论分析一个正在办理的案件。

18 时 15 分左右，沈华祥在城镇派出所院子里遇到副所长李阳，他们讨论案件情况约 10 分钟后，李阳接到电话通知要去开会，沈华祥便独自一人在办公室整理案件分析报告。

18时47分，沈华祥打电话给妻子："老婆，你到五小与惠民小区的交叉路口接我吧！我胸口好疼，陪我去一下医院。"之后驾驶自己的白色大众轿车离开派出所。

19时左右，沈华祥把车停在都昌县城第五小学与惠民小区的交叉路口，自己在车上等从娘家回来的妻子和女儿。妻子曹蜜红打开驾驶车门时，发现沈华祥脸色苍白，仰躺在驾驶椅上，当即要送他去医院。沈华祥说，先把女儿送到家让我娘带着再说。于是，沈华祥缓缓地把小车开进了惠民小区。

19时15分，在自家楼下的停车场，妻子抱着女儿还没下车，就发现坐在驾驶位上的沈华祥身体状况越来越糟，于是立刻拨打120急救电话。19时23分，都昌县人民医院急救车赶到，在停车场就地对沈华祥展开抢救。19时30分，医生宣布抢救无效死亡。

翻看沈华祥的手机，仅4月19日这天，手机拍摄的被走访的店铺照片就有240张……走进沈华祥的办公室，打开电脑，翻看他采集的信息，赫然可见5100多条……

工作为民篇

沈华祥在城镇派出所工作期间的小故事很多，战友们都说，沈华祥有一颗善良的心，待人真诚，对待辖区群众如亲人，特别是在群众生命财产受到威胁时，从不计较个人的安危与得失。

3月27日傍晚6时许，都昌县一名七旬老妇人因身患顽疾，不想拖累家人，跳进了离派出所仅百米之遥的对面东湖排水沟里。正在所里值班的沈华祥得知后，立即带领协警王文灵赶到现场，发现一老妇仰面浮于水面上。沈华祥说，人还没沉下去，抓紧下水救人！王文灵水性娴熟，一头扎进湖中。沈华祥虽不会游泳，但也紧跟着跳入湖中。王文灵使出全身力气，把老妇往岸边拖，沈华祥边探水边往湖中靠，两人合力将老妇救上岸。随后赶到的局党委委员、城镇派出所所长姜少龙随即拨打120急救电话。与此同时，老妇人的儿子、都昌县大沙镇村民沈某也赶到了现场，看到两位救人的警察全身湿透，连声道谢。老妇经医院诊断，身体并无大碍。当晚，沈某拎着水果来到派出所，口口声声感谢两位救命恩人。

在战友们的印象里，沈华祥办案不仅有能力，还有非常好的耐心，特别是他的善良宽厚，常常令许多群众感动。

2018年4月3日深夜11时许，城镇派出所民警石谦等人巡逻时，现场发现一涉嫌盗窃的未成年小孩，本已休息在家的沈华祥通过微信圈得知后，知道组里人手不够就主动请缨。涉案人员属未成年人，按法律规定，询问时必须有未成年人的监护人在场，沈华祥通过多种途径找到小孩爷爷的住处，并驾着自己的私家车将老大爷接到派出所。接着主动做好询问笔录，此后又耐心与老大爷进行沟通，就如何教育好留守小孩探讨好的办法。凌晨5时许，案件暂告一个段落，沈华祥准备用自己的小车送老大爷回家，老大爷感觉不好意思，坚决拒绝。为了老大爷的人身安全，沈华祥硬是步行陪着他回到家。一来一回，直到早上6点多，沈华祥才拖着一身疲惫回到派出所。沈华祥刚到所，恰好被起来小解的石谦撞见，一问得知是沈华祥步行着陪老人回家刚返回。

"他是个好人，心地非常善良，很有爱心……"同事石谦讲起这个故事，几度哽咽。

协警周小华是沈华祥入户走访的搭档，她讲起沈华祥生前的两个故事，仍记忆犹新。

3月28日，沈华祥的警务室来了一位不速之客，要开具房地产证明。经了解，这位不速之客张某住在辖区颐文园小区，今年71岁，儿子儿媳在外地打工，自己带着孙子住进了儿子购买的这套商品房。因孙子最近生病住院，出院需要开具房地产证明才能报销医药费，老人已在外面找了两天都没有找对开证明的地方，于是抱着试试看的心理来到警务室求助。虽然不属于公安机关证明的范围，但看到张某一筹莫展、愁眉苦脸的样子，沈华祥起了恻隐之心，就翻看走访得来的通讯电话，分别联系上了颐文园物业管理中心和都昌镇西河居委会，并把张某的实际情况告诉他们。当日下午，张某按照沈华祥的指点及约好的时间与地点，在两个单位分别取到了相关证明。

4月19日上午10时许，也就是沈华祥牺牲的当日，他俩在东湖广场旁边的公路上，远远地发现一位小青年骑着一辆改装了烟管的摩托车朝自己这边驶来，噪音震耳欲聋。沈华祥马上打起手势，拦停了摩托车。起初小青年态度恶劣，不予配合，沈华祥反复讲道理，说清噪音大的危害，五六分钟后，小青年心服口服，并当即推着摩托车跟随沈华祥到摩托车修理店卸下了烟管。

沈华祥所管辖的东湖居委会党支部书记刘书明说："沈警官虽然到辖区只有三四个月，我们接触的机会也少，但我观察到，他是一个很踏实做事的人。来到东湖社区后，他通过熟悉情况很快找到治安问题与隐患，对本职工作没有敷衍塞责，我觉得他是个真心为民办事的好民警。这么好的民警离世了，对我们东湖社区来说，是个重大的损失啊！"

沈华祥在土塘派出所工作期间的小故事

沈华祥曾工作过的土塘派出所所长周伟向记者介绍，沈华祥空余时间特喜爱看书，非常好学，人也非常谦虚。平时只要有空，手里就捧着一本书，看的都是法律书籍，还经常做笔记。对所里交办的任务他从不打折扣，就是父亲 2017 年因患癌症在家休养，他也不请假，而是等傍晚下班后，骑着摩托车前往毗邻的农村老家探望一下父亲，然后当晚返所。2015年 5 月的一天，沈华祥在走访中了解到化民乡铺里上陈村陈修俊抚养的 20多岁的女儿陈小菊没有户口，便积极主动向知情人收集相关证明材料，向上级户口管理部门报告，几经努力终于帮陈小菊解决了户口问题。事后，陈修俊还给派出所送来锦旗以表感谢。沈华祥爱岗敬业，踏实做事，总是把群众的事当作自己的事来办，在土塘派出所工作期间，辖区群众为他翘起大拇指。

土塘派出所教导员高立彪也向记者介绍，沈华祥对工作认真负责，乐于助人，是个朴实、敬业的好兄弟。高立彪讲起沈华祥在土塘工作期间的一个小故事，好像是昨天发生的一般。

2016 年 4 月间，江西奉新县一 35 岁男子徐某来到都昌县土塘镇寻找"妻子"，由于没见到"妻子"，徐某就在"妻子"的娘家哭得昏天黑地。群众报警后，沈华祥带领同所民警张宇前去处警。原来，徐某所说的"妻子"是土塘镇的罗某。两人于数年前在微信上相识，之后同居。2014

年初，罗某生下一名男孩，但坐完月子后就独自抱着男孩不辞而别回都昌了。徐某在与罗某同居期间，花费了不少钱，而如今人财两空，便不辞辛劳到处找寻母子俩，几乎到了精神恍惚的地步。后来，通过打听得知罗某娘家的所在地，于是来到都昌县土塘镇寻亲，可是未见罗某踪迹。沈华祥通过深入了解，得知罗某回都昌后，又与同镇的村民万某同居，又生下一男孩。于是，沈华祥赶到万某家，只见到万某及两个小男孩，而罗某并不在家。万某称，罗某生下小孩后，离家出走了，至今杳无音信。徐某要求带回自己的亲骨肉，可万某不同意。沈华祥先是调查了解确认了徐某父子的血缘关系，之后找来当地乡村干部，促成双方坐到一起协议。最终通过沈华祥的耐心努力，由徐某支付了一定的补偿费后，万某同意了让徐某带走自己的亲生儿子。为此，徐某非常感激沈华祥的及时帮助，回到奉新以后还特地打电话感谢为民解忧的好警察。

"做人要有良心，更要有爱心，有爱的地方如同阳光照耀，给人以温暖，也给人以希望。"处警回来，沈华祥总爱在战友面前谈起自己的心得体会和感受，和战友们分享。他是这样说的，也是这样做的，无论大事小事，也不管是分内事分外事，沈华祥都急群众所急，想群众所想，帮群众排忧解难。在城镇派出所工作的短短三个月时间里，他帮助过的辖区群众就有 13 人。

生活故事篇

沈华祥从小崇敬警察，所以弃医从警。他不眷恋城市的繁华，只因爱着他的故乡与亲人。有着硕士研究生头衔的沈华祥，世界观、人生观、价值观就是如此澄澈透明。

沈华祥出生在都昌县阳峰乡一个偏远的小山村，父母均为农民，家境贫寒。他自幼发奋读书，通过不断的努力，取得了南通医科大学硕士研究生学历，2010 年 4 月，通过公务员考试，被正式录入甘肃省兰州市公安局刑事警察支队从事法医现场勘查及检验鉴定工作。在兰州市公安局工作期间，他恪尽职守，生活简朴，作风正派，曾参与完成了多起疑难案件的法医学检验鉴定工作。在兰州工作的四年里，共出具鉴定材料 200 余份，为证实犯罪、揭露犯罪提供了重要的支撑。

沈华祥是家中独子，他在兰州工作期间，时常思念着家中老父老母，愧疚不能尽孝道。父母的盼望、亲戚的劝说，还有那份奉献家乡、呵护父老乡亲平安的情结，沈华祥选择放弃大城市的繁华生活，主动向都昌县公安局提出请求调动。2014年11月，在都昌县公安局党委的积极协调下，沈华祥如愿以偿调入都昌县公安局。回到都昌老家后，沈华祥从不以拥有医学硕士学历、又有在兰州这个省会城市从警的经历而沾沾自喜，而是扑下身子，立足全面熟悉公安业务，在艰苦的一线岗位磨砺自己，他主动要求到农村派出所锻炼。就这样，他从一名城市警察转变为一名乡村社区民警。工作环境变了，但他从警的初心始终没变。2017年12月，沈华祥作为优秀社区民警被选调到都昌县公安局城镇派出所工作。

据中馆镇卫生院门诊部主任于俊杰介绍，沈华祥是其大学里的同学，二人关系一直很好，在大学里他品学兼优，年年拿甲等奖学金。毕业后，两人曾共同参加过公务员（法医学）考试，目标是做一名头顶国徽身穿藏青蓝警服的人民警察。沈华祥勤奋好学，如愿考取了法医学硕士研究生，并通过公务员考试成为兰州市公安局刑警。2017年，沈华祥的父亲被查出肺癌、肝癌，在都昌县人民医院住院，而沈华祥在土塘派出所工作很忙，有时便请一些关系比较好的同学帮忙前去照顾父亲一下。于俊杰念及同学情，经常抽空到县医院帮助照顾沈华祥的父亲。忠孝难两全，沈华祥很少有时便陪伴父亲，而母亲身体也很虚弱，所以常常打电话给同学，说一说愧疚父母的话。沈华祥是个孝子，但他更是个忘我工作的人民警察，父母对儿子一心扑在工作上也很理解。2018年清明节前夕，因父亲在九江住院，沈华祥星期五值了一通宵的班，第二天星期六他抽空驾车去照顾病中的父亲，因实在疲惫，他只得把车停靠在路边，打个盹。星期日，接到同事要求调岗的电话，又匆匆赶回值守的岗位。

曾经与沈华祥一起工作过三年的战友黄华杰悲痛万分，至今也不能接受沈华祥牺牲的事实。黄华杰说，这些天沈华祥的音容笑貌总在脑海中浮现。回忆过去在一起的日子，他为沈华祥生活简朴、为人厚道的可贵品质所叹服。沈华祥经常穿着已洗得发白的T恤，甚至还穿着有小破洞的短裤。办公写字用的塑料笔筒破了，他也舍不得扔，而是用白胶带粘上一圈继续用。黄华杰曾调侃地说："你这样的破T恤、破短裤，给我做抹布都嫌差。"可沈华祥并不生气，而是憨厚地说："旧衣服穿起来舒服呢！"沈华祥牺牲后，黄华杰才知道，就是这么一个勤俭节约的人，还帮助过辖区困难群众。黄华杰感慨地说："沈哥真是个好人啊！"

是的，沈华祥对自己生活的节俭甚至可以用"抠门"一词来形容，但对工作中发现的困难群众却毫不吝啬，满怀深爱相助。都昌县土塘镇潭湖村吴主任深情地告诉记者，2015年8月间，沈华祥到其村委会入户走访，当时就是他陪同的。当两人进入一家比较困难的农户家中时，只感觉到刺鼻的臭气迎面扑来，床上躺着一个神情黯淡的中年男子。通过了解，这名特困户吴某，已经40岁了，至今没有结婚，自9岁那年生病一直瘫痪在床，没有经济来源，生活难以自理。沈华祥当场落泪，随即掏出200元塞到吴某手中，并表示从此要帮助吴某走出困境。吴某腿脚不便行走，沈华祥主动抽出时间为吴某申请低保特困户。几经奔波，吴某终于拿到了低保证，享受到了低保待遇。沈华祥因工作忙没空去探望吴某，也会惦记着常打电话给吴某，让他扬起生活的风帆，做一个勇敢面对人生的人。仅两年多的时间里，沈华祥给吴某的问候电话就有100多个。

新警张宇分配到都昌县公安局土塘派出所，一直跟随沈华祥工作，他总是亲热地称呼沈华祥为师傅。沈华祥以自己的一言一行影响着张宇，办案、调处纠纷、下村走访都耐心教导，同时建议张宇业余时间多读书多做笔记。每次到县局办案，沈华祥总要带张宇吃一碗兰州拉面。吃面的时候，沈华祥还笑着说："有机会我们去兰州，让你尝一尝正宗兰州拉面的味道。"现在，这么好的师傅竟突然意外地走了，怎不令他伤心欲绝！

沈华祥走了，走得那么匆忙，来不及告别年迈的父母、心爱的妻子，还有那仅100天的女儿。世上最悲凉的事情莫过于白发人送黑发人，父母失去了好儿子，妻子失去了好丈夫，孩儿失去了好父亲。……

沈华祥离世的当晚，遗体被送到农村老家，妻子曹蜜红抱着仅100天的女儿守在他身旁，早已哭成了泪人："老公你醒醒！你醒醒！你要帮忙带宝宝啊！你怎么让我一个人带？"在场的战友们终于抑制不住情感的闸门，泪如泉涌。

沈华祥的妻子曹蜜红在都昌县委宣传部工作，她告诉记者，她与沈华祥 2016 年 3 月相识，当年 10 月 2 日订婚，2017 年 1 月 18 日结婚，从相识至今虽只有两年多些，但感情特别深厚，平时都是以"老公""老婆"相称。沈华祥家因为父母生病，家境困窘。乡下的房子是一幢低矮的瓦房，在村上显得特别的寒碜。曹蜜红嫁给沈华祥，婚房是在租的旧房子里，她不在乎沈家的经济条件差，她爱的是沈华祥这样值得托付终身的人。沈华祥在土塘派出所工作期间，正是曹蜜红怀孕时，虽然工作忙，但他总惦记着妻子的生活起居，经常打电话嘱咐妻子要好好照顾自己。两人在一起时，沈华祥动情地说过："要是早认识老婆你多好，我们都是晚婚，所以现在都要好好地珍惜，我会一辈子对你好的。"在曹蜜红眼里，沈华祥是个心细如发的好丈夫，爱她关心她，一回到家便拼命地干家务，总是竭尽全力对她好。

生前一周日志

他太累了！他有极强的工作责任心，一心扑在工作岗位上。

战友李阳拿出沈华祥生前一周的工作日志，摆在记者面前。

4 月 14 日：白天在所值班，晚上抓捕、审讯；

4 月 15 日：走访、采集信息；

4 月 16 日：白天走访、采集信息，晚上加班，摸排吸毒人员；

4 月 17 日：上午到居委会开会，下午走访、采集信息；

4 月 18 日：白天走访、采集信息，晚上加班。

"他太累了！工作责任心太强，一心扑在工作上。就说休假这事，妻子分娩需请陪护假，他难以启齿；就是出事这天，女儿刚满一百天，他也没请一个小时的假。他总是把请假当作一件很难为情的事。他在中队时，工作也总是抢着干……他是我的好兄弟，我真的不舍啊……"都昌县公安局局党委委员、城镇派出所所长姜少龙泪眼婆娑地哽咽道。

生命不在于长度，而在于宽度，在于生的价值。

在父母眼里，他是一名孝子；在妻子眼里，他是一名好丈夫；在战友们眼里，他是踏实肯干、生活简朴、为人厚道的人。沈华祥的故事看起来都是小事、平凡事，但他的每一个故事里都能折射出他有满腔为民情怀、他对群众的深情大义。他对工作兢兢业业、踏踏实实的精神让人肃然起敬，他视辖区群众为亲人的真情厚意让人感动、赞叹。

英年早逝，只恨苍天无情！他的生命虽然很短暂，但如夏花一般绚丽、灿烂，愿天堂没有劳累，华祥安息！

（文中人物事迹刊载在《浔阳晚报》2018年5月9日10版，九江警界"特别关注"整版；部分事迹刊登在《人民公安报》2018年7月26日6版"讲述"版面）

习惯等你

　　乡村夜晚的掌灯时分，寂静而安谧。陡然从一间破旧的民宅传来撕心裂肺的恸哭声，纵横交错的小巷顿然弥漫着悲痛压抑的气氛。你就安详地躺在一扇老旧的木门上，苍白的脸庞，紧闭的双目，让你的家人你的战友无法想象，你就这样走了。白炽灯映照下，清晰可见你警服上还有那没干透的汗渍。那年，你离开人间时，年仅36岁啊！你的妻子抱着刚满一百天的女儿守在你身边，哭得死去活来；你的老父老母沟壑纵横的脸上挂满泪水，那呼天喊地的惨痛让送你回家的战友们再也控制不住情感的闸门，纷纷泪如泉涌……

　　沈华祥，虽然你只是一位极其普通的派出所民警，但你的离去牵动着无数人的心。你的家人、同学、朋友，还有和你朝夕相处的战友，至今无时不在怀念你。犹记得那个悲怆的日子，2018年4月19日，你带领三位协警按惯例到辖区走访、采集信息，走过一家又一家，脸上、身上布满了汗水。有人提议歇会再干，你却认真地说，今天我们得把所有的沿街店面都入户采集，明天我们中队还有其他任务。见协警们挥汗如雨，嘴唇发干，你知道大家累了、渴了，便买来矿泉水，分发给他们，接着鼓励大家加油干。

　　当日中午回到家，看到桌上丰盛的菜肴，你感到很意外。你的妻子心直嘴快地说：今天是女儿满百日呀！听完你觉得惭愧啊，自女儿出生后，妻子瘦了一大圈，自己忙于工作确实管家管得少，是休产假的妻子承揽了全部家务。吃完饭，你想中午小憩片刻，妻子央求说，今天是个特别的日子，你再忙也要带宝宝去拍个"百日照"吧？看到妻子一脸的期待，你不忍拒绝。遗憾的是，本想接着拍个全家福，但因快到上班时间，你歉意地说下次再来。谁料想，这张女儿的"百日照"在照相馆还没来得及取出来，你却永远离开了妻子和女儿。

当日下午，协警周小华发现你脸色异常，劝你休息会。你就近到警车上只坐了几分钟，仍接着干，可周小华看到你难受的样子，劝你多休息会，而执拗的你笑着说，没事，没事。其间，你多次出现痛苦状，不时用手捂胸口，周小华提出结束采集，明天继续，但你依然坚持要采集完所有店铺的信息。

就这样坚持到 18 时 47 分，你打电话给妻子，要妻子在租住楼不远的十字路口等你，陪自己去医院检查。19 时左右，你到达相约地点，妻子发现你脸色苍白，浑身无力之状，便拨打 120 急救电话。19 时 30 分，医生宣布你因心脏病突发抢救无效死亡。

你的手机相册里，仅 4 月 19 日这天，拍摄的被走访的店铺照片就有 240 张，你办公桌上的电脑里，所采集的信息，赫然可见 5100 多条……

在你工作过的都昌县公安局土塘派出所，战友黄华杰指着办公楼后面那一片郁郁葱葱的菜园地，低声道："那是华祥的杰作。"你挥汗如雨种蔬菜的情景依旧历历在目。那时你号召大家多种蔬菜，还说自己亲手种的不打农药的蔬菜吃得放心，干活也干得开心。实际上，战友们都知道你是一个非常节俭的人。你经常穿着已洗得发白的 T 恤，甚至还穿着有小破洞的短裤。办公写字用的塑料笔筒破了，你也舍不得扔，而是用白胶带卷上几圈后继续用。黄华杰调侃地说："你这样的破 T 恤、破短裤，给我做抹布都嫌差。"可你听后一点也不生气，还憨厚地说："旧衣服穿起来舒服着呢！"

曾有人说你"抠门"，但你对辖区困难群众一点也不吝啬。2015 年 8 月的一天，你到一个农户家走访，一股刺鼻的恶臭迎面扑来。你没有退缩，看到床上躺着一个神情黯淡的中年男子。原来此男子吴某属特困户，已 40 多岁了，至今没有结婚，9 岁那年生病一直瘫痪在床，无经济来源，生活难以自理。你当场落泪，掏出身上仅有的 200 元现金塞到他手上，并表示从此要关心他。你没有食言，一有空就带些食物和油、水果等物品前去探望，并鼓励吴某扬起生活的风帆，勇敢面对坎坷人生。得知你牺牲后，吴某硬是在村里人的帮助下拖着佝偻的身子赶到追悼会现场，只为送你最后一程。

华祥，你走后，战友们都心心念念着你，恨苍天无情，就是这么一个善良真诚的你，在牺牲前二十天，还舍身救过一名老妇人。还记得2018年3月27日傍晚6时许那次出警，都昌县一名七旬老妇人因身患顽疾，不想拖累家人，跳进了离城镇派出所仅百米之遥的对面东湖的排水沟里。你正在所里值班，得知情况后立即带领协警王文灵奔赴现场，那位老妇人仰面浮于水面上。你本是一个"旱鸭子"，却想都没想就跳进水里，边探水边往湖中靠，与水性娴熟的王文灵合力把老妇人往岸边托回。此时，老妇人的儿子都昌县大沙镇村民沈某也赶到了现场，看到全身湿透的你们，跪地向你及王文灵道谢。

你不仅善良诚实，还有难得的细心与耐心。2018年4月3日深夜11时许，城镇派出所民警巡逻时，带回一名涉嫌盗窃的未成年小孩。你本已在家休息，通过微信圈得知后，知道组里人手不够就主动请缨前往。涉案人员属未成年人，按法律规定，询问时必须有未成年人的监护人在场，于是你不厌其烦通过多种途径找到了小孩爷爷的住处，并将老大爷接到派出所。你主动做好询问笔录，之后与老大爷沟通，就如何教育好留守小孩探讨好的办法。凌晨5时许，案件暂告一段落，你说用警车送老大爷回家，老大爷感觉不好意思，坚决拒绝。可为了老大爷的人身安全，你硬是步行陪着老大爷回家。一来一回，直到早上6点多，你才拖着一身的疲惫回到派出所，恰被同事石谦看到，才知你陪老大爷走了那一程。

2016年4月，江西省奉新县一中年男子徐某来都昌县土塘镇寻亲，由于没见到亲人，徐某痛哭流泪。群众报警后，当时在土塘派出所工作的你带领战友张宇处警。见到徐某痛苦的样子，你的心如刀刺般难受，决定好好帮帮他。通过了解，得知徐某要找的人是曾与他同居过的女人罗某，二人生有一男孩。你一路不停歇地询问，终于找到了与罗某当时同居的男人万某。你觉得应该取得当地镇、村干部的支持，就及时联系了镇政府及村委会，通过细致的工作，最终让徐某与万某达成了协议。徐某虽没有找到罗某，但把自己的亲骨肉找回了，心里仍然高兴。回到奉新以后，徐某并没有忘记你和战友们的帮助，特地制作锦旗寄到了派出所。

你身患绝症的老父亲，一见到身着警服的我们，就如同见到了你，从床上艰难地爬起来，热泪盈眶。我们理解一位老父亲老年丧子的悲痛，但我们能做的，仅仅只有安慰。华祥，你放心，你老父亲的重病已得到了有效控制，你的姐姐、姐夫经常过来料理，你的母亲身体也较硬朗，目前照顾你老父亲暂时没有多大困难。

2019年2月，经公安部批准，你被追记一等功。我们并没有太多的惊喜，只是和你的家人、朋友一样感到丝丝慰藉。离别后的一千多个日日夜夜，你在天堂还好吗？战友们都说，你经常托梦过来。我们懂你，你还在挂念人间，你的亲人、你的同事，还有你挚爱的警察事业。可是我们也无时不在想念你啊，你的笑容、你走访社区的英姿，你……总是让我们一次次提起。

你曾用过的办公桌上，依然放着你用过的电脑，还有一身干净整洁的警服挂在办公室的角落。战友们想你时，总是拍一拍你穿过的警服，用湿毛巾擦一擦你桌子上面的灰尘，好像还在等你归来。

耳边传来朴树《生如夏花》那支歌，正如歌中唱道：你是这耀眼的瞬间，是划过天边的刹那火焰，惊鸿一般短暂，如夏花一样绚烂……

（发于《人民公安报》2019年3月29日8版"原创作品"版）

习惯等你

警队有个"热心肠"

我们相约在办公室，他一脸的羞涩，听说我要采访他宣传他时，他摆摆手说：别当一回事，老哥，我所做的每件事都是很微小的，是从我内心发出的。是的，从警23年来，他始终不忘入警誓言，视群众为父母，全身心把忠诚奉献给公安事业。他干过乡村派出所民警、水上派出所民警，当过保安公司副经理，现在又主动要求到为民服务的出入境管理大队工作。无论在哪里，他总怀着一颗诚挚的心，细致负责，胸怀群众，兢兢业业地工作着。他先后获得嘉奖13个，荣立三等功一次。他就是被群众誉为"警队热心肠"的民警江光喜，今年46岁，在都昌县公安局出入境管理科工作。

人的一生需要做很多选择，尤其是徘徊在十字路口时，总有诸多思考。然而遇险关头，容不得半点犹豫，它关乎着财产的损失甚至生命的代价。江光喜就是这样一个勇担当的热心肠，每当群众处于危险境地，他从不计较个人安危，总是舍身相救。

一个夏日的傍晚，6时30分左右，江光喜在都昌县工业园向阳水库堤坝上步行，突然听到有群众惊喊："有人落水了，快救人哪！"江光喜放眼望去，发现水库深水区有个男孩在水中拼命挣扎，他迅速冲下堤坝，纵身跳入水中，很快将男孩救起。通过观察，发现男孩只是呛了几口水，身体并无大碍，便安抚男孩，并告诫他不要到深水区游泳，教他一些防溺水常识之后，江光喜悄然离开。

事后，男孩的家人为答谢救命之恩，在网上发帖寻找救命恩人，这时才知道是民警江光喜伸手相救。一段时间里，都昌市民纷纷以不同的方式对江光喜的善举予以赞美，他走在大街被人认出后，都有人上前与其握手夸赞，称其为"救人英雄"。江光喜却说：遇到这人命关天的事，谁也不会袖手旁观，何况我还是一名警察，就是再大的危险，我也要冲上去。

其实，成就英雄壮举的往往不是名利心而是责任感，江光喜就是这样一个把责任、良心看作与生命一样重要的人。早在上世纪九十年代初，他在都昌县狮山乡斗山高小点教书时，发现学校旁边有位五保户闵某患有青光眼这样严重的眼疾，生活难以自理。他顿起恻隐之心，一有空就去帮助闵某做饭、洗衣、挑水，并慷慨解囊，在自己微薄的薪水里，挤出一部分钱送给闵某治病。得知自己的学生冯某生活困难，他又帮垫上了两年学费；学生潘某家境贫寒母亲残疾，无钱上大学，江光喜毫不吝啬地送上存折里仅有的一千元。1995年，江光喜从一位教师转变为人民警察，实现了儿时的警察梦。一次办理案件过程中，江光喜抓获了犯罪嫌疑人高某，发现高某的父亲患有严重的尿道感染，因无钱诊治导致裤子经常湿透，先后两次送去500元；得知一案件被害人段某生活非常艰难，江光喜又主动借给她1200元让其摆摊做点小生意。

至今，江光喜帮助了多少人，他自己都记不清了。说起这些往事，他说，只要能帮得上忙的我都要帮，尽力而为，这样良心才会安。

江光喜一向性情温和，为人善良，但面对违法犯罪之徒，却疾恶如仇，敢抓敢拼。从警20多年，他先后因公负伤6次，甚至曾与死神擦肩而过，但他毫不畏惧，勇往直前，用一身正气散发着社会正能量，其"拼命三郎"的劲头令犯罪嫌疑人闻风丧胆。

江光喜在水上派出所工作那年的冬天，他接到所领导指令，去协助县渔政局到鄱阳湖都昌水域整治渔政秩序。当时身患感冒的他二话不说，穿上警服就要走，妻子见状嗔怪，叫他在家休息会儿，向单位领导请个假。可江光喜说，这水上执法警力本身就少，如果请假会影响其他队友的情绪。就这样匆匆与妻子告别，他毅然赶到所里，没提半句感冒的事。

当日清早，联合执法组返回途中，途经都昌县西源乡沙咀湖水域，突然发现湖面上黑压压的一片，约700余名非法捕捞的渔民不服渔政管理，守在都昌县西源乡沙咀湖水域，准备袭击围攻报复执法人员。这伙视法律为儿戏的歹徒带着铁棍、酒瓶、石块，甚至还带着炸药包，靠近渔政船只后，疯狂地扔酒瓶、石块，一个歹徒还把一尺多长正在"哧哧"冒烟的炸药包抛进了公安艇的卧舱，而舱里有4名水警！"有炸药包！"江光喜大喊一声，毫不犹豫冲进舱里拾起炸药包，快步爬出舱里往湖中扔去。一声巨响震耳欲聋，所有的人都惊呆了。歹徒们见没有达到炸沉船的目的，纷纷冲上船，用铁棍、酒瓶猛砸江光喜，此时江光喜想到的是身上的枪支不能暴露，于是他紧紧缩成一团任歹徒疯狂击打……江光喜头部血流不止，昏迷在船板上，歹徒们这才扬长而去。在医院里，江光喜头部缝了19针，医生检查，发现他脾脏被击中，右耳出血。次日下午醒来，看到围在身边的领导、同事，他第一句话便问："同事们都没事吧？"当听说还有两位同事在输氧抢救，江光喜竟然呜呜地哭了起来。领导劝慰他："你别难过，你尽了职，你舍身扔炸药包，可是救了20多位战友的生命，还保护了价值50万元的公安艇呀！"

之后，江光喜的事迹在《九江日报》《浔阳晚报》上刊登，江光喜本人被九江市公安局荣记个人三等功。

还有一次与死神擦肩而过，那是江光喜在都昌县公安局化民派出所工作期间，他和刘所长去抓捕一重大案件的犯罪嫌疑人段某。这段某凶恶残暴，猎枪不离身，还长期带着一条狼狗，令抓捕难度骤增。在合理分析之后，派出所决定傍晚乘其不备实施抓捕。在摸准情况后的一个黄昏，江光喜跟随刘所长蹲守在段某的门外，当发现狼狗在大门口时，刘所长瞄准射击将狼狗击毙，段某闻听枪声从屋内窜出，手里端着一杆猎枪，口里大喊："谁打死了我的狼狗！"江光喜当机立断冲上去，紧紧抓住猎枪，"叭"！段某扣响了扳机，将屋顶击穿了一个窟窿，在其他增援的战友帮助下，段某终被制服。

不仅是在打击犯罪的危急关头，江光喜视死如归，在救助群众时，他也是舍生忘死。1997年都昌县土塘镇一花炮厂发生爆炸，恰好江光喜在附近工作听到爆炸声，他跑到现场时只见一片火海，当听说还有一个老年妇女被困在火中时，他立即找来棉被浸湿包住身体，闯入火海将老妇人背了出来……

江光喜说到自己救助他人的事时，脸上洋溢着快乐的表情。他从不计较个人得失，不要名和利，而是把这种帮助与付出当成一个快乐的事儿去做。

经他救助过的人，帮助过的人，都说他有一副热心肠。就连他现在居住地的邻居谈起他，也是赞不绝口。

江光喜所居住的惠民小区没有物业公司，放在楼下的摩托车、电动车经常被盗，甚至夜深人静之时，还有小偷爬窗户入室行窃。这真是警察遇到了尴尬事儿，江光喜决定站出来扭转这一现象。于是，他不惜花了30多个晚上的时间去小区各家各户做工作，召集大家组建自己的物业管理团队，加高了院墙，做了院门及门卫室，还雇用了专人看护。当发现小区院内下雨积水严重，行人出走、停车均不便，江光喜便又跑上跑下请来了人，疏通了下水道，将泥土处铺成了水泥路面。他无怨无悔地为小区内的两栋72户人家服务，赢得了大家对他的赞誉，"江会长""江管家""江警官"的称呼，总是亲切地在他耳边回响。他说，远亲不如近邻，能够在一起居住是缘分，因此要好好珍惜。能做点小事，别人受益自己也得好儿，何乐而不为呢？

一滴露珠是很微小的，在成片的雨林中微不足道，但它将存在的价值、爱的奉献演绎得如此淋漓尽致、心甘情愿、无怨无悔。其耀眼的品质，升华而成永恒的美丽，为人民警察形象增光添彩。江光喜，一位朴实而善良的老警官，就如这滴看似平常的露珠，虽然平凡但伟大，虽然渺小却耀眼。

（发表于《新法治报》2018年9月3日11版"特别关注"整版）

不负韶华 只为初心

　　魁梧的身材，俊朗的外形，青春阳光的脸庞，穿一身挺括的警服映衬，更显威武帅气。当他出现在抓捕现场时，常常令犯罪嫌疑人闻风丧胆；他做过"大练兵"教官，雷厉风行的作风令人肃然起敬。他三十而立，没有同龄人的那种娇气，也没有一些年轻人贪图享乐的习惯，他有的是一腔青春热血，一种吃苦耐劳的拼劲。他不忘入警时的誓言，全身心投入繁重的警务活动中，短短的六年从警生涯，就先后获得"全县办案能手""全市优秀社区民警""全市优秀人民警察""个人三等功"等多种殊荣。

　　他就是都昌县公安局城镇派出所副所长李阳。

　　李阳出生于 1987 年 9 月，是河南省焦作市人。2006 年考入江西农业大学，2009 年毕业后在北京找到了一份比较安逸的工作。李阳的父亲是河南省焦作市公安局有着 30 多年警龄的老民警，受父亲潜移默化的影响，李阳从小就有一个警察梦。人生的十字路口，一边是安逸的都市生活，一边是内心从未丢失的从警痴恋，在李阳的思想斗争中翻来覆去。人的一生不就是为了圆梦吗？李阳毅然决定投身警营。

　　为了学习警察技能，李阳勤奋努力，通宵达旦地自我施压、充电，于2010 年考入江西警察学院，2012 年本科毕业，又获得了法学学士学历。2012 年 9 月，李阳通过公务员考试，考入江西省都昌县公安局周溪派出所工作，从都市白领转变成一名外省乡村社区民警，他欣然接受了。从梦圆那时起，李阳时刻牢记入警誓言，脚踏实地一步一个脚印开展警务工作。

在周溪派出所工作期间，李阳克服听不懂地方方言的困扰，不分昼夜地入户走访，并别出心裁地绘制辖区工作图，重点帮扶对象、流动人口、高危人群、企业等重要位置一目了然。他顶着似火骄阳，寻找过离家出走的妇女；他冒着生命危险，在火灾现场救出过老人和小孩，当发现还有 3 个液化气罐在屋内时，他又纵身跳入火海。他还在极短的时间里，熟悉掌握 SIS 刑警超级情报系统、蛛网分析系统、新警综合平台，总结了一套高效的信息录入方法并制成 PPT，文字文件可与各乡镇派出所相关接触这一平台的其他民警交流互动。2016 年，李阳在 SIS 情报平台的信息录入量排名全市前十；2015 年、2016 年，李阳通过蛛网分析系统破获案件 5 起，受到了九江市公安局领导的高度表扬。

李阳从小就有一股强烈的正义感，自从穿上警服后，更是疾恶如仇。在抓捕犯罪嫌疑人的现场，他总是挺身而出冲在最前沿，个高嗓门大，加之敏捷的身手，即使是穷凶极恶的犯罪嫌疑人见到他也会退避三舍，躲之不及。

2015 年 12 月 19 日下午，都昌县万里大道炫舞溜冰场发生一起故意伤害致人死亡案，两名不到 20 岁的年轻人在现场被多名犯罪嫌疑人刺伤引起失血性休克死亡。据事发现场群众称，这伙制造血案的犯罪嫌疑人也是一撮年轻人，刺伤人后逃跑时随身携带一尺余长的尖刀，社会危害性极大。

人命关天，如不及时破案会给社会造成恐慌，各种传言网上热炒甚嚣。专案组挑灯夜战，终于在次日凌晨 6 时许锁定了 5 名主要犯罪嫌疑人的逃跑方向，确定了这伙歹徒藏匿在周溪镇虬门村一村民家中。

身为管片民警的李阳得知 5 名犯罪嫌疑人到了自己的管辖区，倍感责任重大，当即带领在所的一名民警和一名辅警前去执行堵截、抓捕任务。为避免打草惊蛇，李阳带领 2 名战友在离目标一华里多路的地方下了小车，然后步行潜入。

时值冬夜，寒气袭人，但李阳浑身铆足了劲，因为他知道，即将与凶狠的歹徒进行较量。到达现场后，李阳发现藏匿的房屋黑灯瞎火，如果实施强攻，自己一方人手少，很可能有漏网之鱼，于是一边报告县局领导，一边围住房屋开展蹲坑守候。当即，李阳与战友们分守房屋的三个门，手脚冷得发抖，但李阳不断给战友们鼓气坚守好阵地，等候县局刑警大队人马的到来。

凌晨7时许，藏匿嫌疑人的房屋突然开了前大门，李阳来不及多想，打了个手势，带领两名战友冲了进去，然后把大门关闭。李阳冲入东边房间，发现5名犯罪嫌疑人全部蜷缩在一张床上。李阳大喝一声："公安局的！都不要动！把双手抱住后脑！"一张张稚气未脱的脸，顿时变得惊慌失措，这5名嫌疑人被李阳威武阳刚的正气所吓倒，一动都不敢动。李阳实施戒备，让两名战友上前给他们戴上手铐。其中有两个嫌疑人欲放下手来，被李阳觉察之后，一个箭步冲上去先进行了处置。好险啊！控制住5名犯罪嫌疑人之后，李阳就地开始搜查，掀开被子，发现床板底下藏着五把一尺多长的单刃尖刀！

刑警大队的大队人马到来之后，将5名犯罪嫌疑人押上警车，都昌县公安局正式发布通告：溜冰场的故意伤害致死案不到24小时告破！

李阳虽然从警时间不长，但其父亲的言传身教，培养了他胆大心细、临危不乱的工作作风。他时常学习"大练兵"教材，用里面的经验做法丰富自己，然后应用到工作中去。不仅如此，他在办案方面也很有一套。早在2015年1月，有两伙青年因个人恩怨相约在周溪某中学门口摆"场子"，他们均随身携带钢管、砍刀，在聚众斗殴过程中，造成两名重伤、三名轻伤的严重后果。这伙行凶嫌疑人作案后，大多逃之夭夭。李阳主办这起案件后，迅速梳理案情，整合线索。其间，他克服水土不服、日夜奔波劳累诸多困难，并在心底立下"不破全案决不收兵"的誓言，历经半年的时间，在深圳、温州、金华、安徽等地将一个个涉案的主要犯罪嫌疑人抓获。

案件告破了，群众纷纷送锦旗到派出所，辖区一度治安不稳定的状况得到了有效改变。

2018年3月，李阳因工作特别突出，调任城镇派出所副所长，主管社区警务工作。作为副职领导，本可以把各项业务工作分摊到各个中队，由中队长负责，他只要"指画指画"就行，但他认为，职位的升迁，只是肩上的担子更重了，是组织寄予自己的厚望与信任。他还是事必躬亲，率先垂范，从案件的侦破到治安防范、服务群众，都要与战友们一道投入到现场工作。

为了尽快熟悉辖区情况，他带领社区中队民警走遍了辖区的每个角落，倾听群众的呼声，接受群众的批评与建议，同时在显眼的地方钉贴警民联系牌，入户宣讲法律知识与自我防范措施。辖区群众熟了，群众工作也顺手了。街头巷尾，每当人们见到穿着警服的李阳，都会亲热地喊一声"小李子"，此时李阳的心里感到特别地温暖，特别地亲切。

都昌县有93家大小不一的旅馆，少数经营者在利益面前以身试法，藏污纳垢，赌博、卖淫嫖娼、吸毒等违法犯罪现象常有发生。为彻底改变这一影响当地社会治安的老大难问题，李阳带领民警采取现场突击、侧面查证、公布有奖举报电话等多种措施，短短的半年时间，就"动真格"顶住各方面的压力查破治安案件8起，行政拘留9人，取缔了10家"黑旅馆"，停业整顿62家旅馆，有效地打压了群众反映强烈的违法犯罪活动。

在服务群众方面，李阳紧跟时代步伐，善于发现熟悉编辑公众号的民警，并顺利开通了"都昌城镇警事"公众号，每周都有警事通报。该公众号还特地设立了便民服务、有奖举报两个专栏，辖区群众可通过公众号查询身份证制证到达情况，还可举报违法犯罪活动。公众号开放以来，民警通过举报线索查处9起治安案件，这些便民举措受到了群众的一致好评。

不负韶华，只为初心。李阳用辛勤的汗水、满腔的热血，浇铸着他热爱的公安事业，谱写着一曲曲动人赞歌，无愧于美丽的青春，无愧于组织的信任。

（刊登在2018年12月10日江西公安网）

西湖边上的卫士

看上去，他很瘦削，浑身却有一股子拼劲，令人刮目相看。他在美丽的都昌西湖边上，昼夜践行着入警时的誓言，10 年来，默默奉献，赢得社区群众的一致好评。他在 2015 年、2016 年连续两年被评为都昌县公安工作先进个人，2018 年荣获"九江市人民群众满意社区民警"称号，并荣立个人三等功。

他就是都昌县公安局城镇派出所社区民警冯荃，1987 年 8 月出生。

冯荃 2010 年从江西省公安高等专科学校毕业后，通过全省公务员统一招考加入公安队伍，分配在都昌县公安局城镇派出所，普通大学生就这样成了一位社区民警，圆了儿时的"警察梦"。

但当冯荃最初接手社区警务后，觉得有点力不从心。他所管辖的西湖社区常住人口就有 8500 余人，因靠近都昌县城最西，属城乡接合部，流动人口多，治安情况复杂，当时脑子里一片空白。还好，他头脑清晰，善于从纷繁复杂的事务中理出头绪来。他一头扎进居民家中，带领辅警逐户走访，排查隐患。白天干不完，晚上接着干。仅半年多的时间，他就把辖区走了个遍。之后建立台账，各种材料井然有序，一目了然。

走进西湖社区，500 余块社区民警联系牌在社区各主要楼道口非常醒目。主要路口，100 余份警方温馨提示张贴在社区公示栏。冯荃还注重收集居民的意见和建议、沿街店面信息，对辖区数十家行业场所进行建档，列管重点人口 30 余人，调解纠纷 100 余起。

冯荃坚持定期带领辅警到辖区行业场所进行检查，确保辖区安全稳定，消除各种安全隐患。对洗浴、足浴、KTV 等场所，重点查看是否有赌博、卖淫嫖娼等违法行为的发生；对场所内的灭火器是否按规定配置、是否完整好用、应急照明等方面进行了细致排查；针对宾馆、旅店是否落实实名制登记，是否有相关证件，消防设施是否齐备等开展检查；针对废品收购站，重点查看营业执照、经营范围、收购物品等方面，特别是对废品收购站是否违规收售废旧金属、电线电缆、盗窃车辆等方面进行重点检查。对不符合要求的，一律予以整改。同时，冯荃还向场所负责人开展法律宣传，提醒他们在日常经营活动中一定要守法经营，发现可疑人员及可疑情况，一定要第一时间及时向公安机关报告。

"作为一名社区民警，对待群众必须要有一颗火热的心，才能对得起自己的良心和职责。"冯荃这样说，也是这样做的，他全心投入，倾情关爱，真心实意为群众排忧解难。

2019 年 3 月 24 日凌晨 1 时许，冯荃接到匿名报警称：在路过东湖广场时看见一醉酒女孩坐在地上，需要民警帮助。随即他带领值班人员赶到现场。到达现场时他闻到一股浓烈的酒味，地上坐着一名落寞的女孩。冯荃上前询问情况，谁知女孩根本不予理睬，一脸愁容。他知道这女孩心理出现了状况。为防止发生意外，冯荃耐心地同女孩以聊天的方式进行沟通。

一个多小时以后，女孩终于敞开心扉，告知冯荃是因为家庭出现了变故，心情不舒畅。女孩赵某鑫，年仅 16 岁，是都昌县北山乡人，父母离婚，现在和爸爸、继母住在一起。因自己与继母关系不融洽，导致心中郁闷，才喝了酒。知道事情原委后，冯荃同志一边安慰女孩，一边让人联系其父亲并开车将其送回家。在家中，冯荃又同女孩父亲讨论了关于小孩成长方面的问题，女孩父亲表示以后会多关心女儿，帮忙疏导，让民警放心。问题完全解决后，冯荃才拖着疲惫的身子返回所里，此时已是凌晨 4 时了。

对那些失意的、情绪失控的群众，冯荃总是真情救助，而对迷路走失的老人和欲自杀的群众，他同样施以大爱，体现着一名人民警察危难之中显身手的责任担当和爱民情怀。

2019年7月9日晚10时许，城镇派出所接到报警称在万里大道商城门口发现一位80多岁的走失老人。接警后，正在值班的冯荃和同事们迅速赶到现场。只见一位瘦弱的老人独自坐在商城门口一路边花坛石墩上，面容憔悴，失魂落魄。冯荃上前询问得知，老人系汪墩乡人，来到县城寻亲，但由于上了年纪，一时想不起来亲戚具体的住址和联系方式，也不记得回家的路，只能坐在这里。了解情况后，他立即与汪墩派出所取得联系，终于联系上了老人的弟弟。最终在汪墩派出所民警的协助下把老人安全送回家中。

2019年8月23日22时许，城镇派出所接到报警称有人在南山体育场旁湖边，疑似想跳湖自杀。接报后冯荃与同事立即赶赴现场，只见一名女子坐在码头台阶上哭泣，双脚浸泡在水中，情绪很不稳定。由于女子所处的位置长满了青苔，冯荃担心发生意外，便慢慢走近该女子询问情况，以便转移其注意力。经与该女子谈心，得知其因家庭琐事心里委屈难过。冯荃一边继续耐心劝解开导，一边和同事将女子小心带离湖边，经过一个多小时的安慰劝解，该女子情绪逐渐平静下来，随后被闻讯赶来的老公接回家中。

辖区的平安，不仅来源于服务群众，还要对辖区发生的案件及时侦破，才能赢得群众的满意，让群众有安全感，这才是硬道理。为此，冯荃在打击辖区发案上，狠下功夫。有警必接，有案必查。

在2019年6月至8月期间，城镇派出所接连接到多起报警：有人因为将电动车临时停放办事，车钥匙没有取下来，结果电动车被盗。冯荃同志经过走访和调取监控，在细致研究每起案情后，确定案件为同一人所为。"犯罪嫌疑人一天不抓到，我们绝不收兵"，冯荃根据犯罪嫌疑人的行为和外貌特征，带领其他办案民警充分发扬不怕苦不怕累、连续作战的精神，对嫌疑对象进行排查，在多发地蹲点守候和走访，最终于8月13日将正在路面上寻找作案目标的犯罪嫌疑人张某平抓获。经查明，犯罪嫌疑人在两个月期间内共盗窃电动车8辆、手机1部。

为及时帮助群众挽回经济损失，冯荃放弃休息时间通过走访及侦查，成功追回被盗电动车 5 辆及手机 1 部，被害人对公安机关能在短时间内破获该案表示非常满意。

2019 年 7 月至 8 月期间，多名群众因请人办理公租房被骗，被骗金额从 6000 元至 12000 元不等。冯荃一马当先，积极参与破案。该案涉及被害人 120 余人，涉及诈骗金额 170 余万元。冯荃深知，新中国成立 70 周年大庆在即，受骗群众人数众多，涉及面广，若处理不好，将给辖区治安稳定带来极大的考验。为了尽快抓获犯罪嫌疑人、为被害人挽回经济损失，冯荃与同事一起多方取证、寻找被害人，共计为被害人制作报案材料 60 余份，并经过大量的调查走访，在主要犯罪嫌疑人宋某华多次逃避抓捕的情况下，通过多方布控将其抓获并扣押涉案资金 13 万元。

2020 年 1 月 6 日 20 时 57 分，正在值班的冯荃接到群众报警称在都昌县东风大道一千零二夜网吧旁有 20 多个年轻人聚众斗殴。冯荃到达现场后，发现仅 5 名形迹可疑人员，他不顾个人安危，与同事一道奋力将违法嫌疑人控制，并当即展开细致调查。经查，陈某平因 1 月 6 日中午在白洋路某宾馆与他人发生纠纷导致打架，双方约定好晚上再打，当晚陈某平召集詹某坤、段某胜等人在东风大道与朱某红一方发生斗殴行为。

为将涉案的犯罪嫌疑人抓捕归案，冯荃主动投入工作，带领中队人员通过情报分析研判，昼夜奋战、严密布控，经过一星期的艰苦努力，成功将吴某强、刘某喜、吴某祥等 3 名犯罪嫌疑人抓捕归案。

此案告破后，为扩大影响，起到宣传、惩戒作用，冯荃相继在"城镇派出所微信公众号""警民联系群""都昌在线"等媒介向辖区百姓通报了该案情况，彰显了公安机关打击违法犯罪的决心，有力地震慑了犯罪分子的嚣张气焰，增强了群众的安全感，用实际行动践行"人民公安为人民"的理念。

冯荃就是这样一名默默奉献的人，他坚定地在西湖社区守护着一方平安，脚踏实地，尽心履职，赢得辖区群众的一致好评。

（发于江西公安网 2020 年 5 月 16 日）

如果就这么老了

沈文琦从没发过微信朋友圈，今晚突然想要表达点什么。这案子已办了半年多了，每日每夜都在难以言表的煎熬中度过，现在终于可以放松一下啦！他感慨万千地写道："一百八十九个昼夜，修行路途又一里程碑！"

——题记

1

时间，定格在 2019 年 10 月 8 日。

那天的风儿，似乎与往常不一样，一阵疾似一阵。暖阳下的空气中，也飘荡着一种令人窒息的味道：紧张、憋屈、等待、焦躁。

都昌县人民广场北侧聚集了近千名群众，他们的目光几乎都落在同一个地方——都昌县人民法院的大门上。

男人们抽着廉价的卷烟，一根接着一根，嘴上还不停地唠叨着，审判都一天了，中午也没歇着，到现在还没见动静，咋就这么难审吗？

还是女人们笑容先露，如自我安慰般地回应，急什么急？我们相信政府就是，会为咱主持公道的。莫急嘛！你就耐心等等。

此刻人群中冒出一个大嗓门，他好像早就了解情况一般，清了清嗓子说道："你们不知道今天法院内有多少人吧？里面挤得人透不过气儿，被审判的有 32 人！是个少有的大判决呀！"

说这是"大判决"，话没错。被审判的人数量之多，在都昌县历史上绝无仅有；被审判的罪名也是一大堆，且犯罪事实一桩又一桩，令人眼花缭乱。

审判其实早就在六天之前已经开始，此日正是最后一锤定音的时刻。许多案件中的被害人不约而同地赶到法院对面的广场，扔下活计、丢下家务，有单位要上班的向领导请假，有小孩在上学的托人接……他们千方百计挤出时间等候，心里就是一个盼头，让罪犯绳之以法，还社会安宁，也让自己得到一丝安慰。

结局当然令人拍手称快。当晚 8 时许，法院庄严宣判，以王某明为首的 32 名涉黑犯罪人员全部受到了法律的相应制裁，首要分子王某明因犯组织领导黑社会性质组织罪、寻衅滋事罪等 9 个罪名，被判处有期徒刑 21 年，其他组织成员被判处有期徒刑 13 年至 1 年 7 个月不等。

警灯在夜幕中闪烁，如揭露罪恶昭示于天下。警笛发出阵阵长鸣，好像在向世人宣告，曾经嚣张一时、危害一方的涉黑犯罪团伙已彻底毁灭。

刚刚还算安静的人群，瞬间变成了像炸开了锅般的热浪。

判得好，就该让这帮小子到班房里坐坐！

就是要让黑老大把牢底坐穿！

这下都昌太平啦！

……

几名妇女抱作一团，哭泣声替代了她们的开心一刻，情感的释放，让这些妇女们好像捡回了少女时代的率真。男人们的脸庞，不仅仅只有笑容，还有扬眉吐气般的欢快，像过大年，庄重地从裤兜里掏出平时舍不得抽的好烟，散发给身边同样兴奋的素不相识的老乡，还不忘点火，频频笑道，抽呀！抽呀！

警车呼啸而去，他们却忘了回家似的，站在原地兴奋地聊个不停。

这一天，可以算作一个节日，尤其对那些被害人来说。

可是，有多少人知道，侦破这起涉黑案件背后的艰辛？

2

山水相依的都昌县，地处美丽浩渺的鄱阳湖畔，鄱阳湖作为中国最大的淡水湖，以其风光旖旎、浩瀚辽阔而闻名世界。湖面碧波万顷，水天相接，鱼跃鸟飞，一派美丽祥和。但是，鄱阳湖并不总是风平浪静，也偶有汹涌澎湃，暗流涌动。暗流虽然隐藏得深，但终会暴露在光天化日之下。这些丑陋一旦发酵，就会无休止地膨胀，露出那肮脏罪恶的尾巴。

以王某明为首的"老大"，纠集无数"小弟"猖獗一方，作恶无数，人们私下称是都昌的一块毒瘤。曾几何时，他们把这座美丽的小城搅得人神共愤。群众谈到王某明，声音不敢大，人多的场合只字不聊，很多被害者忍气吞声，心里笼罩着一层层恐惧的阴影。

王某明，何许人也？怎么如此名声大噪？这一层层神秘面纱，充满着诱惑与好奇，也坚定了都昌警方揭幕的信心。这揭幕之战，恰逢2018年扫黑除恶的风暴来临，可谓不谋而合。

谁来主办这起涉黑大案？这成了局领导焦头烂额的难事。在专案会上，从局领导到刑警大队长纷纷赞成刑警大队副教导员沈文琦是最合适人选。原因有二，一是他曾在2012年办理过两起涉黑犯罪案件，案子办得很漂亮，因此有着丰富的办案经验；二是这人很敬业，做事精细，而且有股子韧劲。

刑警大队长邱彬把局里的决定告诉沈文琦时，沈文琦正在整理材料。他听后一惊，站了起来，对邱彬不假思索地说："邱大，我胜任不了，协办可以，管案卷可不行啊！"邱彬说："这可是局里的决定！"沈文琦顿时语塞了。在沈文琦心里，他觉得这是新中国成立以来都昌县最大的涉黑案件，案件的主角王某明多次"进宫"、心狠胆大，反侦查能力超强，以前被判处的刑罚都是"零口供"起诉，加之自己身体不好，2004年因公负伤至伤残六级，至今未痊愈，怕担不起这个重任。沈文琦沉默了。他思来想去，一边是组织的信任，一边是个人的担忧。孰轻孰重，天平到底倾向哪边？这时，他看到警服上的国徽，似乎还想起了当初入警时自己举起右手宣誓的情景。他的眼睛湿润了，他茅塞顿开。警察这份职业，不是当初年少时所盼望拥有的吗？不是他这生的所爱吗？既然选择了远方，就要日夜兼程，就要爱我所爱吧！

沈文琦带着这个想法，哼着小调回到家。妻子早已做好了饭菜等他，见到沈文琦高兴的神态，问他今日为何这般开心？沈文琦只说了一句：

"我上大案了！"就开始端起饭碗来。妻子听后，脸色顿然凝重。她嗔怪地说："你可是个伤残人啊！不能跟正常人比呀！你以往做的事总比别人多得多，你这样逞能，身子迟早要垮掉的！"沈文琦听后很生气。他把碗筷往桌上一墩，眼睛一瞪，对妻子说："我这哪是逞能？你这是说什么话呢？"妻子知道老公的脾气，认准的事儿，九条牛都拉不回头。妻子心疼地说："我倒不是想拖你的后腿，只是怕你身体吃不消。你既然乐意，我也无话可说。"

沉默良久，沈文琦见妻子欲言又止，语气也缓和下来了，他知道妻子跟他结婚后，也没过过多少好日子。妻子在小学教书，还要负责两个小孩的日常生活起居，忙里又忙外，自己把家里当成了旅馆，说走就走，常常一个星期也见不上一面。一股愧疚感涌上心头。他站起身，从背后抱住正在收拾碗筷的妻子，然后细声细气地说："老婆，刚刚是我语气粗鲁了点，我知道你的意思，我会照顾好自己的，你就别担心了。"

妻子莞尔一笑，说："我也知道你是条犟牛，我只是提醒提醒呀！"沈文琦举起拳头朝空中挥了挥，发誓似的说："老婆，等我忙完了这个案子，就带你和崽去外省旅游！总行吧？"

一听说游玩，在一旁的7岁儿子凑了过来，他把嘴巴一撇，不屑地说："爸爸您又在骗人吧？您说好的每年带我们去好远的地方玩，你带过一次吗？不都是妈妈带了我们去？"

沈文琦竟被小儿说的话噎着了，再也说不出一句话来。

3

线索，源源不断地涌入。负责整理、收集线索的是沈文琦。他翻看桌上的每一份举报材料，异常仔细，在重点部位还要画一画红杠杠，之后将每份材料的基本内容汇总到电脑里早已制作的一张表格上。沈文琦说，这些红杠杠可以说是一条分界线，罪与非罪，罪重与罪轻，一目了然。

细节，在沈文琦眼里，显得非常重要。梳理再梳理，找重点，寻缺口。揭幕之战成败如何，关键在于开头。

很快，王某明等几名重点人物的情况进入了警方的视野。1985年出生的王某明有多次"进宫"的历史，于 2008 年被判处有期徒刑，2015 年 3 月释放。出狱后王某明不思悔改，广收小弟，网罗前期同案人员、吸毒人员、社会闲散人员逐渐形成一个有组织有经济支撑的团伙，以暴力、威胁的手段插手民间纠纷、经济纠纷，充当"地下出警队"，稍遇抵抗，便拳脚并施，从而建立极其强势的地位。

一桩桩犯罪案件，便开始在都昌蔓延开来。

2018 年 11 月底，行动开始了，几名都昌刑警趁着夜色赶赴九江，虽还没到寒冬，但冷冷的夜还是有点寒意，近乎无声的脚步给这次行动添上了一层神秘感。可是，狡猾的王某明并没敢在九江住宿，他好像闻到了什么味道似的，消失得无影无踪。

沈文琦向专案组建言献策，王某明首要分子到案固然重要，但跟随的骨干分子也是重中之重的抓捕对象。至此，一张严密的大网有条不紊地悄然拉开。

当年 12 月 10 日，狐狸的尾巴再次露了出来。这次都昌警方铆足了劲，当晚调集 80 余警力分 6 个小组实施精准抓捕。沈文琦带组抓捕的对象是王某明的"左膀右臂"——金某。这金某与王某明几乎形影不离，王某明到哪，金某就跟到哪，非常听从王某明的"命令"，是个不打半点折扣的"跟屁虫"。若能让金某到案，那绝对会为整个案件的侦破起到至关重要的作用。

凛冽的寒风钻进抓捕人员的心窝，但依然阻挡不了他们蹲守的决心。金某住在一个高档小区，但具体住哪栋并不了解。沈文琦带着民警们化装成水电工，隐藏在不易察觉的角落，从晚上 11 点开始蹲守。寒风阵阵吹，民警们只能靠跺跺脚取暖，困了靠着墙眯一眯，渴了就喝一口矿泉水，但只要有点声响，都会立马来精神。

守到次日 8 时许，金某并未露面。沈文琦觉得蹊跷，按正常情况，金某再晚也会回家，莫不是先一日没有外出？撤岗？还是留下？倔强的沈文琦没有放弃，他带领两名民警开始在小区四处查找。在一个楼道口，发现地上有一个被丢弃的快递外壳，上面有金某女朋友的名字。通过各种信息分析判断，他决定来个顺藤摸瓜。很快，沈文琦带着这个包裹，按图索骥找到了还在租住房睡大觉的金某。

金某被成功抓获，为此案打开了一个缺口，奠定了案件侦破的基础。此时的王某明已经无处遁形！众称"老大"的王某明并非等闲之辈，猖狂、胆大、不计后果。有一次，王某明在KTV包厢自己豪饮作乐不够，还要跑到另一包厢敬酒。当发现刘某只喝了一小口白开水，便认定其不给面子，当即将酒瓶砸在刘某头上。刘某头部顿时血流如注，王某明被人拉出包厢后还想冲进包厢大发淫威，一名正好赶到KTV接人的群众看到这一幕，上前阻止。王某明哈哈冷笑，指着他说："打的就是多管闲事的！"一言既出，在场的几个马仔一哄而上，拳脚交加。在王某明得知该群众报警后，更是恼羞成怒，带领8名马仔赶到都昌县人民医院，找到刚刚包扎好伤口的受害人，再次对其进行殴打。可见其猖狂到何种程度！

欲让其灭亡，必先让其猖狂。该出手了！

就在金某落网的当晚，在酒楼正饮酒作乐的王某明浑然不觉他的好运已到头了，他端坐在C位，对敬酒的来者不拒，一边喝酒，一边大声嚷嚷。觥筹交错间，他不忘表扬小弟干得好，并当场宣告奖励，要么安排小弟在娱乐场所、宾馆、饭店消费，要么请嫖娼，或者安排他们在赌场、KTV娱乐场所、啤酒销售公司"上班"。

民警们闯进包厢，喝令不许动！王某明顿时懵了，他想不明白，公安这回找他是什么事。强装镇定之后，王某明又想为自己挽回面子，不紧不慢地质问，你们公安凭什么到我吃饭的包厢来？但声音显然比刚刚饮酒时小了半截。哪由得他再嚣张，现场民警一个反扑将其牢牢锁住。王某明此刻还不忘大喊大叫："你们今天乱抓我，明天你还得请我出来！"在场的5个马仔，见主子动弹不得，知道大势已去，纷纷乖乖就擒。

船儿一旦扬帆，势必踏浪远航！通过反复甄别，沈文琦从众多的材料中发现，王某明的骨干成员刘某已闻风潜逃到福建省闽江市。到海滨城市实施抓捕，不亚于电影里的惊险场面。当时在陆地并未发现嫌疑人刘某，福建警方通过核查发现刘某在一个海中大船上，就租用了一条民船。民警先要爬上十多米高的平台，才能上刘某的大船。险就险在这十多米高的悬挂楼梯，爬梯时必须手脚并用，集中精神，全力而上，稍有不慎，就会跌入海中。沈文琦从来没爬过这样悬浮的楼梯，心里不禁打了几个寒颤。但一想到嫌疑人就在上面，他抖了抖精神，使出全身力气，顺利登上平台，在当地警方的协助下，将在船舱内睡大觉的刘某顺利擒获。

那一刻，沈文琦才发觉背部已被汗水湿透，有种凉飕飕的寒意。

4

众所周知，审讯是一门技巧活，关系到案件的成败。

几个马仔被抓当晚承认了一些犯罪事实，而王某明到案后始终一言不发。他装聋卖傻，要么沉默，对讯问人员一问三不知，要么答非所问，避重就轻，是一根难啃的"硬骨头"。

沈文琦心里早已有了底，他召集有关讯问人员，提出自己的想法。王某明以前被判处刑罚都是零口供起诉、零口供判决，这样僵持下去，只会浪费时间与口舌，不如把精力放到其骨干和相关证人方面，从外围突破从而锁定其犯罪事实。

夜幕降临，专案人员依然坚守在岗，披着星星，载着月亮，一路风尘在路上。

可是，当专案人员敲开一家家证人的大门时，令人不安的事情发生了，这些人因害怕报复，都不想再谈过去的事，更不愿做证。

另辟蹊径！沈文琦并不灰心，带着专案人员到九江、湖口寻找在外地工作的被害人胡某、李某，作为案件的突破口。在被问到他们在都昌县某娱乐场所承包经营被阻碍的事时，两人都表现得很谨慎。胡某坦率地说，我听说王某明被抓了，心里不知有多高兴，但转念一想，要是知道我揭露了他，过不了多久他要是出来了，那我们就要受到打击报复。

一脸尴尬的胡某很婉转地拒绝谈及曾经发生在自己身上的事。

沈文琦耐下心来，对当前的形势、国家对证人的保护措施以及案件的保密工作都详尽地作了讲解。慢慢地，胡某认识到了这次中央"扫黑除恶"的决心和意义，于是把自己无故被王某明一伙殴打致伤被迫逃离都昌的事，一五一十地讲了出来。

一花引得百花开。县城另外几家娱乐场所的老板们纷纷挺直了腰杆儿，站起来指证王某明一伙的罪恶。

不查不知道，一查吓一跳！王某明一伙经常出入都昌县娱乐场所，强行安插手下的马仔在 KTV 上班，强行消费。到被抓时，王某明一伙在娱乐场所的强制消费总共达 11 万余元。

在都昌，有一个不良的社会风气还在蔓延。当事双方闹了纠纷或斗殴过后，不是主动寻求公安解决，而是寻求社会上所谓的"罗汉地痞"来解决，显派头、争面子。而王某明对这样的"好事"正求之不得！从而无形中充当了解决问题的"援兵"。当然，王某明出了"兵"，是要收取钱财的，或者是安排马仔到某一方单位"上班"。熟悉王某明的人都知道，他的算盘向来是很"精明"的。

不到三年的时间里，王某明插手民间纠纷、经济纠纷多达 16 起。

王某明一伙寻衅滋事达 14 起，90% 的被害人在事发后选择了沉默、忍受，不敢报案。专案人员找到他们后，通过反复做工作，他们才敢吐露真情。

王某明为了巩固其强势地位，需资金运转，除了在"地下出警""援兵"方面索取钱财外，还"开动脑筋"动员手下开设赌场、组织卖淫，几乎到了"五毒俱全"的地步……这些犯罪事实都一一被专案人员掌握。

事实证明，打破常规，从外围证人入手，就像一把利剑不偏不倚地插入嫌疑人的心脏。侦破工作已初步取得了成效。

一个又一个犯罪嫌疑人到案，沈文琦都会及时把所列的审讯提纲递到同事们面前。每一次审讯过后，还需要补充什么材料，抓捕什么嫌疑人，沈文琦也会在第一时间进行梳理并将结果报告领导，再抓捕、再审讯、再取证。这种周而复始的工作，让沈文琦有干不完的活。

没外出取证的日子，他就伏在办公桌上，将案卷材料一页一页地细看，做好记录、制作相应表格，然后列出次日要工作的计划。他同时还要负责收集战友们送来的材料，从中甄别，制定取证提纲，提出意见和建议，并下派任务，让各小组有序开展工作。

从抓捕到起诉的 189 个昼夜里，沈文琦没睡过一个囫囵觉，没请过一天假。吃饭大多是在单位点外卖或吃工作餐，中饭的时间基本在中午 1 点过后，晚上回家基本都在 11 点过后。每次见到妻子，妻子习惯性坐在床头等他，而两个儿子都已入睡，沈文琦心里泛起一丝丝愧疚。沈文琦的大儿子读高中，小儿子读小学，妻子是小学教师，没有时间做饭，于是经常带着两个儿子到公安局对面的小面馆。天长日久，小面馆的老板都熟知了，这原来就是都昌"扫黑队长"的一家子哩!

5

随着对王某明涉黑团伙案侦办的深入，都昌公安扫黑除恶声名鹊起，群众满意度飙升，分别以网上发帖、写信或其他方式表达对公安的敬意。但也有一些被触动利益的人，通过电话威胁，发泄不满。沈文琦对此不屑一顾。他一字一顿地说:"既然穿上了这身警服，有国家作后盾，何惧邪恶的挑战?"

在沈文琦的办公桌上，有一副老花眼镜，很是醒目。沈文琦笑着说，眼睛已开始老花了，看不太清字，就买了一副老花眼镜。由于经常吃快餐或盒饭，营养不均衡，沈文琦经常上火，牙痛发炎，痛得无法忍受时，为了节约时间，他也没舍得到正规医院医治。他到了一家小型牙科店治疗，因治疗不当，耽误了最佳治疗时间，最后这颗痛牙不得不拔掉。

说起这些，沈文琦的眼神里，没有一丝后悔。他挂在嘴边的一句话是，"既然选择了这份职业，就会不忘初心，爱我所爱"。他说这句话看起来很轻松，但做起来却是太难太难了，不是常人可以想象得到的。

2019年6月17日，沈文琦抱着54本已装订成册的案卷，庄重地放在都昌县人民检察院起诉科的办公桌上。检察官们问，几个案子?沈文琦笑着说，就是一个案子呀!王某明的。

检察官翻起一册册、一页页案卷，对沈文琦感慨地说了一句:"公安这次不容易啊，真辛苦啊!"

是啊，大家有目共睹。此案起诉意见书就达72页，犯罪嫌疑人就有34人，涉嫌的罪名包括组织、领导、参加黑社会性质组织罪及寻衅滋事、聚众斗殴、敲诈勒索、开设赌场、组织卖淫等十余种。

工作中，沈文琦低调谦虚，办起案来却风风火火。他19岁入警，现已40岁，看起来比实际年龄要显得有些苍老，虽有一本"残疾证"，但仍热爱刑侦工作。他曾被评为"江西省优秀人民警察""九江市优秀共产党员"，先后3次荣立个人三等功。

夜已深沉，遥望窗外，繁星点点，沈文琦辗转难眠。他回想4小时之前检察官打来的电话，那句"王某明案件审查起诉已通过"足让他心脏剧烈跳动了一阵子，之后，他有了前所未有过的成就感，有了如同压在心上的石头瞬间落地般的轻松。他从没发过微信朋友圈，今晚突然想到了要表达点什么。这案子已办了半年多了，每日每夜都在难以言表的煎熬中度过，现在终于可以放松一下啦！他感慨万千地写道："一百八十九个昼夜，修行路途又一里程碑！"

他的妻子第一时间看到后，揶揄他："以后还有大案，你还上吗？"

谁知沈文琦立马回答："老婆，我干的就是这职责，只要有命令，我必须随时奉命啊！"妻子笑着说："你这才半年多，头发白了，背也驼了，眼睛老花了，牙也掉了，身体本就不好，你都变成小老头啦！"

沈文琦哈哈大笑，打开了他最喜欢的那首歌《如果就这么老了》，顺手把妻子搂在怀里，深情地说："老婆，如果就这么老去，我无怨无悔，仍会爱我所爱，就像爱你一样。老婆大人你也来听听……"

> 如果就这么老了
> 你还会不会重新选择
> 可是岁月它不会为谁停留
> 何不趁着现在开始吧
> 人生若不是仅仅为了存在
> 可不可以爱你所爱
> ……

（发于《浔阳晚报》2020年9月2日"九江法治·警界"第11版整版；《人民公安报》2021年12月13日8版，有删节）

如果就这么老了

青春无悔献忠诚

他身材瘦削，却有着非凡的敏捷与干练；他青春年少，衣着不追时尚却衷爱警服。他没有辜负青春，用满腔的热血倾注在他热爱的公安事业中。从警9年来，他乐于奉献、赤胆忠诚，脚踏实地在基层兑现着入警时的承诺，肩负人民警察的神圣职责，热心为群众排忧解难；在"我为群众办实事"主题实践活动中勇于担当作为，全力解决人民群众的实际问题。

他面对持刀歹徒，临危不惧，果断勇敢地出手。由于成绩突出，他多次获得"优秀公务员""先进个人"等荣誉称号，还被评为"都昌县公安局防疫先进个人"，被记个人三等功一次，并被授予"新赣鄱先锋人物"荣誉称号。

他就是都昌县公安局土塘派出所民警黄华杰。

黄华杰是1987年生人，个头不高，身体也不壮实，给人的感觉比较瘦削，但他干起事来浑身是劲。2013年10月，他如愿以偿穿上了警服，成为都昌县公安局土塘派出所民警。在工作中，遇到群众求助，他总是置生死于不顾，拼尽全力保护人民群众的生命财产安全，展示了一位人民警察全心全意为人民服务的良好形象。

2020年7月10日晚8时许，都昌县土塘镇珠光村委会村干部向土塘派出所报告，鄱阳湖外湖堤坝已经出现裂口，洪水马上就会涌入村里，村民须立即转移，否则后果不堪设想。正在值班的黄华杰闻听后主动请缨，立即与同事驱车赶往六房村。黄华杰和村干部挨家挨户搜寻人员，大声喊话："乡亲们，洪水就要来了，大家赶快走！"并组织群众撤离，在很短的时间里将80余名群众平安转移到安置点。

接下来，黄华杰一夜未眠，在值班室坚守，以随时接听辖区内的求援电话。次日早上6点许，果然报警电话再次响起，杭桥居委会的詹家村和聂家村已被洪水围困，洪水位高达1.5米深，村里还有几位坚决不肯撤离的孤寡老人被困家中。警情就是命令，黄华杰顾不上疲惫，依然抖擞精神再次与同事一起赶往洪水围困现场。所领导考虑黄华杰一晚上没休息好，怕他身体吃不消，安排他在接应点负责接应，其他人跟随橡皮艇去受灾村庄救人。可黄华杰听后摇摇头，坚定地说："我是党员，水性也最好，我必须带头上！"所领导拗不过他，只好递给他一套深水衣，再三叮嘱他一定要注意安全。

在一户人家救援时，橡皮艇被割破开始漏气，上面还坐着转移来的群众和几名救援人员，如果不减轻载重，橡皮艇上的人员将有生命危险。"人太多，怕船承载不了，我先下去！"黄华杰说完，带头跳进洪水中。其他几名救援人员见状也纷纷跳入洪水中，减轻了载重的橡皮艇暂时安全了。在确定所有的被困群众都安全转移后，黄华杰脱下已经灌满了水的深水衣。完成任务后他立即报告了所领导，之后拨通了妻子的电话。他的妻子已怀孕9个月即将临盆，本来说好的这段时间去陪陪她，可是为了工作，他只好事先向妻子解释。妻子理解他、信任他，倒令他心怀愧疚。黄华杰在电话里轻声安慰着妻子："等洪水退了，我一定回去好好陪你！"

黄华杰顶风冒雨置个人安危于不顾，将人民群众的安危放在心头，他迎水而行，被洪水浸泡到颈根、在水中救助群众的画面被人拍下后，感动了成千上万的网友。他的事迹先后被省市和中央媒体报道。中央电视台一套《新闻联播》以新闻特写的形式，用2分46秒的时间报道了他的先进事迹，树立了都昌公安的良好形象。

2021年1月10日，在都昌县公安局庆祝首个中国警察节的活动现场，黄华杰立下誓言："我一定当好人民群众的贴心人，为群众做好事、办实事、解难事，不断增强人民群众的获得感、幸福感、安全感。"他是这样说的，也是这样做的。

"人民警察不仅仅是一份职业，更是一份神圣而伟大的事业，我为我是一名人民警察而感到无上荣光！"2021年3月28日，都昌县政法英模事迹报告会上，黄华杰讲述着他的从警故事，他用朴实无华的语言和实干精神赢来了阵阵掌声。走下讲台，黄华杰并不沾沾自喜，也没有沉浸在光环之下，而是继续坚守在为民办事的平凡岗位上，尽心尽力，细致入微。

2021年9月，群众江某到所里报案称其家中大量现金被盗，心情非常烦躁。黄华杰一番安慰后，立即带领协警赶赴现场，认真细致地进行现场勘查。他在未发现明显翻动痕迹的情况下，厘清思路，初步确定是熟人作案。黄华杰了解到，江某的女儿曾与同村江某某的女儿于暑期一起在江某家中拿走大量现金并瓜分使用，后因此事双方家长产生激烈矛盾。黄华杰进行了一番实地调查后，决定积极化解校园矛盾，主动联系双方家长。经两次组织调解后，双方终于就损失补偿达成一致。2021年9月22日，江某主动送上一面"破案神速，热心为民"的锦旗，并连声称赞民警的办案速度和工作态度。

2021年11月，黄华杰在对辖区矛盾纠纷摸排中发现，土塘镇小港村冯某香和杨某香因口角是非发生争执，冯某香用尿勺将粪浇到杨某香身上，两人在抢夺尿勺过程中致杨某香受伤。杨某香儿子觉得"咽不下这口气"，特从外地赶回老家，要向冯某香讨要说法，矛盾进一步激化。剑拔弩张之际，黄华杰得知情况后主动及时介入，对双方动之以情、晓之以理，劝说双方都要相互理解，相互包容，构建和谐邻里关系。通过三番五次地登门劝说，耐心调解，双方最终握手言和。

为了做好社区工作，他走遍了土塘镇辖区的每一个村、每一个组，熟悉辖区内的每一个山头、每一条河流。黄华杰依然记得，那是个数九寒天，天还下着雨，他接到土塘镇信和村委会村民求助，一名张姓外地年长女子在其家门口已经转悠了半天。电话中，黄华杰了解到，该名热心村民将张某接到家中，并送热毛巾让其擦拭，试着和张某沟通，但是一直没有结果。黄华杰冒着寒风冷雨迅速赶到村民家中，细心地和张某进行沟通，并尝试着用警务通进行人像对比，但很遗憾，找不到任何关于这位老人家的数据。他接着通过警务微信群发送到各个村委群中，看他们是否有人认识。"功夫不负有心人"，最终在化民村委群中收到消息，他就带着张某来到了化民村，将张某送到了她的女婿手中。从张某女婿的口中得知，张某是他的丈母娘，湖北人，精神上有点问题。黄华杰临走不忘叮嘱张某的女婿，平时要多关心老人，围观的群众见此都深受感动，说这民警细心、热心还耐心。

2022年9月24日傍晚5点，黄华杰接到土塘镇珠光村委会书记求助，辖区78岁的村民江乐汉不见了，老人是当天下午两点从家外出至今未归，需要民警帮助。黄华杰通过调取监控，发现老人在当天下午3点20分乘坐一辆往县城的大巴，然后在小转盘下了车并往大转盘走，再经过调取沿途监控，一直追踪。黄华杰一边和其家属保持联系，一边继续通过监控查找。从当晚一直查看监控至凌晨两点，寻找无果，次日继续搜寻并继续调取县城周边监控，终于发现老人在都昌县北山乡附近出现，家属迅速赶到附近找寻，果然在新妙湖大道路边看到走失的江乐汉，当时江乐汉精神疲惫。

面对人民群众，黄华杰满腔热情；而面对违法犯罪分子，他敢于亮剑、不畏艰险、冲锋在前，用勇敢的血肉之躯锤炼成不朽的盾牌。他总是说，作为一名人民警察，就要在最危险的时候敢于冲上去，勇敢地打出好拳，才对得起身上这身警服。

2021年9月4日7时，都昌县三汊港镇发生了一起命案，犯罪嫌疑人将受害者连捅数十刀之后，持刀逃离，受害人当场死亡。正值周末，因土塘镇和三汊港镇相邻，犯罪嫌疑人可能出逃的方向就是土塘镇。根据都昌县公安局统一部署，土塘派出所民警们放弃休假，迅速赶往犯罪嫌疑人可能出逃的堤坝进行设卡盘查。面对持刀在逃的犯罪嫌疑人，黄华杰毫无畏惧，立即投入到追捕行列中。

通过社区警务群，黄华杰及时通知辖区村干部及群众，告之犯罪嫌疑人潜逃时的衣着特征，并提醒大家注意安全防范。当天下午14时50分许，辖区村干部传来消息，在珠光江浒湾村发现犯罪嫌疑人踪迹，黄华杰告知村干部注意安全，自己会马上赶到，随后和同事驱车迅速赶往现场，想第一时间将犯罪嫌疑人抓获。黄华杰叮嘱同事，一定要保护好自己。到达报警地点，黄华杰看见犯罪嫌疑人蜷缩在一户无人居住的房屋院内的柴火棚内，他全然忘记自身的安全，大步向前冲向犯罪嫌疑人，一把抓住其手臂，并大声喝道："警察，别动！"并在同事的协助下一起将其制伏。面对持刀杀人歹徒，黄华杰临危不惧、英勇擒敌，展示了人民警察不畏风险的英勇气概。

因为头戴警徽、身着警服，从此有了理想信念，有了责任担当。黄华杰作为一名普通的基层民警，凭着对警察事业的一腔热忱，始终坚守在打击犯罪、调处矛盾纠纷和服务群众的第一线，用汗水和鲜血维护了"人民警察"这一光荣称号，书写着新时代"人民公安为人民"的灿烂篇章！

（刊登在江西公安网 2022 年 12 月 23 日）

鄱湖缉毒"领头羊"

　　他，一副沉稳的外表，看似不善言辞，但内心火热，对警察这行充满着激情与热爱。他，总是默默履行职责，身先士卒，率先垂范，以饱满的精神、昂扬的斗志带领大队民警力克一起又一起毒品案件，把一个84万人口的大县曾嚣张一时的毒品市场悉数铲除，把一个个吸毒贩毒人员依法处理，从而确保了当地的长治久安，赢得了人民群众的交口赞美。

　　他就是都昌县公安局禁毒大队大队长谭建华。

　　谭建华1978年出生，从小怀揣一个警察梦。2003年5月，原本做人民教师的他通过公务员考试，成为一名光荣的人民警察。因工作突出，仅十年就被提拔为该县南峰派出所所长。2017年，鉴于他优良的表现，被调任都昌县拘留所所长。2020年5月，因成绩特别突出，又被组织委以重任，调任禁毒大队大队长。他深知责任重大，压力骤增，同时也感恩组织的栽培与信任，在领导面前立下"军令状"：一定要带好禁毒大队，一定要把这块毒品犯罪的顽疾坚决除掉。

　　殊不知，为了这个庄重的承诺，谭建华以超人的毅力付出了常人难以想象的心血。

　　毒品犯罪带来的人身、财产伤害非常巨大，可这类犯罪屡禁不止，找到问题的关键就是要打掉源头，谭建华深知这个道理。为此，他经常身着便服坚持夜访制度，带领民警深入辖区的宾馆、KTV、出租房取得第一手信息，通过信息研判发现违法犯罪线索，发现一起侦破一起，对毒品违法犯罪坚决做到"零容忍"，稳准狠地进行打击。

火车跑得快，全靠车头带；集体强不强，全靠"领头羊"。在抓捕犯罪嫌疑人的现场，总有谭建华带队的身影。夜幕下，蹲坑守候时有他；审讯室，讯问者有他；加班加点时，同样都有他。他挂在嘴边的一句话是：跟同志们在一起工作是缘分，我们只是分工不同，大家团结在一起，拧成一股绳才有力量。

谭建华是一名指挥员，更多时候是一名战斗员。

2021 年 6 月，禁毒大队承办一起省标案件，犯罪嫌疑人熊某是湖北人，常常跨省市作案，此人久经沙场，是个狡猾的又吸又贩的涉毒犯罪嫌疑人。面对这样的嫌疑人，需要斗智斗勇。谭建华那时绞尽脑汁，想了许多方案，也多次找大队骨干民警商讨破案事宜，但均无功而返。

坐在办公室，根本破不了案！谭建华秘密带领 3 位民警前往九江市区，住进了普通宾馆，白天隐身不动，夜间微服私访，常常坚持到娱乐场所凌晨打烊。功夫不负有心人，历时半个月，终于从一名吸食毒品者口中获取了一条重要线索：熊某近期将从武汉来九江交易。谭建华异常兴奋，告诉战友们不能错过这次抓捕机会。

据可靠消息，熊某晚上 11 时将出现在九江市十里大道一商店门口，谭建华将警力散开，形成合围之势。哪知，熊某不按正常套路出牌，骑的是一辆摩托车，到达商店门口时，发觉不太对头，准备骑车逃走，民警王志华靠得最近，他快步上前，熊某见状加大油门直冲，王志华随即被强行逃走的车子带翻在地，谭建华在王志华跑步上前的同时也从附近跑了过来，只见他不顾个人安危，迎面拦截摩托车。熊某见有人拦车，就微微偏了一下方向，谭建华不动声色，待最近距离奋力一扑，车翻人倒，谭建华也摔倒在地上，但他还是用有力的双手，死死摁住了熊某。等到战友们将熊某上好手铐，谭建华才觉得大腿一阵裂骨似的疼痛。

还有一次更为惊险的抓捕。2022 年 7 月，禁毒大队破获一起公安部督办涉毒案件，抓获的犯罪嫌疑人张某就是一个胆大妄为的家伙。同样也是蹲坑守候，历时一周才发现了张某的踪迹。那晚已近凌晨 2 时许，张某驾驶着一辆马自达小轿车，出现在九江市客运汽车站。

车子慢悠悠地靠在路边上不熄火，驾车人张某也不下车，像是在观察周围地点及取毒人。民警万龙帅佯装路人慢步往车子靠近，谭建华等人从百米开外合拢包抄。约一分钟后，有一年轻人上前准备在马自达轿车驾驶室窗口取东西，万龙帅快步冲上前拉车门，谭建华等人也控制住了购买毒品的年轻人。此时犯罪嫌疑人张某如惊弓之鸟，猛踩油门倒退车子想甩掉万龙帅，谭建华感觉到危险降临，猛地从后面拉住了有着惯性前倾的万龙帅，随后跑上前拉轿车车门。

车门被拉开后，张某并不甘心束手就擒，继续踩油门想甩掉谭建华，谭建华顾不了许多，死死压着张某握方向盘的手，车子还在缓缓行走，谭建华干脆把身子由拖行变成悬挂式进入了正驾驶室大半个区域，其他战友已打开副驾驶室的车门，强行把张某拖离了驾驶室，马自达轿车此时由于没有得到正常控制，撞到了路边一辆停车位上的小轿车。

民警通过突击检查，缴获新型毒品20克，"笑气"非法吸食物200多罐。

缉毒警察加班加点，并不比刑警少。警察也是正常人，也有家庭，但常常顾不到家。谭建华当然也不例外。他和大多数缉毒警一样，往往为了一个案件的及时侦破，拿下嫌疑人的口供，要趁热打铁，要熬夜，要学会刨根问底，还要克服在办公室小行军床临时滚一晚的困难。其实对他们来说，审讯到凌晨三四点结束，固定相关证据后，为了不打扰家人，能在办公室轮流睡一两个小时，也是莫大的快乐。

个人的困难可以克服，但家庭的困难要应对就不容易了。2021年4月，正是疫情高峰时期，谭建华的妻子刘丹映作为一名医生被选派到贵溪市支援当地的疫情防控，留下正在读高中的儿子和正在上幼儿园的女儿。

这一去就是半年，可苦了谭建华。他只好向年迈的父母开口了，把二老从乡间接来照顾一对儿女的日常生活。因老人家烧的饭菜不可口，儿子吃不下饭，学习负担又重，人瘦了一大圈。女儿也得不到很好的照顾，常常梦里喊妈妈。谭建华心里一酸，把电话打给了妻子，质问她，家里的事还要不要管？可妻子说，你工作起来十天半个月也见不到人影，我也是组织信任选派的呀！妻子的一席话，让谭建华如梦中人被点醒。是啊！这个家，他几乎是早晨走、夜晚归，把家当旅馆，自己如客人一般。而一双儿女，他管得少之又少，妻子的付出远比他多十倍百倍。

谭建华重拾愉快的心情，抽空一到家就大干家务，把"里里外外一把手"诠释到极致。直到妻子凯旋归来，他俨然成了多重身份的一位能手：好父亲、好领导、好战士。那时谭建华也瘦得让妻子认不出来，妻子眼噙泪水说：老公吃苦了。谭建华会心一笑：一床被子不盖两样的人嘛！谁叫你我都是"工作狂"。一句话，又让妻子开心地笑了。

除了对犯罪疾恶如仇，谭建华有一颗善良的心。

30多岁的刘某因强戒两次回归社会，妻子与他分道扬镳，生活又无着落，一连串的打击之下，加上有所谓的朋友相邀，刘某又有了继续吸毒的倾向。谭建华得知情况后，多次利用闲暇时间登门与他谈心，鼓励他勇敢面对，做生活的强者。谭建华还在朋友的支持下，帮刘某联系了一份稳定的工作。刘某到工业园区一服装厂上班后，因勤奋努力得到了一名离异女子的青睐，不久又结婚组成了美好的家庭。到现在刘某还会给谭建华提供线索，举报他人吸毒、贩毒。

对曾经处理过的违法者都如此挂心，谭建华对战友更是情深义重！大队民警要是遇到困难，首先必找到他，红白喜事他都一马当先。而大队在年终评优立功时，他首先想到的是那些干事的普通警察，当民警们推举他带头有功时，他总是婉言谢绝，把功劳记到每一位民警身上。因此，他来禁毒大队之后，没被授过一次荣誉，大队倒是立了集体三等功，多位民警也有个人三等功和优秀人民警察的荣誉。

谭建华总是说，做事靠大家，功劳也该归大家，就这样一次次轻描淡写地把自己努力带队的功劳抹掉了。

谭建华不为名，也不为利，胸中自有廉洁自律的底线。2022年8月，禁毒大队抓获了该县工业园区的一名吸毒的招商引资老板江某，江某在到案后，口口声声要见大队长才肯配合讯问。待谭建华火速赶到，江某把他拉到一边，指着被扣押的手提公文包，说包内已有现金20万，愿意再拿10万现金摆平，还再三强调，如果被公安处理过了，就有前科，所开的公司就会受到影响。谭建华不为所动，严肃依照法律进行处理。

满腔热血扬正义，不忘初心写忠诚。自 2020 年到禁毒大队至今，谭建华带领禁毒民警力克难关，勤奋努力，成功破获了 2 起部督案件、8 起省标案件，还破获了其他涉毒案件 78 起，刑拘 140 余人，行政拘留 400 余人，创建了一片无毒的晴朗天空。

（刊登在 2023 年 6 月 18 日江西公安网）

鄱湖缉毒「领头羊」

湖心岛上的老警察

初冬季节，寒风萧萧，位于鄱阳湖中的棠荫岛四面环水，比湖外陆地气温至少要低 5 摄氏度。

笔者到达棠荫岛联合执法点见到老警察欧阳援朝时，他正蹲在地上为一只受伤的候鸟处理伤口。晨光里，欧阳援朝黝黑的脸庞露出灿烂的笑靥，见我到来，立即吩咐爱妻搬凳递茶。消毒、上药、包扎、喂食，他小心翼翼，一连串的娴熟动作，就像一位医生对待病人那般，刚刚还在微微挣扎的候鸟一会儿就安然躺在事先准备好的纸箱里。

欧阳援朝告诉我，这只受伤的候鸟是他清早巡逻时在湿地发现的。

因湖水干涸，湖床裸露，每年的十月，鄱阳湖湿地都会引来从俄罗斯西伯利亚、蒙古、日本等地飞来的几十万只越冬候鸟，它们越过千山万水，在美丽的鄱阳湖休憩繁衍。这个季节，寂寞的棠荫岛已不再孤独。

棠荫岛位于江西省都昌县内的鄱阳湖水域，小岛四面环水，挺拔于湖水中央，远看像浮在水面上的一颗珠子，近看却是鱼米飘香、风景如画的渔村。棠荫岛仅 0.8 平方公里，由 4 个小岛相互连接，岛上居民 800 余人。岛内绿树成荫，花草茂盛。棠荫岛面积虽小，但位于三市四县交界处，湖区治安状况复杂，跨县、跨地区治安事件时有发生。

2017 年，江西省都昌县委、县政府决定在岛上设立由水上公安、渔政、环保等多部门组成的联合执法点，打击非法捕捞、采砂、猎杀候鸟等违法犯罪活动。但因棠荫岛偏远闭塞，水陆交通不便，生活艰苦，执法工作又枯燥乏味，领导正在考虑合适人选时，已从警30余年的都昌县公安局水上派出所民警欧阳援朝主动请缨，愿意去守孤岛。

他的理由很简单，儿子已长大成人，且在深圳安家立业，自己了无牵挂，是最合适的人选。领导见他年已半百，问他能行否？欧阳援朝笑着拍了拍胸膛，立下军令状似的说："领导放心，我相信自己，完全可以胜任！"

殊不知，欧阳援朝在日后的工作中，为了这句庄重的承诺，要克服多么大的困难，付出多么大的代价！

从繁华县城突然搬到一座孤岛上，欧阳援朝的工作、生活均发生了重大改变。每一天，他都要和他的同事们踩在泥泞的湖岸巡逻执法。刚开始，一些渔民根本不把欧阳援朝放在眼里，依然我行我素在湖中使用国家明令禁止的底拖网。由于底拖网网眼细密，大鱼小鱼一网打尽，对鄱阳湖物种多样性破坏极大。欧阳援朝每每发现都会毫不留情地把底拖网剪断带走，此时，被缴了网的渔民轻则谩骂，说他"砸了渔民的饭碗"，重则把执法巡逻艇团团围住，试图抢回被缴的网具。

记得有一次执法，他刚与战友收缴了几张网，就好像捅了"马蜂窝"，渔民们驾船从四面八方涌来，手里拿着鱼叉或锄头，瞪着愤怒的眼睛大声嚷嚷："不把渔网留下，就别想活命走！"欧阳援朝临危不惧，置生死于不顾，挺身而出，扯大嗓门喊话，宣讲法律政策，晓以利害。嗓子哑了，他仍站在巡逻执法艇前甲板上，一句一句跟渔民解释。警察那庄严、挺拔的身姿，恰当的喊话，震慑了那些不法渔民。僵持十几分钟后，被收缴渔网的渔民纷纷选择退出。

欧阳援朝说，我们联合执法，打击并不是目的，重点在防范及宣传上做文章。一有空闲，欧阳援朝就号召联合执法的战友们下到渔民家中，在耐心宣讲法律政策的同时，也谈人情世故，以心交心。天长日久，渔民们渐渐懂得欧阳援朝对待非法捕捞为何那样"铁面无情"，也通过执法人员宣传有关法律法规，让渔民懂得鄱阳湖全面禁捕退捕的重要意义。如今，棠荫岛所有渔民都转产上岸，在政府的帮扶下，有的做起了小生意，有的开了服装厂，有的做手工艺品在网上售卖……原本船上"摇摇晃晃"的生活，已变成了陆上安安稳稳的幸福生活。

岛上的渔民见到欧阳援朝，已不再是过去的"横眉冷对"，而是和颜悦色打着招呼，亲热地称呼："欧阳！欧阳！"

从孤岛到集镇，交通极为不便。春夏季节，由于湖水阻隔，乘坐快艇都要半个小时，若是普通船只还需翻倍的时间到达；而到了冬季，湖水干干涸，湖床裸露，就要踏着泥泞的道路步行，辅以三轮摩托车、小船等交通工具，老弱者花费近三个小时，青壮年也要一个小时。

湖水丰沛时，执法船每周定期到集镇采购生活用品，欧阳援朝总是主动喊渔民上船，而那些不能前去集镇的渔民，只要写好了单子，执法人员同样会帮他们采购到所需物资。渔民们也懂得感恩，常常会送一些自己种的新鲜蔬菜给执法点，以感激执法船搭载去集镇之情。

渐渐地，棠荫岛和谐的警民关系建立起来了。

我和欧阳援朝并肩漫步在岛村、湖边，阵阵微风吹来，岛内绿植摇曳。一位老妇人从老远亲热地喊了一声"欧阳警官"，欧阳援朝停下脚步，回了声："阿姨好！"接着又像突然想起什么似的，扯着嗓子问："您家的煤气烧完了吗？"当得到"差不多"的回答时，欧阳援朝说："过个几天帮您扛煤气罐到镇上充气哈！"老妇人笑眯眯连声道："多谢！多谢！"

我问欧阳援朝："这个事你也管？"他笑着说："这些老人留守在家，子女都外出打工了，行动非常不便，只有我们能帮到。"见我不解地望着他，欧阳援朝接着说："我们已把那些老者、妇女或行动不便的三四十人全部纳入了帮扶对象范围，定期到他们家中收煤气罐，或者帮他们交纳手机费……"

我笑着说："你行哟！都把他们当成家人了。"欧阳援朝自豪地说："来这小岛已经五年了，也跟他们结下了情谊，能做些力所能及的，也是一件很开心的事。"

我随意问了一句："你妻子怎么也到岛上来了？"没想到，欧阳援朝的话匣子一下子打开了。他说："有一次我妻子来岛上看我，有同事调侃：'嫂子也到岛上陪老公啰！'我妻子当时随口回了一句：'好哟！'谁知不久，她倒来真的了，把县城的电器商行转给他人后，就搬家似的大包小包风风火火'进驻'了棠荫岛。"过了一会儿，欧阳援朝深情地说："我知道，我妻子是看到我孤独，生活也不方便，就下了决心到岛上陪伴我。所以呢，我很感激她，正是因为她的支持，我才能更加安心工作。"

欧阳援朝接着说："我来之前，没想到生活在这座小岛居然这么艰苦，夏天蚊子多，大热天还要穿长衣长裤；冬天湖风又冷又急，皮肤常常干裂出血。"我瞧了瞧欧阳援朝那张黑里透红的脸庞、那双冻得僵硬表皮粗糙的手，还有鞋帮上沾满泥巴的那双鞋，心里顿然升腾起一种无限的敬意！他是被寒风侵袭才有了一张跟他年龄不般配的"黑脸"，他踏遍湖区才有了那双沾满泥泞的"脏鞋"，是他的全心全意付出，才有了鄱阳湖的安宁与祥和。我也终于明白，2022 年他被江西省委组织部确定为"新时代赣鄱先锋"学习宣传对象，名副其实。

此时，远外黑压压的一片映入眼帘，那是候鸟在翻飞，或在湿地觅食。走近湖边，长而窄的湖汊依然有江豚时不时探出头来，跟捉迷藏似的，我好奇地叫了声："江豚！江豚！"欧阳援朝已习以为常，笑着说："那是它在水里待久了，要到水面上透透气。"

我明知岛上的艰苦，却还要傻傻地问欧阳援朝："这么苦，后悔吗？"他抿嘴一笑，说："早习惯了，哪有什么后悔？虽然有点苦涩，日子平淡，但这里风光旖旎，绿植成荫，春天湖水碧波荡漾，湖面波光粼粼，浩大无边。而到了冬天，虽然有点萧条，但各种各样的候鸟又来做伴了，这不是对我们的补偿吗？"

我被他的淡然从容感染了，竟羡慕地转头看着他，接着又问："难道你打算一直守下去？"欧阳援朝点了点头，深情地说："我已把这儿当成我的家了，会干到老，干到退休。我算了一下，还有四年退休，一千多个日日夜夜，我该好好珍惜在这岛上的日子。"

此时，落日的余晖在西山缓缓坠落，我仍然可以瞥见那束耀眼的光芒，再看看身旁的欧阳援朝，一身警服格外醒目。夕阳散发出万道霞光，洒落在宁静的湖汊上，也照在欧阳援朝的身上。我想，欧阳援朝不就是这夕阳余晖下那束耀眼的光芒吗？他从不会散尽他的热情，更不会忘了当初的承诺。

（刊登在《人民公安报》2023 年 3 月 10 日 8 版"原创作品"栏目）

我的"叔公"队长

"走，下乡去！"肩膀被拍了一下，我离开屏幕扭头发现是队长。见我没起身，队长施以命令："别磨磨叽叽！走！"我心里嘀咕，都快退休的人，劲头还这么足呢！

队长也姓黄，论辈分，高我"三档"。论年龄，只大我一层萝卜皮。偶尔因工作发生一点小分歧，他总是说："听叔公的，没错！"虽如此，闲暇日子里，我爱"反抗"，调侃他"家族后代繁衍慢"，整体情商不高，结婚年龄大啦，或者说家族不旺盛啦，才导致辈分还是那么高。他只是嘿嘿笑着说，反正你叫我叔公就行！

他1985年警校毕业就分配到乡村派出所，一干就是24年。曾经的同事一个个进城、一个个被提拔，局里人事变动哪怕到了轰轰烈烈的紧要关头，他却"岿然不动"，不找组织不找领导，继续埋头干他的基层工作。直到44岁那年，他作为乡村时间待得最长的老警察才默默进了城。他久负沉稳细致之名，局里就把他调到治安大队管理民爆工作。

后来证明，这是榫卯对接，他适应岗位，岗位也适应他。

管理民爆是一个难度较大的技术性岗位，管理人本身要具备一定的业务水平。若你是"半桶水"，或者外行，你如何在被检查单位发现隐患，发现那些枝枝叶叶的不规范，又如何去说服别人？

一切从头来。他找来相关书本，夜以继日浸泡在书本中，细嚼慢咽，点点滴滴了解民爆知识。因我进治安比他早，他谦虚地向我"请教"，说什么："一笔写不成两个黄字，有什么好经验就要毫不保留地传授给叔公！"啧啧，这人呀！有求于我时，还不忘摆叔公的臭架子。

他当副大队长以来，总是扯着嗓子喊我下乡。他刚接手工作的那一年，全县所有涉爆的采石场和涉爆物品储备仓库网点，都被我们踩了个遍。

平日里他一副憨态可掬的样子，说起话来慢条斯理，有时把我们听得可着急，但等到出警时又像换了一个人，精神抖擞，目达耳通。有一次共赴矿山检查，听说工友住地隐藏了违禁品，大家翻了个"底朝天"也没找到，正束手无策时，他竟神奇地找到了隐藏地点。还有一次矿山大检查，大伏天，天热得出奇。他发现值班人员不在值班室值勤，而在值班室门外。他一改往日的憨态，厉声斥责："这样会出事的！"他进入值班室，发现里面的气温高达 40 摄氏度，身上的衣服一下湿透了。他了解到这是该单位领导不重视值班室的硬件建设，便转头找来单位负责人，一同来到值班室，一边讨论如何提高值日安全问题，一边让该负责人"尝滋味"。不一会儿，大家都汗流浃背，该负责人恍然大悟似的，觉得值班条件亟需改善，便立即安排专人在值班室加装了空调。

他对每一个细节检查都非常注重，往往在一个涉爆点出来，那检查记录也写得密密麻麻的，临走还要反复叮嘱被检查单位，及时整改或规范到位。此时他的细致又令我敬佩。他制作的检查细目表，详尽周密，被江西省公安厅治安总队引用，在全省推广。现在大家都很依赖他，不仅因为他是带中队的领导，还是大家心中的大哥，只要他到了，大家就觉得有了"主心骨"。

出警归来，偶尔一高兴我也喊他"昌杰同志"，他则一本正经地纠正我："昌杰不是你叫的，要叫叔公！"在办公室他没有领导架子，工作时也没耍过领导派头，现场实地跟进查看，检查笔录如果不详实他会亲自动手写。大队一有任务就想到了他，大家都调侃他是一条勤耕细作的"老黄牛"。中队的任务一个压着一个的时候，我偶尔发些牢骚，他又把"叔公"的架子甩了出来，说："叔公都不急你急什么？"接着笑容满面安慰我，慢慢干，多干活累不死人。

这个"叔公"队长，看来只有绝对服从的份儿。

（发表在 2022 年 10 月 19 日"全国公安文联"微信公众号，为"喜迎二十大忠诚保平安"全国公安系统优秀文学作品选登）

众人拾柴火焰高

——写于 2022 年"百日行动"之际

坐落在鄱阳湖畔的都昌县公安局城镇派出所，是一个团结一心、众志成城的基层团队，在夏季治安打击整治"百日行动"中，全体民、辅警战高温斗酷暑，挥洒汗水坚守在一线，以优良的职业操守，用一个个鲜活的警事录谱写着一曲曲"人民警察为人民"的动人篇章。

锲而不舍　快速破案得民心赢民意

"这蟊贼也忒猖狂了！竟然在同一所中学的大门边沿偷了二十多辆电动车，再要抓不住他，还会有很多学生遭殃。"中队长余颖枫边说边整理失主报案材料，接着又对辅警陈坚说："请通知中队的兄弟们，今晚继续蹲守。我就不信抓不到这家伙！"

案发时间大多发生在凌晨 1 点到 4 点，余颖枫带着兄弟们在凌晨 1 点各就各位，东西进出两条路的隐蔽处各设守候点，形成夹击状，只要盗贼进入伏击区，哪怕他作案得手如驾飞机一样的速度逃离，也只是白费工夫。

这所中学属新建校区，学生的电动车、摩托车都停放在学校大门 100 米以外。一到夜晚蚊虫横行霸道，蹲守的兄弟们被这些小东西咬出了大包小包，奇痒难忍。这是第四次蹲坑守候，陈坚多长了一个心眼，除了备战的警用工具，他还带足了矿泉水和风油精。口干了就咕噜咕噜喝着水，蚊虫一窝蜂来的时候，他就在手臂、面部等部位抹上风油精，他把带来的东西分给发兄弟们，接下来全神贯注不敢丝毫懈怠。但盗贼好像闻到了风声似的，始终没再出现。

余颖枫觉得这样下去不是办法，应该换个思路。他一声令下，"撤"！他想到了进出两条道路的十多个监控，被盗车辆不会长翅膀飞出去，必经这两条道路。陈坚接受了此项光荣任务，他端坐在办公桌前认真查看监控，然后对比、分析，一个小时、两个小时……他不知疲惫，好像较上了劲。兄弟们劝他歇会儿，陈坚笑着说："你们在烈日下烤晒，我还是在办公室哪！"

功夫不负有心人，陈坚终于发现了盗贼的庐山真面目，余颖枫迅即通过大数据锁定了犯罪嫌疑人罗某。7月10日凌晨3时许，罗某被派出所民警们抓捕归案。

面对民警，罗某叹了口气说："这几天我已经收手了，怎么还是被你们抓住了？"

余颖枫严正地说："只要你伸了黑手，被抓只是迟早问题！"

动之以情 成功救助跳楼轻生女

"你们不要过来！过来我就跳下去了！"15岁的女孩张丽（化名）站在都昌镇夏家巷一居民的三楼楼顶边沿，迎着咄咄逼人的阳光和热浪，尖叫着对民警说。

民警秦文炼等人立马呆在原地没敢动，他看到张丽的上身已被汗水浸透，脸庞绯红，他赶忙说："小妹妹，别想不开！我们是警察，不会伤害你的，你有什么委屈就跟我说说，好吗？"张丽用手指着在民警身边的那名女子，大声号叫着："你不要在这里！你不要在这里！"

见张丽如此激动，民警陈志宏拉了拉刘某兰（化名，播张丽娘），刘某兰心领神会下了楼。秦文炼对张丽说："小妹妹，你就把我当指播你的大哥哥，有什么心事就告诉我，我可以帮你解决的！"

"大哥哥，你说我娘狠不狠，昨天下午我在校门口跟几个男崽说了几句话，我娘竟然当着他们的面狠狠地扇了我一巴掌。"张丽边哭边擦眼泪。

"你娘没弄清楚就打你是不对的！但你娘的心是好的，担心你跟他们打得火热，影响学习。"秦文炼轻声细语劝道。

"她凭什么打人呀！我又没做什么坏事，而且还当着那么多人的面！"张丽很不服气地说。

辅警王书海手里拿着一瓶矿泉水，想借递矿泉水的时机救下张丽，遂对张丽说："小妹妹，这瓶水给你喝。不然要中暑的！"秦文炼也说："是呀！先喝瓶水。"

张丽气愤地说："我都不想活了，还喝什么水！"说完又擦拭着脸上流出的汗水。秦文炼他们身上的警服早已湿透，但看到张丽丝毫没改变跳楼的想法，心里十分着急，就继续跟张丽没话找话地唠嗑。他脑子里突然想到了"解铃还须系铃人"，张丽受了委屈，还需要她娘与她和解。于是秦文炼就说："小妹妹，人到世上来一趟也不容易，又何必想不开，你娘平时待你怎么样？难道不好吗？你现在就让你娘来跟你说说话行吗？"

张丽迟缓了一下，抬起头很无奈地说："大哥哥，你让她过来吧，不过她还凶的话，我就不想活了。"秦文炼说："好！我保证你娘不会凶！"

陈志宏下楼在楼道找到了心神不定的刘某兰，劝道："去，跟你女儿说些安慰的话，你打了她，她受了委屈，自尊心受到了伤害，一时想不开很可能会跳楼。你不要糊涂啊！"

刘某兰快步上楼，对女儿说："宝宝，是我错了，不该打你。你就原谅娘吧！"说完号啕大哭起来。张丽愣了愣神，也不禁擦起泪来。见此大好时机，王书海快步冲过去，一把抱住了张丽。

此时，6月28日，距报警时间已过去了50多分钟。

走街串户　老民警努力站好最后一班岗

7月5日，烈日当空。

当民警余硕、冯上俭带着三位辅警把地上被狂风吹散的物品整理好，放到三轮车上后，都昌镇居民73岁高龄的吴大爷满心欢喜，连声说："感谢！感谢！"

吴大爷独住惠民小区一间几平方米的杂物间，平日推着一辆三轮车以摆摊贩卖小饰品为生，中午出摊回来后将车子停靠在小区内一棵树下，没想到车子单薄老旧被大风刮翻，幸好被巡逻至此的冯上俭等几人看到。

吴大爷问冯上俭："警察同志，看你年纪也好大哟！"

冯上俭笑呵呵地说："大爷，我还有两个月就退休啦！"

"你马上要退休了，天这么热还要上街巡逻？"吴大爷说完，笑嘻嘻竖起了大拇指。

在城镇派出所，还有一位老民警段载科，他将于2023年1月退休，工作也从不落后。30多年了，想到即将离开警营，离开那些与自己朝夕相处的兄弟们，两位老民警百感交集。就算只有屈指可数的时日，他俩也要努力站好最后一班岗，有一分热就发一分光。

冯上俭和段载科各自带着一队人马，走街串户，顶炎热、战酷暑。他们身着警服深入小区、公园等重点区域，以车巡、步巡的方式，到群众中宣讲电信网络诈骗知识，提醒老人防范养老诈骗，并发放防诈、防盗宣传材料，提醒居民生活中的注意事项。遇到群众之间的矛盾纠纷，他俩拿出平时积攒起来的从警经验，既讲法律法规，也讲人情世故，积极主动化解困境。辖区许多群众见到这两张"熟面孔"，都主动凑上前跟他俩说上几句话。

"'百日行动'开展以来，每人每天至少要走访50户居民心里才感到踏实。"冯上俭猛喝了一口矿泉水，捋了捋已湿透的警服说。正是有派出所民警的辛勤付出，辖区电信网络诈骗案件才同比下降80%，而养老诈骗案件的报警数为零。

"警"防溺水　筑牢防溺水安全堤坝

"水深危险 严禁戏水""珍爱生命 预防溺水"这样的警示标志牌在城镇派出所辖区各水域随处可见，防溺水条幅悬挂在堤坝上，救生圈、安全绳还有两根救生杆则放在堤坝、河滩醒目处。

救助设备能够以新颖的姿态出现在水域边，是对过往那些惨痛教训之后的深思熟虑，是智慧的产物，更是对生命的看重。

这是一道独特的风景，或晨曦微露，或夕阳西下，都昌县那些爱好运动的城镇居民总会在鄱阳湖边、东湖边、小西湖边的堤坝上看到。虽然看上去这只是一套简易的应急处置工具，但在关键时刻可以起到不可估量的作用，毕竟挽救一条生命就是挽救了一个家庭，这是一件多么有意义的事啊。

"小朋友，这里不能玩耍，不安全！"民警徐孟带着辅警周小华等人时常出现在那些水域的堤坝上、河滩上，阻止那些有玩水倾向的小孩，劝告他们没有家长陪同不要单独下水游泳。许多小孩在民警的当场讲解下，认识到了溺水的后果，懂得了生命的可贵。

"夏季炎热，群众特别是中小学生涉水活动增多，防溺水工作面临严峻考验。"徐孟接着说，"许多小孩都是躲避家长偷偷跑到外面戏水，所以事先做好家长的宣传工作尤其重要，要让家长教育好子女，不能私自外出，不结帮游玩。"

为了拧紧防溺水"安全阀"，城镇派出所紧紧围绕"水美家安——全民防溺水"专项行动，调集二十余名民、辅警分赴河流、水库等水域开展拉网式排查，全力加强溺水事故防范处置。民、辅警们对历年发生过溺水事故的水域重点进行勘察，做到底数清、情况明，并建立隐患清单，制定整改方案，落实具体防范措施，确保及时消除各类安全隐患，从源头上预防溺水事故发生。

为防止安全绳、救生圈等救援设备被人偷走，民警在当地在线网站发布通告，告知群众：一旦失去了救助设备，就等于失去了对一条生命的挽救，从而让群众懂得救助设备常年储备在堤坝上的重要性。

团结一心 众人拾柴火焰高

群雁高飞头雁领，船载万斤靠舵人。

作为掌管城区治理管理的城镇派出所所长詹筱琦，有着 26 年的从警生涯，曾在乡村派出所干过民警、副指导员到派出所所长，还干过禁毒大队大队长、经侦大队教导员，自然有着丰富的领队管理经验。

他性情率真，无论是对同事还是人民群众，都有一颗淳朴的心。他雷

初心如磬

136

厉风行，敢为人先，创新工作思路建一流业绩。他先后获得过"全市优秀人民警察""都昌县劳动模范""都昌县综治维稳工作先进个人"等荣誉称号，并荣立个人三等功一次。

"要想民警干劲足，就要带头事无巨细，还要做好暖警惠警等工作。"这是常挂在詹筱琦嘴边的一句话。他还说："一个团队能否扭成一股绳，需要解决人的思想、工作态度问题。一人拾柴火不旺，众人拾柴火焰高。所以大家齐心协力是关键。"

于是，他着力在政治上关心民警，为解决民警职级及职务晋升主动向上级报告请示，重奖有功人员，从而提高民警职业荣誉感；所里先后挤出20万余元经费新建停车棚、充电桩，为本所一民警的妻子工作调动主动沟通有关部门；逢年过节开展民辅警家属慰问活动，办好所内食堂解决民警吃饱吃好问题；为保证健康，每年自筹资金为全所辅警安排体检等，一系列暖警惠警政策深入人心。

"百日行动"开展以来，只要有行动，詹筱琦定是事必躬亲带领民、辅警深入宾馆、出租屋、酒吧、夜市等重点区域开展清查、巡查，对不合规定的娱乐场所当场责令整改，毫不手软下发整改通知书。对群众反映强烈的案、事件，他都会亲临一线督促鼓劲，给兄弟们加油。为了让人民群众擦亮眼睛，提高防范意识，他安排专人及时统计、整理有关数据，按时做好《城镇派出所电信网络诈骗警情一周通报》，准时在"都昌城镇警事"微信公众号对外发布。

在所长詹筱琦的带领下，城镇派出所先后荣立集体三等功两次，获得全县"先进党组织"及"人民满意单位"荣誉称号，2022年6月获得"平安九江建设先进集体"荣誉称号。

（发表在 2022 年 8 月 8 日"人民日报客户端"）

爱过的背后

——写在长篇小说《爱过》出版以后

于我来说，创作《爱过》这部长篇小说，就好比在鄱阳湖驾驶一条大船，燃料充足，方向明确，途中虽有艰难险阻，风雨相伴，但终会抵达胜利的彼岸。

萌生创作这部长篇小说的念头，是在 2020 年 11 月，那时我刚从鲁迅文学院结业，心里有一种表达的冲动，就操起了键盘。我有着 30 多年的警察生涯，对警察职业很热爱也很熟悉，自然就把主人公定为警察，接着，老板、农民、小偷、毒贩、三陪女、流浪人……各路人马也在脑海里各就各位，清晰地演绎着各自的角色。

表达什么呢？以僵硬的手法去表达警察的侦查破案和丰功伟绩，非我所愿，那就写写警察的情感吧，警察也是人，有血有肉，也有七情六欲。事实上警察也是凡人，有风花雪月，有花前月下的浪漫，只不过警察没有固定的作息时间，说不一定饭碗刚刚端在手就要奔赴案事件现场，刚刚躺上床就会接到出警的命令，刚刚与情侣牵手走在林荫小道就被队长喊去加班……

警察是平凡的人，但他们又是不平凡的。只要有案子、有任务，警察什么都顾不上，譬如家庭、孩子包括自己的身体，而那些"儿女情长"也顾不了。有一句话概括得很好，哪有什么岁月静好，不过是有人在替你负重前行。警察就是其中负重前行的人，任务一来，警察本能的反应就是往前冲。因为警察的职责与使命决定了必须这样做。

写警察其实也面临着风险，如果虚构了"高大全"式人物拔高了不行，读者会疑问，警察难道是神吗？所以我只能从写一个普通的警察开始，以情感为主线，将一个个片段串联起来，同时又要兼顾警察职业及社会正义的抒写，弘扬正能量。既言情又言志，两难合并，既要有真实感，又不能矫揉造作，这是对我最残酷的挑战。好就好在我目前还有挑战的勇气和信心。主人公柯剑怀揣警察梦，工作不计个人得失，一路阳光铺满，但家庭、个人情感一地鸡毛，始终在痛苦的阴霾里挣扎徘徊。他呼唤互相理解、互相尊重的爱情，认为"爱需要互相懂得互为珍惜"，于是他不断寻爱，对爱有着不灭的欲望和梦想，但在事业方面从不因为挫折而沉沦，反而永远保持着一颗向上的心，走过泥沼，迎接美好的未来。还有柯剑的师傅严波，从敬业、人品和智慧等方面来看，比柯剑更胜一筹。严波能够忍辱负重，生活更加老练，但他的命运坎坷，妻子生病需要照顾，却不得不投身繁忙的工作，后来妻子去世，他又把无家可归的少年接到家中当儿女养。每天虽过得艰难，却过得充实有意义。可是世事无常，这样的好人却因病早逝，眼看被当儿女养的少男少女再次被人抛弃，柯剑毅然接过重担，使小说的要义得以升华，人间的善良与美好抒写到了极致。

在我的潜意识里，爱一个人其实是痛苦的，幸福与快乐只是看似表面的现象。特别是当你爱而不得的时候。无论男女，在爱的长河里全身心投入自己，爱的程度越深，越会限制对方，或者干扰对方，总是无原则地要求对方符合自己的条条框框，这就会产生爱的冲突与怨尤，甚至滋生仇视心理。夏云作为贯穿小说始末"捣乱纠缠式"的女性，为了拾回失去的爱情，为了女儿有个完整的家，不顾一切给残破的婚姻筑起了堡垒，言行刁蛮，醋意十足，不懂得如何去爱一个人，甚至到了歇斯底里的地步。但她工作努力，作风正派，能够自律、悔错，是一个比较复杂的女性。虽然看起来是世俗里"恶妇""蠢妇"形象，但属于悲剧式人物，是刻意留给读者思考空间的争议型人物。

每一个人的性情、认知、爱好等多方面都不尽相同，而要和所爱之人保持高度契合，这就要有很高的情商和智商。此时，包容、和解，是一种态度，也是一种境界。柯剑在第一次婚姻失败后，在网络上认识了远在广州某出版社的会计晓茵，晓茵温柔善良，情感淳朴，愿意为爱赴汤蹈火，两人情投意合，这本来是天作之合，可命运给了他们致命的一击，这场爱情沦陷成一段痛苦的回忆。后来邂逅貌如晓茵的贾梅，柯剑重燃爱火。可贾梅对爱的态度大错特错，重利忘义品行不端，滥情谋私，有晓茵之美，无晓茵之品，没有底线，成为遭人唾弃之人，这个悲剧人物也值得读者去深思和警惕。

　　爱可以永恒，也可以瞬间变幻。改变的前提，是看清了所爱之人的阴暗或重大缺陷。因而，爱往往需要事先擦亮眼睛，不要被眼前的美感所迷惑，否则到后来，自己会变得遍体鳞伤。

　　倘若爱与恨交织，就会走不出命运的桎梏。席慕蓉的诗写道："其实我盼望的 / 也不过就只是那一瞬 / 我从没要求过你给我 / 你的一生 / 如果能在开满了栀子花的山坡上 / 与你相遇 / 如果能深深地爱过一次再别离 / 那么再长久的一生 / 不也就只是 / 就只是 / 回首时那短短的一瞬"是呀，老天爷不一定能让有情人永远在一起，只有曾经爱过才是人生路上最美的风景！

　　现实里，做一个什么样的人，人生观形成的时候，人的品格基本就成立了。平时你若不留心、不思辨，那些会骗人、会哄人、会演戏、会玩套路的人，你都会归纳为好人、聪明人之类；而那些老实巴交、见到任何人都表里如一的人，并不怎么受人待见，会被归纳为木讷、智商低的范畴内。小说里对这两类人物进行了暗线分类。

　　我在生活中发现，性格比较外向，城府不深，平时说话大大咧咧的人，往往被所谓的精明人一眼看穿，极容易被当成茶余饭后的"笑柄"或话题。言语之间，看上去是"褒"，实际上是贬。这没关系，人家的嘴巴长在他身上，你根本没能力管控，那就一笑而过吧！人性就是这样，你过得好，会招来嫉妒，招来恶毒的闲话；你若过得不好，过得落魄，也会招来别人的冷眼，与讥讽。所以保持做好自己，才是硬道理。走自己的路，让别人说去吧！

　　人们往往只从表面上找人家的问题，人家真正经历了什么，根本不知道。过得好与不好，只有自己知道。怎么议论，只是他们的事，谁人背后无人说？我希望我的爱情是幸福的，可以相濡以沫，可以举案齐眉，一起看花开花落，一起看云卷云舒，在岁月的深处，互相依偎，一起在时光里慢慢变老。我也总渴望人生路上那不期而遇的温暖，和生生不息的希望，相信只要心还透明，定能折射希望。确实，在我前半生，我经历过很多挫折和失败，也曾悲观过，也曾消极过，好在我有抗争的勇气，和抗压的能力，意志不消沉，思想不迷茫，而是越活越明白，越过越坦荡。

我曾在城郊的一个小区居住。一天大清早，下楼后发现长在房屋旮旯里的一棵小樟树被人折断了，只剩下半米左右的枝干。这棵很不起眼的小樟树，可谓出身卑微，生长在围墙脚下，在一辆报废的面包车和被扔掉的一块硕大的广告牌之夹缝中生存。小樟树像一位被侵害过的伤残人士孤零零地待在那里。我有些感伤，一棵幼小的生命本来活着就很艰难，却还遭此劫难，心想必死无疑。慢慢地，我也就忘记了。

等到冬去春来时，我猛然发现被折断的小樟树残枝载着几朵叶子像一个活泼可爱的小孩，愣头愣脑似的从夹缝中伸了出来。我心里一阵激动，它细弱娇小，仍然顽强地活了下来。这真是奇迹啊！

每一个人活着其实都不易，但生命的力量是无限的！植物如此，那么人呢？有了这个想法，我就想借小说的平台，聊一聊一个内心强大的人是如何面对挫折，和那百折不挠的生存勇气的。主人公柯剑便在我笔下诞生了。

在小说构思方面，我花了比较长时间的思考。譬如，小说里的所有人物名字我都进行过仔细斟酌。柯剑，柯是由木和可组成，连起来就是无可奈何的意思，而剑呢，属于刺人砍人的锐器。两个字合起来就是：左边是，无可奈何花落去；右边是，拔剑冲天斩恶魔。

小说在人物塑造方面，重点塑造了柯剑和他的师傅严波。两人都是爱岗敬业的好警察，柯剑正直善良、情感丰富却遭人误解，而为人耿直却心有大爱的严波得到了社会的尊重。严波总是时刻关心柯剑，可谓柯剑成长路上的帮扶人。

夏云这个人物比较强势，敢爱敢恨，性情率真，为人正派，但有精神洁癖，猜疑、强烈的控制欲，长期纠缠柯剑，她既不对柯剑温柔地爱，也不让柯剑自己过得好，她牢牢地控制着柯剑，从头到尾地纠缠，是整篇小说的冲突所在，贯穿于小说的始末。

晓茵这个人物属于知识分子之类，懂得爱情，爱得纯粹爱得单纯，柯剑开始并没有真正爱上晓茵这个人，只是把这个恋爱当作报复夏云的工具，后来才慢慢觉悟爱上了晓茵时，晓茵却因病去世，留给我们无限的叹息和遗憾。

贾梅这个人物是个爱慕虚荣贪财而又不检点的女子，她报复丈夫寻求婚外情，那个发小却把她当成玩物而没有真正爱过她。贾梅实际上也是一位底层的可悲人物，她寻求保护找了柯剑，为了物质需求她竟卖身，间接引发了一起命案。欲望、贪婪、自私，这些丑恶凸现了人性的不完美。

把孤独写尽，或许是对人间悲喜有着深刻的洞察。或者说，是对自身或身边的某个人的代入。是的，警察事业是崇高的职业，我爱这个岗位，是因为我的初心。而我对文学是一种执念，常怀着一颗感恩的心，去看待身边的人和事，用敏锐的眼睛和足够的善意去看待生活中的每一次不经意的赋予。不是有句话说，老天为你关闭了一扇门，必然会为你开启一扇窗。所以我感谢经历，感谢坎坷，也感谢命运给我的安排，让我有充足的空间、闲暇之余去创作。寂寞的夜晚、热闹的节假日，我不会荒废时间，坚持、坚持再坚持，投身到创作之中。那些熟悉的或在脑袋里萦绕的人和事，经过我戏剧性的加工、糅合，才有了这篇集工作、生活于一体有点人间烟火味和心灵温度的长篇小说。

"爱过"不仅有爱过的人，还有爱过的事业。这两朵盛开的"花"交相辉映，构建小说创作的意义。我希望通过小说的叙述，打开人性的褶皱。实话实说，我创作这部小说有三大风向标：诚恳的态度、饱满的情感，以及正确的人生观。

第二章

山河行

人们啊，不要嘲笑

我们只是心灵的相拥

像蓝天拥抱大地

像夕阳轻吻远山

不轻浮，不亵渎，忘却俗念

这种爱，很低，低过雨燕的双翅

这种爱，很高，高过苍茫的云天

小河淌水

每个人的心灵一角，总有一个地方，牵动着一生的记忆。童年、小河、二胡……一个个不相干的片段总会在心中萦绕，神伤过，彷徨过，都会在岁月深处留下深深的印痕。

乡村老屋总在我的记忆深处。每次到老屋经过一条小胡同，我总是喊着爹呼着娘，好像怕爹娘不知道我从小城来看他俩了。以往老爹会从老屋的门口探出头来，或者推着轮椅到门口，老娘纹丝不动地坐在轮椅上，没有丝毫高兴的表情，只有老爹笑盈盈地迎着我进屋。如今老爹也躺倒在病榻上，我到小胡同想喊也强行止住了喉咙。

老爹在两年前的深冬因吃东西噎得厉害，到医院一查竟是早期食道癌。那时的老爹年已八十五，身体除了食道上这问题，其他一切良好，但手术的风险仍很高，就在医生的建议下选择抓药化疗。无奈生命脆弱，老爹曾经一年还种六亩地的好身体也难以战胜病魔。前不久老爹喝水都堵，我们都知道那是食管上的事儿。在医院做了食管支架，五天后老爹虽然有诸多不适应，但仍嚷嚷着要出院，要回到他一生中都极少离开过的乡村，还有跟他朝夕相伴的老娘。而老娘前一年半，也因高血压中风瘫痪在床，是老爹一把屎一把尿地日夜护理。做儿女的也曾为了让二老享享福，请了保姆，可老爹并不满意，保姆只做满了一个月，老爹就委婉地辞了人家。

我们没料到，两位相濡以沫的老人都轰然倒下了，都需要特殊护理。看着空荡荡的轮椅，那挂在墙头上已沾满灰尘的二胡，还有家里零乱的杂物，心头一阵酸楚。兄弟姊妹都从外地赶回，商量着护理二老的事。

我因此才有更多的时间待在乡村里。

村子里的道路已不再那么宽敞了，房屋与房屋之间的空隙也变得窄窄的，原来的小路有的也因建房而堵塞了。村头的垃圾窑上空升腾着缕缕白烟，空气中散发着霉臭味。我很懊丧，难道儿时的乡村已渐渐远去了？

我只有看到那清澈的缓缓而流的小河，心情才会转为舒畅。于是烦闷之余，我打开老屋西边院墙的那扇铁门，放眼远望，那条小河已变了大模样。弯弯的小河已被机械化修缮，流水必经过的边缘都被石头混合水泥堆砌焕然一新，浅浅的河水静静地从西北方向往东南方向流淌。小河两侧的河坝可以容纳一部小车穿梭而过，只不过目前见到的都是黄土混杂着碎石，没有实现水泥硬化。我想，假如有一天建成的水泥路绕着小河走，那定是一幅更美丽的画面。

老屋西边有几块菜园地，我踩着微湿的泥土，慢慢靠近小河。弯曲且布满杂草的小路，让人很难分辨路面的虚实，行走时，要是一脚踩空，准会掉进离岸五米多高的小河里，倏忽觉得，行走在这段小路上居然比在平坦的道路上驾驶车辆还要难得多。不过，为了心中的那条小河，再难走，也要勇往直前。

一扇扇记忆的大门被我叩开了。曾经的小河中有座石桥，横亘在东西两头。儿时走过的小桥有三米多高，现在却只有几个石墩上铺架着双排石板，离水面半尺之高。与石桥成九十度的河边有一排小石墩，那便是每逢清早俺娘和村子里那些七姑八姨蹲着浣衣的好去处。俺娘与那些女人们或蹲或跪在小河边的场景，组成了乡村一幅动人的风景，她们时而用光滑的棒槌敲打着石墩上的衣服，时而涂抹肥皂揉搓衣物，棒槌起落间，水珠溅得老高，阵阵笑声夹杂着东邻西舍的闲语，给这条小河平添了许多的热闹。小孩子们则围观似的呆坐在小河边上，有几个调皮小子还哗哗地把尿撒到河里，看谁的尿条儿拉得远，结果讨得大人们的一顿好骂。还记得有一位比我年龄小点的小女孩阿珍，她总是屁颠屁颠跟在我身边。有人见此就问我，阿珍做你的老婆好啵？我不懂老婆是啥，以为是一起玩的伴，就随口说好，弄得大家后来都开我们是夫妻的玩笑。

儿时并不明白，到底是女人们恋上了这条小河，还是小河承载着女人们质朴的情愫，总之，这些温馨的画面至今定格在我脑海。

　　不远处，总能见到俺爹赤脚走在小河的浅水区，左手握一条搭在背上的蛇皮袋，右手用鱼叉在河里轻轻地由上而下探刺。俺爹聚精会神的表情，犹如一位考场上的学生在静静地答卷，俺爹能分辨出水底鱼叉刺到物体的声音，刺到泥土、石头与刺到甲鱼背部的声音是完全不一样的，凭此优越的辨别能力，俺爹往往一个早晨便能捕获到几只甲鱼。之后，俺娘用米粉蒸甲鱼，香喷喷的，是中午一道美味的佳肴。

　　最怀念小河那热辣辣的夏天。夕阳西下时，小伙伴们便不约而同地来到河边嬉水打闹，游泳比赛，泼水打仗，哪样玩得开心就玩哪样，直到各自的父母在岸边喊叫，才依依不舍地洗完澡爬上岸。月亮爬上树梢，虫鸣蛙叫之时，劳累了一天的老爹还是闲不住，拿出二胡，端坐在木凳上，偶尔跷起二郎腿，或用双膝夹住二胡的琴筒，从此夏夜开始生动起来。我们兄弟姊妹沉醉在《天仙配》《孟姜女》《女驸马》等一曲曲好听的音乐里，继而在《春江花月夜》《枉凝眉》等古典名曲那清澈而透明的意境里静静地睡去。

　　有人说，年龄越大，思乡的情结越浓。这话一点也不假。我现在虽然生活在钢筋混凝土筑起的城市森林里，依然会想念乡村童年的往事。那时的天空湛蓝湛蓝的，我伏在黄牛那宽阔的背上，把牛当马，途经小河岸边缓辔徐行，心中装满快意，往沙洲、进山谷，黄牛悠闲地啃着青草，我和一帮小伙伴们仰躺在大地上，看那一朵朵如棉的白云从头上飘过，听那山谷里的小鸟儿欢快的啁啾声。半梦半醒间，已是暮色。

　　初春的阳光暖暖的，洒在紧邻小河的竹园、小树林和菜地里，晶莹的露珠从叶子上落下来，大地一片凉意。我站在小河堤坝上，伸出双臂上下左右抖动，看着河水悠悠，再想起在死亡线上挣扎的二老，感叹岁月真的无情，如刀刻般在我脸颊划上一道道伤痕，镶嵌着重重叠叠不眠的日子。这本是一个美妙的春天，可我心里像有块石头堵塞压抑的怅惘。是啊！岁月催人老，我们都会在时光的长河里慢慢地老去，而老屋边的小河将会在国家大力扶持乡村的各项建设中，变得更年轻，更有魅力。我想这不也是很好的造福千秋万代的大事吗？

　　老屋边的那条小河，一条至今源源不断的清澈河流，种种让人挂念而久远的童趣，一句句听起来温馨的笑语，一声声挥洒流畅、萧瑟缠绵的二胡……我踽踽而行，打开酷狗音乐，点击那首《家乡的小河》：小河，家乡的小河，喝一口清水甜在心窝，胸中盛开理想的花朵……

（2023 年 2 月）

春游矶山

剪一段三月的春光，披上梦的衣裳，插上爱的翅膀，于晴日，邀三五好友，远走天涯，近游家乡。徘徊在乡村田野，穿越翠绿山林，放飞心情。闻田间遍野的油菜花香，看中馆镇乡村千年古树，走徐埠镇街中老桥，观苏山乡鹤舍古建筑，留影在有"中国百慕大"之称的老爷庙。一个个邂逅，感受春天的气息，寻觅历史的碎片，搜索远古的传说，让心灵沐浴在自然的美丽与沉思中，不失为一件让人心旷神怡放松身心的好事情。

这天吃过中饭，我们一行五人相约漫游矶山。

第一次登矶山，心中朦朦胧胧。矶山仿佛一位羞涩的村姑，隐匿于江西省都昌县城西最边缘的群山怀抱中。她更像一位沉睡百年的大美人，正等待着世人撩开她无限风光的面纱。

矶山分为大矶山、小矶山。大矶山东临都昌县体育馆，南靠鄱阳湖，扼鄱阳湖而卧。远远观看，她似一条长龙横卧湖滨，牵引着无数个山峦峻峰。我们几人从山脚徒步登山，边唠嗑边笑。天上没有太阳，自由的山风一阵阵吹来，周身有点冷。但感觉里，鞋底与铺着小石子的山路摩擦发出轻轻的沙沙声，让我心中莫名升起一种安静明澈的思潮。山上翠绿成荫，一片宁静。想起过往纷纷扬扬嘈嘈杂杂的世间烦心事，眼前的安宁与短暂的欢愉，重复交替，仿佛是给我的美好补偿。

是啊，世间是美好的，也是可爱的！可是，当我们心境遭受重创时，并没有及时想到排解的办法。我幡然醒悟，如果出来走走，到山间、到田野，那随处可见的山花烂漫，还有散发阵阵香味的油菜花，那种美妙的味道正是恩赐我们的享受啊！

此刻，大家兴致盎然，慢慢品味阵阵吹过的微风，这脚下的山谷，还有那片天、那条湖。慢慢移步至山顶，极目远眺，一座座小山像蛇一样蜿蜒伸张，百里湖山尽收眼底。大矶山与小矶山翘首相望，中间有宽约一公里的矶池。有史记载，池中一乌石墩，上有七石排列如星，故称七星墩。当地人称，唐代诗人罗隐葬于此处。春夏水涨，墩入水中，浑然不见。山顶有一古庙，祭祀陶侃。怀着敬畏之心，我们默默祭拜一番。

守庙的长者粗布陋衣，笑盈盈端出洗好的苹果，关于矶山的故事细细道来。

此刻，时光的隧道已然打开，这些只留下往事的山川、湖泊，牵动着我们的记忆，当年的烟火好像已经弥漫了整个山头，耳畔也似乎传来炮击声、枪杀声。就在这里，旧传朱元璋与陈友谅大战鄱阳湖时，曾驻马山顶观阵。抗日战争期间，日本侵略军也曾驻于山顶，用迫击炮和重机枪控制了湖面，至今山顶上还留有日军挖的战壕。睹壕思耻，爱国之情油然而生，忆起抗日先烈，心中感慨万千。

小矶山孤独矗立于湖边，与大矶山相呼应。大、小矶山相隔约八里的湖面，与湖中松门山遥相对望。站在小矶山顶，北可望匡庐云飞，南可览赣水蜿蜒。明代李万实有诗盛赞：散愁凌绝顶，逸兴逐云物。长啸落鱼蓑，天风吹斗笠。

山顶上几个风力发电的扇叶，正慢悠悠地随着风力的大小而转动。这么几个大扇叶，若没有事先筑好山路，恐怕有飞天本领也难送上山巅。山路一路顺畅，原是后来人修筑，也造福了山民大众。

这幽静山谷也是心灵的安放之地，可以大声呐喊，可以释放暴戾之气。低头思忖，仰望苍穹，阴沉的天际下，一个失意的男人，即使身边有几个好友，仍然觉得孤独寂寞。那一双能读懂我心灵的清澈的眼睛呢？那一个能让我漂泊之后避风的港湾呢？那一位能陪我走过春夏秋冬的佳人呢？唉，我情愿是星河里的一颗寒星，只要有人用心守候，我想我定会走下来与她同行，分享快乐，分担往事，分担烦闷，分担夜寒。

我想起16岁读高中那年，跟许多同学一样，疥疮布满了全身，夜不能安寝，为了节约几个车票钱，是父亲带着我从乡村翻山越过阳储山到县城中医院。那情景依然如昨。我因疥疮的折磨，爬山非常艰难，父亲偶尔想背我，我却怕传染疥疮给他，也知道他爬得很累，坚决不肯。至今我都佩服那时的自己不知是来了什么勇气，竟然翻过了那座山，走了那么长的一段路，而且是来来又回回。

我又想到了我那不到一米五的母亲，她被父亲要求同去一个叫"太阳垴"的山上斫柴，脚下一滑滚下山来，幸亏苍天有眼，一棵松树挡住了母亲，才没有酿成悲剧。事后闻听，我十分震惊难受，母亲76岁高龄还要爬山斫柴，岂不是自讨苦吃，更有危险一触即发。那天我特别跟父亲谈了一次，父亲从那之后就再没带过母亲上山斫柴。独来独往近耄耋之年的父亲常常挑着一百多斤的柴火，健步如飞，常常成为我傲骄的谈资。

父亲总想到城市转转，说到爬山，他还笑着说我不一定能爬过他。然我却很少带父母游山玩水。母亲生性体弱，固然算一个理由，但更多的是我以公务繁忙为由去搪塞。我缺少那份孝道。我想有朝一日我会后悔的，可是我又身不由己，做不到像风一样自由，也做不到像云一样的无拘。

人啊，活着够难够累。可我又一转念，为什么不能改变一下自己呢？有的人，有的事，不能等失去了才去追悔。胸口豁然开朗，似乎所有的心结瞬间解开。我的心，顿然如这一刻的宁静、澄明。

（2016 年 4 月）

春游矶山

梦留灵山

也许是被喧嚣的城市聒噪相扰太久了，便想去拥抱大自然的山山水水，寻找那种恬静而醇美的山水意境。到上饶灵山采风的设想始于去年冬季，两位拜把兄弟曾相邀灵山一游，但因那时我年终公务繁忙无法抽身没有成行。前不久，本地作协举办"上饶·灵山"二日游采风活动，我有幸作为组织者之一圆梦成行。

周六清晨，一觉醒来，匆匆洗漱完毕，迅疾赶到新世纪广场，看到了十几位作协兄弟熟悉的笑脸。作协主席詹双喜大哥便把十余人分别安排在三辆小车落座，按照事先约定，开始了为期二日的"上饶·灵山"自驾游。

不到五个小时，我们就到达了灵山景点接待处，双喜哥前去联络履行他既为作协主席又是这次领队的职责。不一会儿，一位漂亮可人的导游杨女士笑容可掬地出现在大家面前。她一边微笑，一边发给每人一顶遮阳的草帽。"阳光是有点灼人，你还准备了草帽，真是考虑得周到呀！"邱林哥盯着导游漂亮的脸，满口的赞美。杨导羞涩一笑，她要是知道赞美她的邱作家是省内鼎鼎大名的散文家，她绝对会为此感到荣幸！

"欢迎各位作家光临灵山！"一句欢迎词过后，杨导带着大家便开启了灵山之旅。杨导在前面走，边用扩音器讲解，边提醒大家注意安全，不要掉队。

上山要先坐一段缆车。缆车缓缓上升，把我们的心也带到群山万壑之中了，一路风景尽收眼底。翠绿的丛林，奇异的巨石，陡峻的悬崖，一幅幅画面展现在我们的视野里。群山交相辉映，连绵起伏，让人心旷神怡，不禁称绝，心为之醉。我们纷纷拿出相机、手机，生怕这美丽的景色就这样匆匆地溜走。

下了缆车，也就是半山腰的地方，倏地发觉，山上山下两重天！刚刚山下还是春光明媚、阳光灼人，到了山上却是雾气腾腾。一片片薄薄的雾气徐徐袭来，如沐雨露，也给静谧的山林施以养分，难道山中的绿就是这样滋润而成？我们开始沿着悬崖栈道以步丈量，盘旋于山中。就这样走在山间，刚刚在缆车上绷紧的神经一下子松弛下来了。我不禁由衷赞叹人类的智慧，在这么陡峭的山壁能凿成一条条通往各个景点的坚实的栈道，简直是人间奇迹！人们走在栈道上看风景，就成了一道道风景，而栈道容纳接待着来自四面八方的人们，默默地坚守着它的责任，蜿蜒的栈道自然也成为登上灵山之巅的一道风景。

杨导走在队伍的最前头，她边走边介绍，"小说家"红生哥始终紧随其左右。我们笑侃，一向走路缓慢的红生哥在登山之前必注入了鸡血，否则哪有这么轻盈的步子？哪敢有与杨导游"一唱一和"的默契？尽管我们如何调笑，红生哥始终默不作声，把欢喜藏在肚里，继续和杨导保持着那种"亲密无间"的状态。邱林哥总是走在队伍的后头，他一边走，一边思索，似乎在用心记录着这每分每秒的好时光，好在归来之日继续写他优美的散文。"新闻记者"张铭兄一直呵护着他心爱的妻子，牵着妻子的手，并肩走在队伍的中央，遇到好的景色不忘给妻子拍照，他的妻子笑靥如花，满满的幸福溢于言表。

明媚的阳光偶尔从云层里透射出来，给群山披上金色的光泽。突然看到，瞬间灵山的另一种魅力。它高耸入云，它昂霄耸壑，它峰回路转，好一个宽阔的胸怀，好一派柔情万丈！

待队伍走远，我偷偷地学着"思想家"志强哥的神态，在一名曰"老子石"的巨石前端空地上打坐，也想体味一下其中的滋味。我微闭双目，胸中莫名升腾起一种无限的念想，天地之间竟是这样浩大、这样神秘！顿然不禁惊叹此刻的心境竟是这般的美妙！万籁俱静，偶尔听到几声鸟儿的啁啾，更让我的心塞得盈盈满满。我的思绪也像一只飞鸟，在千山万壑的翠绿、奇石之间自由飞翔。生活中的不快、情感之路的磕磕绊绊早已消失得无影无踪了。是啊！身处这样的境地，哪有心思去想生命中的哀恸与忧伤？就算曾经迷茫，今也豁然开朗。悲伤时需独悲伤，快乐时分应尽兴。我陡然起身，赶上队伍，脱口而出："唱山歌哎，这边唱来那边和，啊，那边和……"红生哥立即回转身来，放慢脚步并以浑厚的嗓音回应："山歌好比春江水哎，不怕滩险弯又多，啊，弯又多……"这一唱一和引来众人喝彩，歌声在山林间飘荡，情怀在胸腔里溢出。这真是：杳远山林千层绿，青山无处不煽情。

灵山有"老子峰""石佛峰""弥勒峰""达摩峰"等七十二峰，每到一处，杨导都会详尽介绍。与其说她是介绍风景，倒不如说是推介灵山的文化背景。据史料记载，东汉建和年间，便有人在灵山修真，并建有石人殿。后来，葛玄也到过灵山修真，授徒，传道。自唐以来，灵山被道教列为第三十三福地。唐末宋初，佛教进入灵山。此后，灵山以它博大的胸襟兼容了佛道。

古代文人墨客，也来过灵山。宋代文学家韩元吉，遍游了七十二峰，终不愿下山，作《灵山》长诗赞颂。夏言叹道："立壁峭崖森似戟，攒峰悬峤蹙如螺。九华五老虚揽结，不及灵山秀色多。"郑以伟赞叹："灵山七十二，面面生奇峰。如琢亦如削，或开玉芙蓉。安得从之游，诛萝架云松。"明代学者郑尔说游灵山时吟咏："万岭岧峣郁翠峰，石人壁立幻奇踪。巨灵应竖擎霄手，天柱堪悬唉烛龙。风雨东来山欲吼，薜萝倒挂雾长封。登临无事惊危绝，正可从容步赤松。"

鸽子展翅是为了掠过天空，马蹄扬起是为了驰过草原，我们走过是为了追寻梦想。累了，坐下来歇一歇；渴了，掬一捧山泉水，尝一尝泉水的甘甜。一路上的风景赏心悦目，也让我有了许多遐想。

从灵山归来后，逶迤的群山、满眼的翠绿、蜿蜒的栈道、嶙峋的奇石，恍在眼前，还有那潺潺而流的清泉，叮叮咚咚，如歌如吟，令人不禁再次神往。

昨夜我又做梦了，我站在高耸入云的灵山之巅，灵山的神圣、灵山的魅力还有灵山带给我的梦想又在我心底升腾……

（2015 年 5 月）

赴你一面之约

驱车 500 公里，来到心中早已向往之地。远远地眺望，一扇苍古而质朴的城门，一条一眼望不到边的古城墙，赫然横亘在我面前。寿县！我就这样与你相识了。心中窃喜，疲惫顿失。

也终于明白在来寿县之前，双喜哥就说过的一句话，邱林到了寿县，一见到那像长龙一样的古城墙，情不自禁就跪拜在古城墙下，并热泪盈眶。

寿县地处皖中，毗邻淮河，稳稳地倚靠在一条坚固而厚实的围墙之内，恰似等着远方客人的拥抱，忠实地守在八公山南麓。

寿县两位美女衣袂飘飘，握手嘘问，笑靥如花。人生地不熟，却有善解人意的美女做向导，踏实的感觉瞬间在心头涌动。

仰望城楼，巍然壮观。庄严肃穆的城门下仍有着来来往往的车辆与人流，悠悠的春风吹拂着喧嚣的街道，恍若与楚韵气息相合。美女向导指点身旁左右的小河说那是护城河，千年以前攻打寿县的战争场面，仿佛浮现眼前。漫步城楼下，深幽的穹门、宽敞的城池里，铺着排列有序的青石，上面那深深的、清晰的辙印，仿佛在诉说着它的沧海桑田，展示着它苍老而沉重的历史。

置身寿县的怀里，行走在古城中，踩在坚硬的砖石上，听着向导滔滔不绝的讲述，思潮随之翻涌。自秦汉至唐宋，它就以繁华著称于世，这样一个富庶之地，难免会成为兵家必争之地。曾经发生在这里的规模较大的战争据说有几十次，除了有名的淝水之战，还有秦楚之战、司马昭围攻寿春、太平军将领陈玉成寿州被俘等。现在的古城，如一位饱经风霜的老人，独自坐在夕阳里回忆年轻时的故事：铁马金戈，战鼓旌旗。又如一位尊贵的威武壮士，护佑子民安宁幸福，并让后来人倾心歌颂……

古城墙上留下了我们匆匆的脚步。这城墙始建于宋代，墙体石基垒壁。向前望去，护城河水悠悠。据说，城墙以其特殊的形制构造与功能，护佑着寿县黎民百姓的安宁。1954 年、1991 年、2003 年共三次洪水围困寿县，城墙都经受住了风霜雪雨的考验，依然巍峨屹立，城内安然无恙，其罕见的防护功能引起了水利部门和考古学者的关注。

慕名来到博物馆，看那些流淌过无尽光阴的楚国出土文物，安然地躺在装饰柜中，数量颇多，品种驳杂，令人叹为观止。我只从表面上看到了这些青铜古器的前世模样，但不能像专家一样鉴赏它的雅韵风流，只是深情凝望的瞬间，仍能感受到它过往沉甸甸的历史与辉煌。

寿县值得观赏的历史景点很多，美女向导遗憾地告诉我们，八公山下红旗飘、淝水之战的战场没去观赏，还有珍珠泉、廉颇墓，四顶山的奶奶庙、茅仙洞，更有一年一度的桃花节、梨花开。我觉得留点遗憾，未必就是坏事。譬如人生，大都有缺憾，极少十全十美也。

起早摸黑，历时两天，来回行程千余公里，与其说是一次小小的旅行，倒不如说是一场历史文化的洗礼。带队的作协主席詹双喜开着小车往往以最高时速潇洒飞奔，王建军大哥开着刚买不久的小车紧随其后非常吃力，途中经常掉队；我开车在他后面，建军大哥是新手，一会儿埋怨詹主席开得太快，一会儿又批评我在后面追得太急。我理解建军大哥被夹在缝隙里难受，便以笑脸赔不是。

三辆返程的小车你追我赶，载着十四位同行者一路飞驰，回首寿县之旅，一幕幕在脑中盘旋，仿佛那远去的历史尘烟，还在回忆的火光中惊心动魄。我们今天所看到的是历史的遗存，体味的是深厚的文化底蕴。尽管这惊鸿一瞥将是我红尘中一个匆匆的短章，但是寿县的魅力已在我心里深深打下了烙印。

我从远方赶来，痴迷留在寿县；赴你一面之约，虔诚永留心间。不虚此行啊！这是一场美丽而厚重的遇见。耳畔响起了《生如夏花》那首歌，内心顿然空灵而凄婉。"……我从远方赶来 / 恰巧你们也在 / 痴迷流连人间 / 我为她而狂野……不虚此行呀 / 不虚此行呀 / 惊鸿一般短暂……一路春光啊 / 一路荆棘呀 / 惊鸿一般短暂 / 如夏花一样绚烂……"

（2017 年 3 月寿县之行日记）

走，去幸福涧

多次看到网友晒出游逛幸福涧的美图，撩起了我前去观光的欲望。国庆长假，我和几位好友相约成行。幸福涧位于县城 40 多公里之外的武山山脉，我开着车盘旋在前往幸福涧的山路上，心怀好奇地向丛林深处迈进。

山路两旁有小溪流水，清澈而透明，漫山遍野一片翠绿，偶见几处红色的枫叶点缀，生活在城里的我们都被这原生态自然的美感吸引住了。我不时地贪婪侧望，却被好友们警告："专心开车，这山路越来越高，越来越奇险，我们几个的命就交到你手里了！"是啊，这是一段艰难冒险的跋涉，来不得半点马虎。

有人粗略统计过，从山脚边的张岭水库开车进山，沿着蜿蜒的山路途经红光林场需穿行 18 公里、绕过 48 座山嘴，一路弯弯转转，陡坡盘旋，才能如穿越似的进入山林深处。

幸福涧又称望晓源，虽然山高林密，路途险要，却常有人前来游览。游山玩水固然算一个理由，但更多的人也是想寻求先烈曾经走过的足迹，来一次红色文化的洗礼吧。

幸福涧里住着五个自然村近千人口，山脉连着湖口和彭泽，据说都昌的最高山峰便在幸福涧。因为山林茂盛，一片翠绿，树种各异，还有溪流、竹林、巨石，身入其境就像进入原始森林，幸福涧的神秘感也就在观光者心中陡然产生。

我们来到田英烈士曾经主持办公的旧房屋前，站在镌刻着"中共都湖鄱彭中心县委旧址"石碑前，心中百感交集。

　　1934年开始，幸福涧曾经烟火弥漫，是打游击的好战场。当年中华苏维埃共和国中央执行委员会委员、都湖鄱彭四县中心县委书记田英与中共闽浙赣省委委员柳真吾等一道到赣东北开辟新苏区，根据江西省委指示在都昌县、湖口县、鄱阳县、彭泽县组织武装革命力量，开展游击战争，并在幸福涧建立中共都、湖、鄱、彭四县中心县委，以"三尖源"为中心，依托丛深绵延的武山山脉，组织山里人开展了艰苦卓绝的游击战争。

　　1938年4月5日，田英等3人被捕。次日，年仅29岁的田英等3人被杀害在都昌县大港乡狮子山口。在开展武装斗争的艰苦岁月里，先后有30多位壮士倒在了国民党的枪弹之下。

　　今天，人们将他们的名字一一镌刻在石碑上，镶嵌在田英烈士陵园里。这些名字的背后，都有一个个年轻生命威武挺拔的身影，都有一段令人震撼而伤感的往事。

　　临近中午，考虑到午餐没有着落，便商定来一番"野炊"。我们靠近一条小溪架起了小锅小灶，就地取材找来一些细小而干燥的柴火。我负责烧火，好友们负责食物的洗、切、烧，忙碌了一个多小时，香喷喷的饭菜让人垂涎欲滴。我被罚最后端碗，他们笑喷，说谁叫你把火烧得烟雾缭绕、不成体统呢？

　　享受过午餐，我们接着来到幸福涧的最高山峰"三尖源"，站在这千山万壑之顶峰，远望山间溪流舒缓自由地落下，那溪流、瀑布、怪石，多彩而神秘。

　　山里老人曹春山回忆，当年陈毅元帅到过幸福涧，就站在这最高峰，瞭望群山，亲自指挥过游击战争，宣传和发动当地群众投身革命。陈毅元帅关心体贴群众，很受山里人热爱，被人民群众视为"保护神"。他在四县指导工作时用过的蓑衣、斗笠、马灯、油灯，睡过的草床等依旧保存至今。

　　"昔抗日，今不忘，山林葳蕤枪炮响；……山高高，水长长，先烈精神放光芒……"一位老人边唱边打着快板，深情地放声歌唱，吸引了众多的游客，我们也似乎走进了那个硝烟弥漫的抗日战场，顿然神情凝重，内心无比敬仰。

夕阳西下，我们与幸福涧依依作别，内心如洗髓伐毛般沉重，每一个红色故事都深埋心底。

（2015 年 11 月）

家住鄱阳湖边

青山湖泊相依，家乡如诗如画。家住鄱阳湖边，我常引以为豪。鄱阳湖边有日夜守望的南山，以东有水上明珠棠荫岛，以西有神秘的"东方百慕大"，东南有湖中朱袍山，寒来暑往，候鸟翻飞起舞，鄱阳湖迎送着一批又一批慕名而来的人们。

一

晨曦微露，从家出发跑步两公里，便到达所住小城对面的南山脚下。我拾级而上投入南山的怀抱，耳旁便传来了林子里小鸟儿的欢叫。真乃"蝉噪林逾静，鸟鸣山更幽"。山上树木葱茏，掩映着大理石台阶通向幽深处，半山腰浅灰色的山岩壁下，"野老泉"三个大字映入眼帘。据说北宋文坛泰斗苏东坡曾到此一游。他见泉水清又纯，忍不住掬了一捧水止渴，山水甘甜，顿感神清气爽，一边疾呼"舒哉！畅哉！"，一边将起长袖题刻"野老泉"在岩壁上。

提起南山，人们很容易想起陶渊明的名诗"采菊东篱下，悠然见南山"，这句不知荡涤过多少人心灵的诗句，我不止一次疑惑诗句里的南山是不是我家乡抬头即见的南山？

南山不大，但临鄱阳湖而踞，日夜守望着鄱阳湖水的流动，同时深情款款地迎送着跨进山门的人们。当山中南山寺晓钟悠扬响起，余音似乎召唤着北宋诗人黄庭坚和声而来。他从停泊在南山脚下小东湖的小船里蹿了出来，爬到南山半山腰的清隐禅院边上，见到了"老者有所休，壮者有所游，少欲而常足，无聚禄而果人之腹"的祥和气象，遂由心发出"余得意于山川以来，随食南北二十年矣，未尝不爱乐此山之美"的赞叹，写下《清隐禅院记》。

凝神遥想，1926年春的一天，几个热血青年披一身潮湿的湖风来到南山。也是在清隐禅院的阁楼内，他们围坐在放有几叠红色报刊、几杯清茶的八仙桌边，面向墙壁上鲜红的党旗，神情庄重地举起右手，宣告成立了中国共产党都昌县第一个地下党小组。连夜，他们分头进山区下都湖，与湖口、鄱阳、彭泽等地的革命志士一道，在密林、渔村、湖岛、农舍，播撒革命的种子，点燃红色的烽火。

爬上南山之巅，放眼向南眺望，湖岸逶迤、烟波浩渺的鄱阳湖尽收眼底，湖面上浪花朵朵，波光粼粼，偶尔还有渔船鸣笛经过，而转身北望，都昌县城的全貌一览无余。如果在夜晚，城里的万家灯火恰似天上的星星，闪烁着，璀璨夺目。此时我会想起苏东坡写过的诗。据传他遭贬之后，携爱妾碧桃去海南途经都昌，碧桃患病，无奈滞留都昌。一日闻听南山古寺灵验，便匆匆带上香烛纸马，驾小舟过湖至南山。刚祷告完毕，忽起狂风，无法返城，只得继续在山上小憩。他见到山下万家灯火，信口吟诗《过都昌》："鄱阳湖上都昌县，灯火楼台一万家。水隔南山人不渡，东风吹老碧桃花。"至于碧桃确有其人还是指碧桃花，文史一直也有争议。虽然现在到南山再也不用登船过渡，中间一条宽阔坚固的南山大坝连接着小城与南山，但时至今日，此诗和"野老泉"石刻永远让诗人的身影定格在都昌历史文化的天空。

每次南山驻足，总是感慨苏东坡的人生态度。从政40年，被贬谪流放33年。他一身正气为官做人，官可以不做，就是坚决不说违心话。不管是仕途顺达，还是逆境当道，他始终保持着人格的超然独立，不因"进"而流于逸乐，也不因"退"而短其气节。这样的君子怎不值得后人敬仰！不为名利所困，只讲究心灵的品位：人生最曼妙的风景，竟是内心的淡定与从容。人这一生，与其羁绊于名缰利锁，不如在心里修篱种菊。

我常常在想，南山矗立在鄱阳湖的身旁，像一个哨兵一样无怨无悔地坚守，莫非也会受到苏东坡的高洁气息熏染呢？但文豪才情留于此，肯定让它更加富有丰厚的人文魅力的。

二

鄱阳湖是中国第一大淡水湖，以其浩瀚万顷、渺无际涯的旖旎风景引来世人的瞩目。从都昌县城往东驱车出发，一路向东30公里，便到了鄱阳湖中的棠荫岛景点。这小岛堪称奇特，它四面环水挺拔在湖水中央，远看像浮在水面上的一颗珠子，近看却是鱼米飘香、风景如画的渔村。

棠荫岛仅0.8平方公里，由4个小岛相互连接而成，位于三市四县交界处，九江市都昌县在北，上饶市鄱阳县处东，东南是余干县，西南是南昌市新建区。赣、抚、信、饶、修五大河中，除修河和赣江西支外，河水都要在这里汇集。岛上居民800余人。

棠荫岛上设有棠荫水文站，是鄱阳湖水文局4个自办站点之一。由于棠荫岛远离湖岸，这里的水位、水质监测不易受周边环境影响，研究鄱阳湖，棠荫站的水文资料极有代表性，棠荫是鄱阳湖水质监测最灵敏的"传感器"。每次鄱阳湖涨洪水，棠荫站收集的水文资料又成为水利部门准确决策的一杆重要标尺。1998年特大洪灾，棠荫受淹，但一个小时一次的水情监测却从未间断。棠荫水文站是岛上的地理标志，也是旅游爱好者的必游之地。

棠荫岛地处鄱阳湖水运交通要道，自古是航运重地，据史料记载，明清时期曾设有棠荫巡检司，这里曾经有过一段繁华时期。

棠荫岛是鄱阳湖中为数不多有人居住的较大岛屿之一。岛上建有"三神庙"，供奉着三尊不同的神圣：二郎神杨戬、三闾大夫屈原、北宋有名的八贤王赵德芳。棠荫人之所以把三者合敬为神，意在宣扬圣贤明君，励志后代。

春天，棠荫岛内绿树成荫，花草茂盛。双脚踩在湿润的土地上，闻着花草的芬芳，看渔民驾着小船在湖中荡漾，春光灿烂，一派宁静而祥和的画面瞬间映入心田，令人心旷神怡。

在夏秋，看那油亮油亮的冬青、亭亭玉立的荷花，还有那宽阔的湖面，湖水一浪翻过一浪；听花草丛中各种小虫子发出不同的声响，合唱、齐唱、独唱……它们不需要指挥，也不需要歌谱，总会唱出最美的音符。

初冬渐寒，鄱阳湖水退去，成片成片的蓼子花开在裸露的湖床上，红的绿的簇拥出岛上最美的风景。抬头，千万里飞来的候鸟，白鹤、灰鹤、白鹳、天鹅那些稀有的鸟儿，或在天空轻盈飞翔，展示千姿百态的图案；或在湖滩栖身，黑压压的一片片，场景颇为壮观。

棠荫岛的环境自然天成，空气清爽，是个绿色环保的乐园。这里民风淳朴，热情好客。小小的渔村，景色不用刻意去寻找，只要拥有一颗善于发现的心，那里处处是景色，处处是惊喜。棠荫岛有悠久的湖区渔家文化、宗教、历史，既保留了古老的特色风情，又有别致的时尚风韵。徜徉在岛上，漫步水文大道、防汛堤坝、渔家阡陌小巷，微风拂过脸庞，感受大自然赐予的美妙，生活的惬意就这样轻轻地呈现在眼前。这块鄱阳湖匿藏的珍稀之地，在人间可能为数不多，都市忙碌的人们假如梦想有一片静谧之地前往探幽，我想，棠荫小岛可算是一个好去处。

三

从南山顶眺望鄱阳湖，西北方向26公里，便是闻名全球的"东方百慕大"老爷庙水域。千百年来，这里翻沉了无数的船只，成为骇人听闻的"魔鬼三角区"，引发了无数游客和专家的好奇，纷纷到这里欲探个究竟。

无人机俯瞰当地湖面，有这样一个新发现。湖水将要奔流入长江的时候，湖面突然变得狭窄起来，而狭长水道的西面是高耸的匡庐，东面是一望无际的广袤沙山。秀美的匡庐、奔腾的湖水，还有湖边的老爷庙、沙山，组成了这里旖旎的山水风光。但是，船公至此一般都无心观赏美景，而是投以全身的精力驾驭大船，生怕那可怕的历史在自己身上重演。

先说说当代沉船事故。1985年3月15日，一艘载重25吨编号"饶机41838号"的船舶，凌晨6点半在老爷庙以南约3公里处的浊浪中沉没。同年8月3日，江西省进贤县航运公司两艘各为20吨的船只，在老爷庙水域先后葬身湖底。令人震惊的是当日在此处遭此厄运的竟还有另外12

条船只，这在世界沉船史上也是极为罕见的。

新中国成立前，在这里沉没的船只更多。1945年4月16日，侵华日军一艘2000吨位的运输船"神户九号"，装满了在我国掠夺的金银财宝和古玩等顺长江入海回日本途中，谁知行驶到鄱阳湖老爷庙水域竟无声无息沉没了。船上的日本侵略军们吓得惊慌失措，286名日军跟着金银珠宝、古玩一起沉入湖底。驻九江的日本海军派出了一支由军官山下提昭带领的潜水队伍来到了老爷庙，一个个潜水员被命令下到水底探险，结果只有一人得返。只见幸存者爬上岸脱下潜水服后，脸色苍白，双眼木讷，竟然说不出一句话来，接着就精神失常了。

当地百姓说起这些奇怪的现象，也是神秘莫测，猜想与一个离奇的传说有关。相传当年明太祖朱元璋败退鄱阳湖边，湖水挡住去路，湖边有破舟，却无舵难行。险要关头，忽有一只巨鼋游来衔船为舵，搭救了朱元璋渡湖。朱元璋夺得天下后，不忘旧恩，封巨鼋为"元将军"，在湖边建起了"定江王庙"，百姓们称之为"老爷庙"。走进庙门，一只巨鼋趴地，四趾伸展，背负丈余高、三尺宽、一尺厚的千斤大石碑，上面朱元璋御笔书写的"加封显应元将军"7个金字，熠熠生辉。古往今来，民间传说就是这只鼋精兴妖作怪。船公为图个安全，事先都要在岸上焚香烧纸、杀牲畜祭奠之后才敢行船。

迷信自然不可信。那么这神秘的水域底下到底隐藏着什么？这引起了科技部门探秘的兴趣。1946年，美国一个叫爱德华·波尔的著名潜水打捞专家带领他的潜水队员们来到了鄱阳湖老爷庙水域，用了半年的时间也没有找到一丁点财宝，可有几个潜水队员却在打捞中离奇失踪。更让人惊奇的是，爱德华·波尔和那些活着回来的潜水队员，不管人们怎么询问他们的打捞经过，除了留下一个个惊悚的面孔，均是无言以对。

40年以后，爱德华·波尔才在《联合国环境报》上发表了一篇回忆录，说出了那次在鄱阳湖老爷庙打捞财宝时碰到的奇特现象。回忆录里他说："我和三个同伴潜入鄱阳湖底后，在水下认真搜寻，将周围的水域搜了个遍，竟没有发现半点船骸。庞然大物的船只去哪了？我们沿着湖底继续向北方搜寻。就在这时，忽然觉得眼前一亮，前面不远处出现了一道耀眼的白光，射向了我。顿时平静的湖面出现了剧烈的骚动，耳边传来一阵阵刺耳的怪声。我还没来得及看清楚，两股强大的吸引力就将我紧紧地吸引住，我逐渐陷入了麻木状态，随着吸引力昏昏向前，突然我的腰部被什么东西重重顶了一下，神志猛然清醒，我拖住身边的一个大石头，与引力抗衡起来了。"爱德华·波尔接着在回忆录里说："我看见一道长长的白光，在湖底翻卷游动。我的几个潜水员随着白光的吸引力翻滚而去，从此下落不明……我拼命挣扎着，才脱离了危险。"

2004年8月，中央电视台第10频道《走近科学》摄制组，来到了老爷庙，第一次把摄像机对准了这片水域，以声画组合的形式，通过电视媒体向社会传播了老爷庙水域的神秘气象。随后众多电视台、专家、学者，云集老爷庙欲揭开沉船之谜。有专家大胆猜测，这里风力大，风向紊乱，鄱阳湖的五条水系又全在这里汇聚，浪高漩涡杂，水下还可能存在暗河或溶洞，或许就是沉船的主因。然而时至今日，谜团尚未真正解开。

四

初冬的周末，当鄱阳湖还浸泽在雾气腾腾的晨曦里时，一支采风队伍出现在"鄱阳湖上都昌县"的湖边港口，我们穿着厚实暖和的各色长衣，戴上各种御寒帽，给刚刚还是沉寂的湖岸带来蓬勃的生机。寒风微微地吹着，枕眠在寒夜已久的一艘大船终于可以又一次实现它的使命，正轰隆隆地发出悦耳动听的等待声，几十名文友通过铺好的短梯次递登船。

我们是要去一个叫朱袍山的小岛，那儿虽然偏远闭塞，湿地一片汪洋，却有万千鸟儿蹁跹，颇为诱人眼球。对今天的客人来说，这是一个千载难逢的机遇。朱袍山小岛远离城市，岛上无房无人，就是都昌本地人也鲜有机会前往。倒不是都昌人不想去，只是缘于水路阻隔，小船不多见，大船成本高，能去朱袍山观鸟也就成了当地人的一大奢望。我多年前去过一回，还是陪着外地的文友租了船。今日再次光顾，又有多年好友从远方赶来同行，心情特好，分别几年后，朱袍山历经风霜雪雨，将以什么样的姿态再次呈现在我面前呢？

船儿以最高时速行走在窄小的河道上，湖水从船只的两侧溅起长长的波涛。此时在水底待得发闷的江豚，在听到发动机的声音后，一个接一个纷纷跃出水面，映入了文友们眼帘。这是一个快乐的时刻，从没见到过江豚的文友发出好奇的尖叫声，他们忙掏出手机拍照，生怕那罕见一秒快速流失，惊鸿一瞥的画面就这样定格在珍贵的记忆里。

船儿一直往东，河床越走越远，越来越感觉到鄱阳湖的宁静。绕过几道弯，差不多一个多小时，船儿开始减速。候地，湖中一片宽敞的湿地呈现在我们的眼前，接着听到了成群结队的大雁咿咿呀呀的叫声、野鸭嘎嘎的尖叫声、天鹅克里克噜的响亮鸣声，还有一些不知名的候鸟啾啾、叽叽、唧唧声。极目远眺，无数只候鸟栖息在湖滩上。有十几只白天鹅特别显眼，驻立一排，似乎在列队欢迎远道而来的客人。咔嚓、咔嚓……此时，专业的摄影器材在发挥着它们高效的拍摄性能，把远处的候鸟拉入镜中清晰成像。候鸟非常警觉，船儿低沉的嗡嗡声都会让它们惊恐万分，它们腾空而起，哇！那黑压压的场景甚为壮观，那整齐划一的飞翔，那空中优美的姿态，着实令人啧啧赞叹。

刚刚还沉寂的鄱阳湖，随着鸟儿的律动开始生动起来。

船终于靠岸了，朱袍山就这样再次显现真容。鄱阳湖是一个吞吐型、季节性湖泊，汛期蓄水，枯水期吐水，朱袍山就凸出在鄱阳湖核心水域。每年冬季，数十万只珍禽候鸟似商量好了一般，从俄罗斯西伯利亚、蒙古、日本等地飞抵鄱阳湖，它们越过千山万水，只为在美丽的鄱阳湖休憩繁衍。像朱袍山这样的候鸟栖息地，鄱阳湖都昌水域还有几处，如多宝乡、周溪镇的沿湖水域等地，都是候鸟的天堂。

2022 年，都昌县有关部门在朱袍山设立了"候鸟自然保护区"，并将这几个大字镌刻在几块巨大的大理石上，竖立在山脚显眼处，对主要进山道路铺设了地板，还人性化设立了两个公共厕所。在对朱袍山秋子湖生态补水并支撑螺蚌等资源逐水繁育的同时，都昌县候鸟自然保护区还投放了4000 斤鱼苗，另外组织人员把纤维化较高的苔草割掉，等它们再次萌发幼嫩新草，为候鸟提供食物。

朱袍山实际只有两个小山头，以北是湿地，以南是湖水航道，而从都昌县和合乡的黄金咀至朱袍山有近 5 万亩连片的湿地洲滩和朱袍山边的秋子湖连为一体，颇为广阔。灰黄的山峦除了能看到一些稀疏的柴草，就是那些斑驳的泥页岩叠起的山体，泥页岩上条条状状的花纹印痕，像暗夜里的残梦，在诉说着它的沧桑历史。朱袍山固执地伫立在鄱阳湖里，心甘情愿地承受一次次的狂风暴雨，就算被侵蚀得满目疮痍，也无怨无悔地展露着自己苍老野拙的面容。站在这阒无人迹的孤山上，我默想着曾经发生过的历史故事。传说朱元璋与陈友谅在鄱阳湖大战，朱元璋在康郎山首战失利。陈友谅乘着士气高涨穷追不舍，朱元璋节节败退。陈友谅部署兵将把石山围住，准备将朱元璋抓获，却发现原来那只是朱元璋晒在山上的一件战袍，其本人则通过山上的石洞悄悄逃走了。为纪念此事，后人将这座小山取名为朱袍山。

山顶上还设置了观鸟台，周围有围栏屏障，游客可以随心架起摄影器材或用望远镜观察远处或立或飞的候鸟。曾在都昌县政法委任职常务副书记的万小璜自告奋勇滔滔不绝地讲述着朱袍山的历史和当地保护候鸟的举措，许多文友投来赞美的目光，此地历史人文的厚重感油然浮现。

怪了，几十号人登上了朱袍山，候鸟却跟"捉迷藏"一样飞远了，我们只能注目远望。这是惊扰了它们吗？那么，我们该返回了，把宁静的天空、宽阔的湖滩还给它们吧！不多打扰，不多打扰，此时我们的念想便是对候鸟最好的爱护。

在此以前，这些鄱阳湖上的精灵时常被一些不法分子或架网、或放毒、或枪杀，生存艰难，现在通过执法部门的宣传与严厉打击，良好的生态迅速恢复，人们终于醒悟了，认识到保护候鸟的重要性，违法犯罪现象也渐渐销声匿迹。都昌县还成立了鄱阳湖野生动物救护协会，会员多达60余人，这些会员中有的是退捕渔民，有的是村医，常年坚守在爱鸟护鸟第一线，过草滩、涉湖水，在刺骨凛冽的寒风里穿行。朱袍山得到了及时的守护，这是对自然生态环境的爱护尊重和对野生动物的强力保护，也是在维护人类与候鸟共生存的美好家园。

朱袍山就像一名从深闺走出来的窈窕淑女，光影四射地出现在世人面前。如今，朱袍山已重焕新颜，成为都昌县对外开放的一张文化名片，每一次去品味它，我都会有新的感悟。

鄱阳湖的故事奇趣横生，多如牛毛，是一首永远也唱不完的歌。除了可饱览山光水色，还可品味鄱阳湖的鱼肥虾美，味蕾尽情舞动着幸福的滋味，让我们共同感受生活的美好和人间的温馨。

第三章

情意长

多情的人儿

为寻爱而来

春雨绵绵，深情凝望

心里写满爱恋

欲语还休，欲语还休

不必说，我爱你

春风懂得

不要说，你爱我

春雨明了

在心儿最柔软的地方

小心地将彼此安放

娘的目光

娘低垂着头，坐在乡间小屋内的轮椅上，听到我喊娘的声音，她缓缓地抬起头，一束呆滞的目光向我投来，在我身上久久停留……因警务工作繁忙很久没来看娘的我，顿然心生惭愧。

我小跑上前，把在县医院开的几盒止咳药放到桌上，在轮椅前蹲下，伸出右手准备把她踩空的左腿放到轮椅踏板上，但由于娘的左腿僵硬、沉重而无法实现，我再施以左手协助才把娘的左腿搬至踏板。娘的左手像一根枯木耷拉在大腿上。我跪在娘的膝下，一遍遍抚摸着娘那青筋暴露布满褶皱的双手，再看着娘无助的眼神，心里一阵绞痛。

娘嘴里没吐出一个字，沟壑纵横的脸庞也没一丝笑容，她只是目光迟钝地望着我，好像不认识我似的。我知道娘不是故意的，娘现在不知道生气，也不知道高兴。不过，娘在中风偏瘫之前，也极少生气，本分、淳朴是村里人给她贴的标签。二十多年前，我的祖母病危弥留之际，拉着床边爹的手，一字一顿地对爹说，鲜英做我儿媳三十多年没跟我红过一次脸，没跟我斗过一次嘴，她是个本分善良的好女人，你再也不能像你年少时那样对她动手动脚！爹羞愧地低下头，接着点点头，祖母这才慢慢合上那双留恋人间的双眼。

娘年少时，素雅中透着厚朴，虽瘦削矮小，但五官端庄，目光清澈明亮。娘 20 岁开始生育，先后生下三男四女，35 岁时结扎。爹是根独苗，祖父早年过世，祖母拖着十口人挣扎在困苦的人世间。娘生下子女后，并没有大鱼大肉伺奉，没奶水就喝点红糖水，没钱买鱼买肉，爹就到老屋旁边的小港里抓点小鱼。娘生下子女后，不到一周就下地干活，她不屈服生活的苦难，目光里常常透着坚定与希望。

那年腊月，北风呼啸，娘结扎手术后仰躺在一张竹床上，脸色苍白，双目微眯，破旧的花布棉絮裹着娘的羸弱身子，由爹和村里一个壮年抬着走在回家的路上。8岁的我刚放学看到那一幕，不知咋回事放声痛哭。娘听到我的哭声，似乎忘了自己的疼痛，想侧身看我却无法动弹，只能用无助而伤感的目光一路牵引着我。

娘在生产队里干农活常常跟在爹的身后，爹此时就像大人带小孩，起着监管的作用。娘是慢性子，爹是急性子。爹刻意把娘喊到身边，娘如在夹缝中一般艰难地生存。无论娘多么乖巧，或者逆来顺受，却总讨不到"挑大梁"的爹一丝欢笑。娘跟我聊往事时，我问爹为何那样？娘很理解地说，那时生活太艰难，你爹压力大，而农事总要超过别人，我作为帮手又随不了你爹心意，所以对我不满。娘的能量有限，尽管她尽了力还是跟不上爹的快节奏。爹开始爆粗口，后来发展到暴力，用拳脚，也用农具施暴。娘被揍得瘫坐在地上哭泣，委屈、痛苦的目光引来众多村里人的不满，爹却蛮横无理不让旁人靠拢干涉。有一回我亲眼目睹，我就像自己挨了打一样浑身疼痛。我不顾一切冲上前想护住娘，并用稚嫩的声音喊叫："等我长大了，一定要报仇！"娘此刻目光敏锐，赶紧爬起来拉我往外跑，但还是没有躲过爹的拳脚。

在我的印象里，娘即使受辱，也从没说过一句狠话回怼，唯有等到爹发泄情绪过后跑到娘家诉诉苦。半路上要经过一口大池塘，娘抱着我坐在塘塍边恸哭，委屈而伤感的目光不时从双眸溢出。娘哽咽着说，崽哟！不是看到你没长大，我就钻到这塘里！我紧紧扯着娘的手，生怕她不管不顾我去投塘自尽。

外婆只有娘一个女儿，听说娘又被打了，她恼羞成怒跑到黄家，不知从哪里拿来一把锄头要跟我爹拼命。娘迅即跑上前，抓住锄头的另一头，眼里露出哀求的目光，哭着央求外婆不要动手。在一旁愣神的祖母才明白过来，也上前劝说。外婆指着爹大声斥责：不是看到你娘德行好，鬼都不把女儿嫁到你这个穷家！祖母唉声叹气，恨自己教子无方，连声跟外婆赔礼道歉。

有一次我在执行公务时受了伤，娘来医院看我。我发现娘疲惫不堪，十分憔悴，便问娘咋啦？娘微笑着不吭声，她的目光里满是慈爱和担忧。我反复追问，倒是一旁的爹开口了：你娘前些天重感冒，肾结石也发作了，还是刚从医院出来。娘在我小时候就很疼我，外婆给她的一块冰糖，都会偷偷塞到我的书包底层。我瞬间崩溃！泪流满面，娘生病了怎么不告诉我……

我每次回乡，娘总是笑靥如花，温暖的目光中我感到无比的幸福。娘在灶上一阵忙碌后，把一碗热气腾腾的面条递到我面前，上加两个金黄的荷包蛋。娘坐在我边上问我，在工作中还遇到过不讲理的村民吗？并叮嘱我办事要公正，不能昧良心做事。当看到我吃完一碗面条娘才放心，双眼中露出心满意足的目光。而当我离开村庄时，娘也会跟随我到村头，目光里有万分的不舍与无奈。

如今，我再也感受不到娘那慈爱有神的目光了，我叹世事难料，恨苍天无眼。而爹在听到我的怨尤时，却说苍天有眼；我疑虑地看着爹，爹真情流露，笑着说他在年少时对娘过了火，还说在天底下找不到第二个像娘这样善良的女人，现在由他照顾娘的吃喝拉撒睡，完全是老天爷对他的报应！爹还说，也好，我有"赎罪""还债"的机会。

我一下惊呆了，爹从来是个不认错的人，如今竟能说出这样的话来。爹接着演示着，如何让娘吃饭，如何帮娘洗漱，如何抱娘上床……

爹86，娘83，可谓白头偕老，尽管之前磕磕碰碰，如今生命相随已是不易。许多往事成了苦涩的过去，但娘的温暖而善良的目光，都将镶嵌在永恒的记忆里，一直伴我老去。

（2022年10月）

老爹进城

老爹这次进城，不跟以往那样，在城里转悠转悠，看看城里的风景，瞅瞅新世纪广场上的老年人吹拉弹唱跳，而是有桩心事想如愿。没料到，他如愿了，我却如万箭穿心。

去年初冬的一天上午 11 点左右，二妹打电话给我，说老爹到了县城，叫我过去陪老爹吃饭，但我因公务下乡，电话中嘱咐二妹，留住老爹，晚餐我安排吃饭，顺便让老爹喝点小酒，高兴高兴。挂掉电话，我心里纳闷，老爹这次来城里不是先找我，而是先打电话给二妹，再由外甥接了他。外甥大学毕业没找到工作就在小城开了个小店，供应猪肉、大米、油盐等日用品，忙不过来就请他娘到店里帮忙。二妹在店里很忙，我曾去看过她，看到她那么忙碌我就不忍心打搅，借口有事早早离开了。

外甥的小店在阳光府邸，离我住的地方较远，他在西，我在东。我就打电话给外甥，问他小店附近有餐馆吗？外甥说有。我的想法是，把餐馆定在小店附近，可以让二妹参加，陪陪老爹，吃完饭就可以很快回店做生意。傍晚 5 点多，我赶到小店，见到了老爹。老爹脸上有一丁点儿笑容，却好像是强挤出来的。我心里"咯噔"了几下，是不是来晚了让老爹不高兴。我立即跟爹解释，县城因道路改造路上堵了车，并问老爹是不是饿了？老爹忙说，要紧，不饿。老爹喜欢吃的红烧肉端上桌了，我帮老爹夹了一块，老爹说，就吃这一块哈，不要夹了！我心里弄不明白，平时一餐能吃五六块红烧肉的老爹，今晚怎么突然变了？我又把店里的招牌菜——

北京烤鸭包好了一小包给老爹，老爹又是几番推阻。要在平时，老爹都很爽快地吃吃喝喝。鱼煮豆腐，墨鱼附粉，我都给老爹盛了两勺，老爹对这些软食没推辞，我心里好受些。我又问老爹，来不来一小瓶白酒？老爹摇了摇头表示坚决不喝。我很失望，老爹不喝酒又不太吃菜，言谈也比平时少得多，我又怀疑老爹是不是还在生气？我很了解老爹，他本来从不生我的气呀！每次我到乡间看望老爹老妈，二老总乐得合不拢嘴，口里说，不要常来，耽搁时间，心里却总是在盼望，这些我都是可以感知的。我自信，父子之间不会在小节上有什么隔膜。

吃完饭，二妹私下找到我说，哥哥，你明天还是带爹爹去医院检查一下吧！爹爹总说吃了饭反酸甚至呕吐，肚子不舒服。这时我才联想到二妹白天打电话给我，说老爹愿意留下来住一夜，是希望我次日陪他去医院检查。哦！我终于找到了老爹不爱吃菜的一些答案，老爹估计是身体出现了一些状况，才不愿喝酒，食欲也不强烈。

针对老爹的症状，我在县人民医院一同学的帮助下，去消化科找到了余医师，认为做胃镜可以查清一点问题。但老爹年已84岁，做胃镜有风险，余医师不敢开单。但老爹一直想做个胃镜，这是他的心愿，两年前就有。

我就说，余医师，俺老爹虽然年龄大点，但身体素质还好，在乡下还种五六亩田呢！

余医师又问，今天上楼是他自己上的不？

我说老爹上楼一点问题都没有。

余医师说，那就看心电图有没有问题，没问题的话就可以做。

开了心电图和胃镜两个单后，我先带老爹做心电图，之后又到了做胃镜的办公室。

曹医师让老爹吃过一小瓶润滑喉咙的液体后，拿出一根有灯光的长管子，开始为侧卧在床上的老爹做胃镜，一名女护士用一个"o"形塑料框套在老爹的口里，嘴边放了盛装咳痰的器皿。曹医师很细心，但插了五六下都没成功。

老爹因插管眼泪流了出来，我忙用纸巾擦拭。看到老爹那勇敢又难受的样子，我心里真希望能早点插进管子。我给老爹打气，并握住老爹的手，说，爹爹，您不是早就想做个胃镜吗？你就听医生的话吞一下嘛！老爹点点头。

曹医师说，喉咙那地方阻了，这种情况很少碰到，估计是我手法不对，我请余医师过来，看能不能插进去。我暗地思忖，曹医师是很敬业的一个人啊！他自己没成功，但为病人着想并不放弃，敢于放下自己的面子，让另一个医师来做，医德高尚真的让人敬佩。余医师来了，在第三次插管时成功了。余医师用那根带灯光的管子在老爹的内脏探了又探，并不时地问拍照没有？在边上的曹医师有问必答，配合很默契。胃镜做好后，老爹下了床，吐了两下口水，问医师，有事吗？曹医师说，没大毛病，食道上有点炎症，你到门诊找刚给你开单的余医师开药。

老爹脸上终于有了一丝笑容，之前那惶恐不安的神情不见了。

趁着老爹到门外吐口水的时机，曹医师指着桌子上的报告单，语速极快对我说，估计是早期那个，你得在你爹吃完十天药之后到九江复查。我心"噔噔"地跳，明白曹医师说的"那个"指的是什么，但我必须装作若无其事。我忙说，知道知道，谢谢你曹医师。

老爹这时凑过来了，疑惑地问有事么？我说，爹爹，食道上有点炎症，我带你去开药。见到了余医师，我真诚地说，真的谢谢你刚给老爹做了胃镜，不是你技术好，真难插进去呀！余医师说，别客气。接着余医师帮老爹开了十天的西药，并悄悄嘱咐我日后带老爹去九江复查。再次谢过余医师后，我带老爹到了一楼药房捡了药。为了确认诊断情况，我跟老爹说，你在楼下等我，我去楼上问下余医师，吃药是饭前还是饭后。事实上，药袋子上都注明了饭前饭后，我只不过是找个借口，让老爹不在场，避免听到不该听的话。

余医师说，目前的情况估计是早期食道癌，从检查的情况看，是最近才有的。接着又问老爹真实年龄，我说84岁。余医师脸上很平静，说，你带老爹去九江看能不能做手术，县里是不考虑去做，因为如果做手术怕出血后止不住，而九江的条件相对来说要好点。我的心像被什么东西扎了一下，再次变得难受起来。我平衡了一下身子，把表情尽量恢复到若无其事的状态，然后挤出来一点点笑容，好面对年迈而可怜的老爹。

这日阳光正暖，但一想到医生说的话，我心里就憋得难受。我扶老爹上了我的私家车后座，提出先吃点东西再去鄱阳湖边上转转，我暗地想让老爹在有生之年，享享福，看看风景，老爹微笑地答应了。

这时，我又想起了老爹经历过的苦难。老爹吃过的苦，我长大后才慢慢懂得。为了弄点家庭收入，保一家十口吃饭穿衣，老爹只身一人多次前往景德镇市浮梁县一个深山老林割竹子，哪怕这个竹山曾有人被蛇咬死，他也要冒这个风险。老爹割了几捆竹子，搭本村纪英爷爷拖煤的货车回家。上半年搭车倒好些，坐在货车拖斗里没什么，要是寒冬腊月，整个骨头冷得像散了架。回家后为了报答纪英爷爷，就为他家犁田扶耙忙双抢。冒险弄来的竹子，老爹就做起了手艺，破竹子做篮子卖钱。

老爹壮年时还到湖口县用板车拖沙上船，流了多少汗，熬了多少苦日子，只是后来听本村与老爹同做工的叔叔说过，湖口拉沙吃过的苦是这生从没尝过的。

我知道，病人的情绪很关键，如果知道自己得了不治之症，势必精神崩溃，本可以多活几年，却因精神支柱的塌陷，会大大缩短寿命。我只能伪装，一副很开心的样子，而心底里的难过时而要冒出来时，我必须狠心按住。这也是一种煎熬，胸部如同蒙上了一层厚厚的尘埃，挥之不去，却又无法排解。我为老爹拍了几张照，也拍了几段视频，怕老爹怀疑，每次我都说，为晚上做抖音用。金色的阳光下，老爹在鄱阳湖边转悠，兴致勃勃，神情飞扬，想到以后某一天，我将会失去眼前这位吃过一世苦头的老爹，鼻子不由得发酸。我用力使劲儿揉了揉鼻子，又使劲儿捻了捻鼻子，终于控制了情感的闸门，泪水没有涌出来。

我问老爹是不是再住一晚，老爹不肯，说要去乡下陪老娘，还说老娘一个人在家不安全。我知道老爹说的是真话，他离不开乡间那个小窝，离不开那个跟他同枕共眠相濡以沫 60 年的老伴。老爹对老娘的赞美常挂在嘴边，在我们儿女面前总是说，在村子里绝对找不到第二个像老娘这样本分、善良的人。老爹虽然性情暴烈，偶尔骂骂咧咧，但内心对老娘不差。单从吃肉这件事上就可看出来，老娘从不沾肥肉，老爹总是把肥肉咬下来自己吃，再把瘦肉送到老娘的碗里。

我只好送老爹下乡。老爹在车上说，我们现在条件好，有吃有穿，国家政策又好，对老年人还有补贴，谁都想多活几年呀！我忙点头。我知道，老爹是在宽慰我，也像是在点拨我，担心我对他到县城看病有想法，也可能是表白自己内心的真实想法，让子女们理解理解他。我笑着对老爹说，是呀！身体哪个地方难受肯定要尽早看医生，有病就不能拖，特别是像老爹这样年龄的人，更要经常到医院检查检查。老爹到了家门口，又把我当客人一样向老娘喊话，鲜英，鲜英，华清来得！老娘正在炒米粉，没腾出步子出门。老爹见老娘忙活，也像久别重逢似的，加快脚步到了屋内，从老娘手里抢过钯铲，在滚烫的铁锅里，将大米炒炒、翻翻，直至熟透。临走，我反复劝老爹少抽些烟，还说这是医生叮嘱的，为了食道上的炎症尽快好起来，必须要少之又少。老爹笑眯眯地说，现在戒是戒不了，少抽点倒是。

返程途中，我打电话给二妹，嘱咐二妹不要告诉任何人，因为还没有完全确诊。二妹哽咽地说，不会，不会告诉任何人的。她还哭着说，看到爹爹送来的一壶菜油，忍不住哭了又哭……

想着老爹带大我们兄妹七人，操碎了心，吃尽了苦，我们又没好好报答，我再也控制不住自己，把车子停靠路边，让心中的难受，用喷泉般的泪水一遍又一遍冲刷……

我掰着手指头，数着日子。

我把老爹的情况告诉大哥、二哥，他俩都很惊讶，老爹的身体一向很好，怎么突然间有这毛病？

十天的药吃完了，如果直接说带老爹到九江市的医院去复查，势必让老爹生疑。我想了一个办法，就让大哥打电话给老爹，说九江的条件好点，胃镜插管不会像县里那样的插七八下才成功。老爹接了电话后，表示再去医院没必要，要是去九江玩，是可以的。我就说，那就带您去九江的大哥家玩一玩。

12天过后，我赶到乡下，见到老屋门前的一大堆柴火，斫断的痕迹一看就是刚刚弄的，就问老爹，您又上山斫柴去了？看上去，老爹很开心，他微笑着，很有成就感似的，说，是啊！昨天我去了山上两趟，斫了两车柴。

我说，这么多柴，怎么弄回家的呀？

老爹说，用单轮推车呀。

我又责怪老爹，都80多岁的人了，还不顾自己的安危，要是在山上滑了脚，那可是好？

老爹又是笑，说，不会的，不会的。

老爹这次穿戴花了一点心思，特意把那件买了多年没舍得穿的大棉袄披上了，鞋子也换了一双保暖的，不过那顶棉帽依然没换，也许就只那一顶吧！老爹很精神地跨上了轿车，坐上了后排。

路上的风景让老爹一遍一遍地赞叹，经过的隧道、大桥，还有翠绿的群山、宽敞的公路，都让老爹好奇：这世间的美好真的看不尽、说不完呢。

惊喜的是，在九江市第一人民医院做胃镜，老爹出来时很高兴，说插管子只插了一下就进去了，没有半点痛苦。我和大哥也感到高兴，之前担心老爹吃不消插管，看到老爹的兴奋样子，也就放心了。医师告诉我，已取了食管的组织做活检，要一周之后才能拿结果。那么说，现在就可回家了。因为在九江待上一周等结果，对一生劳碌的老爹来说，似乎不可能。

果然，大哥想挽留老爹在九江再住一晚，老爹就是不答应，说，不了，回家，回家。

时间飞快，一周的时间很快到了。我和大哥惶恐地到了医院，取到了结果。我直奔结果看：中分化鳞状细胞癌！顿时我的心又如刀绞一样的痛。大哥见到后，也变得沉默了。

我找到了胸外科的医师，负责科室的陈主任说，这是早期的，可以刮掉。我和大哥点点头，要求早点帮老爹办入院手续。陈主任说，你先帮你老爸做个核酸检测吧！再办入院手续。

拿结果的这天，在乡间的老爹其实也在等待。我担心老爹等得心焦，决定这就打电话去。我和大哥商定，还是不能告之老爹检查结果。于是电话中告诉老爹，还是炎症，应该到九江继续治疗。但老爹在电话里不同意，并说只要捡点药回家吃就可以了。

我心急如焚，当日晚上赶到乡下，央求老爹去九江治病。我说，老爹，您食管上的炎症目前只有半粒米那么大，如果不及时治疗，会扩大糜烂整个食管的，您要知道这利害关系啊！老爹沉思了好久，问，吃药就不能除掉吗？我说，直接刮掉只要几天的时间，而吃药要吃一两年，效果不一定很好，再说还会伤肝的，是药三分毒嘛！老爹想想也是。

我知道，老爹一生省吃俭用，从来舍不得花钱。我安慰老爹，钱的事，不是您管的事，您就只管配合治疗就行。老爹最终同意了。

办好了入院，次日就来了一大堆检查单，见如此，老爹有点不高兴。

我知道老爹心疼用多了钱，就说，费用会报销很多的，不必担心。

我目睹了一位和老爹同样病症的 65 岁老乡，做了手术之后，在走廊里锻炼身体，也就是走走步子而已，让我们有了新的认知。老乡步履蹒跚，由其妻子搀扶着，神情萎靡，颈部打了一个小洞，腹部打了两个小洞，全身三根管子扯着，着实让人感觉从死亡前沿挣扎过来。老乡的妻子说，差不多一个月了，还不知要住多久的医院。

这医院真不是人待的地方呀！曾有人感叹过：一个好人待久了，意志也在被磨灭，情绪也会变得焦躁。老爹刚入院时，我特地问过医师，医师说只要半个月就可以把那癌细胞刮掉，看这老乡的情况几乎是不太可能的事，而且老爹这么大年纪了，是否可以做手术都是我们子女需要重新认真考虑的一个大问题。

老爹目前的状况跟常人无异，只是吃过饭后，有点打呃、反酸，如果做了手术的话，是不是会加重病情呢？我们忧心忡忡。问过几位做医生的好友，纷纷表示还是不做手术为好。大哥首先表态，不做大手术为好。二哥从景德镇赶来了，考虑过后也赞同大哥的意见。于是就在 2020 年最后的一天，我带着老爹出院了，打算开药吃，保守治疗。

在九江打工的大姐听说老爹在九江住院，特地烧好了红烧肉，购买了衣服，花费近千元，待她准备送到医院时，接到我们已经返回家乡的电话，一时懊丧不已。二妹、三妹听说老爹已经回家，丢下手上的农活专程看望老爹，细妹远在广东，发来一个四位数的红包，我考虑到细妹劳苦奔波，打工不易，没有点击领取。

老爹接纳了子女们的孝敬，满心欢喜，好像不曾有过病症。

想想也是，目前老爹还有这样好的状态，只要加强体内正能量的培植，保持乐观的心态，就会把坏细胞打压下去，从而延长生命的长度。其实体内的两派细胞之争，也是"狭路相逢勇者胜"！老爹闻听，觉得也有道理。于是老爹开始加强营养，少抽烟，还把多年挂在墙头的二胡取了下来，适时将黄梅戏《天仙配》《女驸马》等戏曲捡了起来。

现在我更盼望老爹一有空，就来城里。来一次就少了一次啊！生命的尽头尽管一触即达，但我们还是满怀希望，让老爹多点时间在人间停留。

初心如磐

（2021 年 4 月）

兄弟姐妹

一

清凉漆黑的夜，我在等待一条生命的消亡，带着悲痛与伤心，还有无奈。娘躺在病床上，除了眼睛可以转动，身子几乎僵硬，就连翻个身她都疼得"哎哟哎哟"叫。娘就像一根快要燃尽的蜡烛，亮着微弱的光芒。子女们围坐在床边，揪心地看着娘的艰难处境：不停地咳嗽，频繁地胸痛，还有呼吸不畅。我们唯一可做的是，偶尔喂喂温开水，或者喂一调羹花生奶，维持着那摇摇欲坠的脆弱生命。

一年多以前，意外的厄运先后降临。先是爹被检查出食道癌，接着娘因高血压中风。娘中风那天，父亲打电话告诉我，我向单位请了假便开车赶下乡。路上的车速，至今想来都有些惊悚，短短的二十公里，超了十几部车，车像一根针，见缝就插。

我上有两个哥哥和一个姐姐，下有三个妹妹，可老爹一有事总会先想到我。倒不是因为我能干，是因为我靠得最近，在都昌县城工作，开车下乡只要半个多小时。大哥二哥分别在九江、景德镇靠打工创造出一片天地买了商品房，侄子侄女们也进了国企上班，小日子过得不错。即便如此，我也从无怨言，从不把爹娘看病或需要办的事推给两位哥哥，而是跑上跑下，在医院的费用更是我包揽，事后在两位哥哥那儿从不提及。老爹心情好时对我说，崽呀！这些年我跟你娘看病的单子码了一堆，都是你出的钱。爹这样"表扬"我，我有些意外。我脱口而出，爹您说这个干吗，我作为幺儿有工作单位，拿的工资要比两个哥哥容易些；两个哥哥赚的钱都是用血汗换来的，不做就没有，所以我也是应该的，以后就别提这个事了。

到了老屋，我见娘躺在床上一动不动，说不出话来。病情如此严重，我立即拨打120。救护车赶到，我用左手托住娘的臀部，右手托娘的背部，想抱娘到担架上，却感觉臀部已湿透，还散发着尿膜味。娘失禁了。娘在县中医院诊断系高血压中风。大哥、二妹从九江赶来，二哥从景德镇赶来，三妹、细妹从乡村赶来，我坐守县中医院。娘在重症室待了两天后就回到了普通病房，但左手左腿不能动弹了。医生说这么高龄的老人中了风，今后只能瘫痪在床。

娘在医院住了十二天，大姐一直没来打照面。大哥打了大姐电话，大姐说她在九江找了一份保姆的工作，一时走不开，即使要离开也要提前半个月或一个月给雇主打招呼，雇主如找到了另一个人替代她，才能脱身。

娘出院以后生活不能自理，完全要靠人照料，爹爹身体也每况愈下。护理两位老人，成了摆在我们兄弟姐妹面前的重大难题。我们兄弟仨商量，让姊妹四个轮流做保姆，月工资三千。在场的三个妹妹首先投了反对票，理由很简单，她们都有家庭需要维护，而且要是得了工资，女儿护理娘也收钱，就会被村里的人当成笑话来讲。那就只好问问大姐，大姐的孙子孙女都已长大，不需要她帮忙，而且大姐在九江也是干保姆这行，可大姐听到我们的想法后，想都没想就拒绝了。二妹三妹嘴直口快，说大姐是喜欢到处走的人，不可能固定在一个地方做事，更何况是寂寞无聊的乡村。

我和爹到处寻找保姆。终于迎来柳暗花明，请到了一个保姆，月工资也是三千。可老爹跟保姆又合不来。老爹一会儿埋怨保姆把娘推到了她村子里，把娘扔在一边，自干自家的事不管娘；一会儿又说保姆逢到鱼肉好吃的使劲吃，从不讲客气，还说保姆大手大脚用多了煤气和电泵抽水。保姆只干满一个月就被老爹炒了鱿鱼。看到累得喘粗气的老爹，我们既心痛又生气，可老爹很自信地说，放心好了，我能照顾好你老娘，总比大热天在田地里忙"双抢"要好得多。

娘小爹三岁，都是八十好几的人，在村子里算高寿老人。老爹虽然体内潜伏着一个病魔，但身体其他方面挺好，照顾老娘不成问题。老娘的吃饭、穿衣、上厕所，老爹都独创了个人护理办法。穿衣服先套上僵硬的左手左腿，再穿上能活动的右手右腿；吃饭时把那个小桌面放到轮椅上，给娘胸前铺上毛巾；上厕所，老爹从背后抱住老娘，一步一步往前挪，俩人四条腿变成了三条腿，可老娘那条没坏死的腿也站不稳，还需老爹紧紧抱住往上提，勉强可以把老娘拖到卫生间。

二

春去秋来，爹就这样照顾了娘一年半载的吃喝拉撒睡。爹空闲时拉拉二胡，那婉约缠绵的音符，和着朦胧的月光从窗棂流淌进来。娘偶尔下床坐在轮椅上，看窗外的夜色和月光，心里荡漾着美妙的快乐。除此，爹还喜欢看央视，"海峡两岸"或"国际新闻"栏目是他的最爱。

我常利用周末看看二老，爹都会主动跟我聊起国际上发生的热点问题。爹虽然累着，但他兑现自己的诺言，就像维护着他一生个人的尊严。我也问过爹，为何要辞掉保姆。爹笑吟吟地说，每月三千工资，要你们兄弟姐妹负担也不容易，再说，我这样护理你娘，是老天的安排。我疑惑地问，怎么是老天的安排？爹低下头喃喃自语，我年少时对不起你老娘啊！做了好多恶，现在该是还债赎罪的时候了。

爹的话，把我的回忆拉到了多年以前。娘个子矮小，身体瘦弱，但在生产队干农活必须要跟在爹的身边，这是爹的强制性命令。娘性子慢，做事也慢，常常落后他人，爹的个性强硬且脾气暴躁，稍有不满，对娘便是拳打脚踢。娘总是哭着从田畈地里跑回家，幸好有祖母呵护她，否则日子根本过不下去。祖母一生只生了爹一人，祖父二十五岁那年便瘫痪在床。祖母虽然疼爱儿子，但在娘受到委屈后，总是责备儿子。祖母明辨自己生的儿子是什么样的人，儿媳又是什么样的人。有一个人间奇迹是，祖母与娘相处三十多年从没红过一次脸，情同母女。

娘躺在病床上，微微地颤动着嘴唇，双目紧闭没有一丝缝隙，像一块生硬的钢铁，沉默地落向这寂寞无助的黑夜，但只要有人提到祖母，她的眼泪就像决堤的洪水涌出来。爹在旁哽咽，你娘是世间最本分善良的人，你祖母断气前都叫我不能像以前一样任性打骂她。

娘没中风时，谈起爹，有些幽怨。娘说爹的性格没人能受得了，祖母如果不护她，她早就黄土盖了面。娘的能量有限，尽管她尽了力还是跟不上爹的快节奏。记得有一次，娘被爹打得瘫坐在地上哭泣，委屈、痛苦的样子引来众多村里人的同情，爹却蛮横无理不让旁人靠拢干预。有一回我亲眼目睹娘受欺的过程，我就像自己挨了打一样浑身疼痛。我不顾一切冲上前护住娘，并用稚嫩的声音喊叫："等我长大了，一定要报仇！"娘此刻知道我闯了大祸，赶紧爬起来拉我往外跑，但还是没有躲过爹的拳脚。

在我的印象里，娘即使受辱，也从没说过一句狠话回怼，唯有等到爹发泄情绪过后跑到娘家诉诉苦。半路上要经过巢家村一口大池塘，娘抱着我坐在塘塍边恸哭，委屈而伤感的目光不时从双眸溢出。娘哭着说，崽哟！不是看到你没长大，我就钻到这塘里！我紧紧扯着娘的手，生怕她不管不顾我去投塘自尽。

外婆只有娘一个女儿，听说娘又被打了，她恼羞成怒跑到黄家，不知从哪里拿来一把锄头要跟我爹拼命。娘迅即跑上前，抓住锄头的另一头，眼里露出哀求的目光，哭着央求外婆不要动手。在一旁愣神的祖母才明白过来，也上前劝说。外婆指着爹大声斥责：你这个不知好歹的家伙！不是看到你娘德行好，鬼都不把女儿嫁到你这个穷家！祖母唉声叹气，恨自己教子无方，连声跟外婆赔礼道歉。

说起爹娘的结合那也是一个传奇。祖母家穷那是在村里出了名，但祖母的德行特别好。外婆有一次经过祖母家讨口水喝，刚从水缸舀了一勺生水，就被祖母看到后夺掉了，随即换上热腾腾的开水，两个女人就这样聊上了。

祖母有一回到菜园里摘菜，远远看见一中年妇女在自家的菜地里偷菜。这妇女叫香娥，老公过世两年了都没有改嫁，带着四个小孩艰难度日。村里人都同情她，逢年过节都要给这个残破的家庭送上一点肉、菜、果子什么的。祖母这样想着，好像悟到了什么，猛地跳下田坎，坐在地沟里，只等香娥摘完菜回家。祖母在田坎下方，恰被经过此地的同村张奶奶看见。张奶奶喊，姐，你不在家拉尿，还要跑到这田畈地里拉？祖母忙招呼张奶奶一起下来坐坐。香娥也是精灵的人，听到张奶奶的叫声，急忙从菜地里跑了上来，然后抄另一条小路回了家。见到香娥失魂落魄逃离菜园的情景，张奶奶已明白了七八分。可让张奶奶不明白的是，既然发现了自家的蔬菜被人偷摘，祖母为什么不去抓个现行，反而躲避呢？祖母笑着对张奶奶说，妹子啊，香娥也是个可怜的人，日子过得不容易啊！我也是没能力帮她，她摘点菜算什么，我不过去就是想让她多摘点，又何必让这可怜的人面子上难堪呢？此后，祖母留了个心眼，每回采摘蔬菜都要多弄些，晚上偷偷地把蔬菜送到香娥家门口。香娥一开始还认为祖母故意羞辱她，说什么也不肯要，后来看到祖母是真心帮她，才收下了蔬菜。祖母虽目不识丁，但她的智慧和善良在我们当地挂了头号。外婆也是见到祖母这人特别好，才决定把本分老实的女儿交给祖母做儿媳。说到底，娘来黄家洲是外婆做的主，更是祖母的德行造化。

老爹推着轮椅，娘坐在轮椅上，西边山谷一缕缕夕阳映红了天边的晚霞，云彩像火一样绚丽多彩。聊起往事，爹自责地说，我脾气太坏了，年少时确实不应该。接着老爹笑呵呵地说，那时生活太苦了，子女又多，我的压力大嗬，农事总想超过别人，你娘作为帮手总遂不了我心愿，所以我就那样暴躁哟！娘始终没说一个字，只是傻傻地笑着。娘就是这么一个善良本分的人，自己受了那么多委屈，可从不知道说出来。

自古有言，子多母苦，爹娘带大我们确实吃尽了人间苦。娘是配角，爹是主角。爹能力超强，脑瓜子灵敏，加之勤劳努力，我们一家十口终于挺过了那些艰难岁月。

三

娘中风后，身体先后出现过两次状况，每次都在医院住了一周就痊愈了。可今年正月初十开始，她突然不爱吃东西，我们没太在意，以为是消化不良，吃点药就没事。而老爹在年前就告诉过我们，他喝水都阻得厉害，更别说喝稀粥。我们兄弟仨都知道，那是爹的食道癌肿开始"膨胀"了，就安慰他，等正月初十以后就到九江市第一人民医院治疗，老爹满面愁容的脸庞才有了一丝笑靥。

正月十一我们出发了，照顾娘的重任，落在二妹和细妹头上。上高速路，穿山川隧道，跨鄱阳湖大桥，一路的风光让老爹啧啧赞叹，外面的世界真美啊！可正月十二大清早就接到了二妹的电话，说娘发烧呕吐，人病得不行。我们只好先放弃治疗老爹，赶到家乡料理娘。

娘时而高烧时而咳嗽不停，喘着粗气，气息十分微弱。我想把老娘像以前一样送到县级医院治疗，可搬动身体任何一个部位，她都痛得直喊叫。我征求两位哥哥的意见，两人都表示送县医院不妥，主要担心娘在半路上去世，到时成了"野鬼"就不能进祖厅。我们只好请来乡村医生，给娘消炎止咳化痰。娘偶尔清醒时睁眼看到我，我喊姆妈，她嘴唇嗫嚅着，好久才断断续续说了几个字，我拼了好久，才知道娘在问我咋办啊？娘以前一有病，是我带她到县医院就治好了，现在她仍抱着那个希望。我一阵心酸，安慰娘说，等您好点了就带您去县医院哈。此后还有过两次，娘见到我还是问我："咋个办啊？"我竟哑然了，为自己的无能为力感到悲哀难过。

正月十五元宵节，我们无心吃汤圆，仍然轮流守护在娘的房间里，在外间也架起了一张单人床，床上坐满了人。初春的夜晚还有点冷，我闻到了冰冷的空气中弥漫着悲伤与失望，还有那受尽煎熬后的叹气声。三妹夫将买好的木炭放到盆里燃烧，炭火亮闪闪着，一丝丝暖意给身心俱冷的我们带来一些温暖的慰藉。娘紧闭双目，只有我们喊她时，她才会艰难地睁开眼睛打量我们。问她的话，她从没多少言语。娘跟以前一样，天塌下来了，也只是吃她的饭，睡她的觉，好像世上任何事情都与她无关。爹偶尔过来坐在娘躺着的床边沿，心疼地问娘，鲜英呀！你还有什么话要说吗？娘只是微微摇着头，不吐一个字，眼睛却紧紧盯着爹。

妹妹过来为娘换尿片，即使轻手轻脚，娘也是痛得喊个不停。娘喊痛的声音很大，根本不像一个垂危病人口里发出来的，我的心也像被什么东西扎了一般。我知道娘疼痛十分难受，才用尽了力气喊叫。当娘的嘴唇开始微微颤抖，额头皱起了波纹，我们就知道娘是胸闷得难受，呼吸也很不畅通，可我只有无奈地憎恨着自己的无能为力。

晚上娘突然打起了哆嗦，口里含糊不清地喊着冷，妹妹们赶紧把被子裹紧并抱住了娘，白色的唾液从娘的嘴角流出，口里呼呼喘着粗气，我们以为娘就这样离开人间，几乎在同时都在喊着："姆妈！姆妈！"二十多分钟过去了，娘瞪着那双混浊的眼睛似乎缓过了神，我们悬着的心才落了地。

大姐抹了一下眼泪说，姆妈你要坚持住哈，等你好了，就带你去九江景德镇看孙子孙女们。话刚说完，娘的脸上出现了前所未有的笑容，可没几秒，娘的眼珠子就不转动了，我们再次喊："姆妈！姆妈！"十几秒过去了，娘的眼珠子又转回了，再次慢慢打量我们。我们像经历了一场暴风雨，从头到脚被雨水淋了个遍，浑身冰凉。

娘这样发冷打哆嗦，由高烧四十度到恢复正常体温，几乎每天都有一次，每一次我们都如临大敌一般紧张、惶恐。我百度了一下，是因为病人阳虚所致。或许娘每一次发病，都在消耗着她身上的阳气，生命就这样慢慢弱下去。

老爹越来越咽不下食物了，就连喝水都嗝得厉害。正月二十日，我们兵分两路，一路继续守娘，一路由我跟大哥带老爹到县医院做了食管支架小手术，住了四天医院就返回乡下了。我们在外屋给爹架起了一张单人床，与原来的那张单人床保持着平行。爹蜷缩在床头，把头深深地埋在双膝间，像一坨软泥堆在床垫上，偶尔会听到他的叹气声。当村里的人来看望老娘时，老爹才会吃力地支起身子，向来人点点头以示感谢。老爹消瘦的脸庞、寡白的脸色和慢条斯理的言谈，与原来健步如飞的他判若两人。

四

娘此时跟以前没什么两样，病情反反复复。三位妹妹或许担心娘去世了没留个纪念，就开始在里间拍抖音。大姐在外边房间见三位妹妹没叫上她，心里窝火，就独自打开手机听起黄梅戏来了，且音量很高。大哥从外屋进来，看到大姐竟然放歌取乐，于是很生气地说，娘都快要死了，你还在这有劲儿听歌，你高兴什么呀？大姐一贯性情刚烈，谁敢说她不是，她就会怒发冲冠顶撞。大哥话音未落，大姐就针锋相对地说，她们三个都在拍抖音，我又为什么不能听歌？你是看到我过得可怜，没有一个好丈夫就瞧不起我吧？大哥气得暴跳如雷，再次骂骂咧咧，你是人吗？这样不讲道理！这时旁边的老爹用软弱无力的语气说道，你娘就差一口气呀！你还在那里高兴。大姐见老爹也在责怪她，她的怒气像汽油点着火一样蹿了出来，愤愤不平地说，你们个个欺负我，看到我没一个好丈夫，总是欺负我啊……

老爹像一只干燥的火柴盒，大姐就像那根一划火柴盒就能点燃的火柴头。这火柴头着实饱满脆裂，好像随时为大姐的"情绪""尊严"在"整装待发"。大姐总是不定时地把那绺垂在额头上的头发往耳根里别去，然后用掌按压那绺头发，好像随时要保持那份美丽端庄。嘴唇张合之间，她发出刺耳尖锐的声响。她滔滔不绝，说她过得这么可怜竟没有一个人同情她，还长期欺负她，接着翻过去的陈年老账，说自己尽管丈夫不争气没什么用，但孝敬爷娘还是舍了己，某月过节给了爹三百，某年春节给了爹六百。大姐口沫横飞，说话不要打草稿，好像记了一笔流水账，随时随地就能翻出来。

老爹本身刚做完手术，食管塞了一个软管很难受，听大姐翻"陈年旧账"，气得叫她滚。大姐气呼呼地说，我又不巴结在这里，你们这样欺负我，我也不愿意在这里！说完就往门外走。看到这个局面，我上前对大姐偷偷地说，爹的日子也不久了，让着点吧！再说你是照顾老娘来了，守老娘的头，老娘可没有对不起你哟！你就别走。大姐或许听了我的一点建议，独自到二哥家她住的地方去了。大姐也许觉得此时走不妥，当晚留了下来。可晚上她竟然爬到娘的床里边，掀开半边被子，为娘右腿涂上了红花油并开始为老娘右腿按摩。二哥看见了，说娘本来虚弱，还掀被子，这不是让娘受寒吗？老爹也在旁边说，你娘就剩了一口气，还要那样搓来搓去，这不是害娘吗？大姐听完，气得直瞪眼，从床里边跳下了地，说道，你们个个欺负我，我按摩也是为了娘好，又为什么要欺负我这样一个可怜的人？真是好心得不到好报！

正月二十五日上午，娘喊腿痛，大姐觉得报复的机会来了，就对房门外边的老爹和二哥说，爹爹、二哥，老娘现在腿疼，你们两个来想办法吧！二哥知道大姐在讽喻他，没吭声，老爹最是明白人听出了弦外之音，就骂大姐，你这个多事的东西！大姐回嘴，是你们说我按摩是害老娘，那现在你们来帮老娘止痛。我怎么多事了？老爹听完，声音都难发出，瞪着大眼盯着大姐软乎乎地说，你滚你滚！不想看到你。

　　奇怪的事件又出现了。正月二十六日大清早，大姐突然跑到大哥家，见到正在煮早饭的大嫂和二嫂，惊慌失措地说她放在皮箱里的金项链金戒指不见了，折算起来有三千多。见两位嫂子不吭声，接着唠唠叨叨，又没有外人到我住的房间里。这时大哥过来了，叫她过去再找找，家里人还会拿你的东西？大姐回转身去找，不一会儿就返回来，脸露高兴的表情说，找到了找到了。听到大姐说找到了，二嫂火气来了，说，你刚才说没有外人进来，现在找到了倒好，要是没有找到，还不是认为我们偷了你的金子？你说说，你这样说话对吗？大姐终于被人抓到了"辫子"，连忙胡乱解释，但也消除不了二嫂的火气。二嫂一脸的鄙视，叫大姐以后说话注意点，还直言说，如果你担心我们偷你的东西，你就不要住我家。大姐终于闭了一回嘴。

　　大姐之所以说大家欺负她，完全是自欺欺人，自己瞧不起自己。大姐和大姐夫本是一对有着三个子女的夫妻，可因一件违反夫妻关系原则的事闹得夫妻关系紧张，夫妻长年不在一起生活，平时一见面也是如同仇人相见，说不上三句话就怼了起来。就是逢年过节，曾经一对好好的夫妻也不见面，儿子在外面打工，常年不踏家乡一步。这个家庭散了，成了悲哀的一家。尽管我们都劝过，大姐依然我行我素，还咬定自己是大姐夫所害，从没想过自己的错。

　　暴风雨来临的前奏，总是乌云密布。正月二十六日傍晚，大姐喂娘喝水后，我随口问了一声，姐你现在过得怎么样了？大姐面无表情地说，我还不是老样子！我那朋友本来准备来看老娘，还准备拿钱，是我叫了他别来。大姐说这句话是说给老爹听的，意思是，本来想让那朋友拿点钱给您爹爹用，但谁叫您做老爹爹的总是瞧不起我，总是叫我滚，所以我朋友想来看娘，我就是不让他来！老爹当然明白大姐说话的意思，赶紧回道，你千万不要叫他来哈，就是来了，我也要把他的钱往地上扔！大姐接着说，你又不是没得过他的钱！就是这一句惹怒了老爹，老爹觉得他的尊严受到了伤害。老爹曾经生病时，那朋友也跟大姐一起来过，老爹无法阻止，看望的钱也无法退掉，后来慢慢淡忘了这事。现在大姐竟然还提过去那个事，爹心中的火像汽油一样被点着了。老爹气得步履蹒跚来到大哥的堂前，叫大哥二哥赶大姐滚蛋，这时又被随后赶来的大姐听到了。大姐也不输那口气，继续用那三寸不烂之舌，给大家讲事情原委，讲是非曲直，讲自己如何孝道却被老爹三番五次赶走，又是如何在外面受人家尊重。老爹已发不出大声音，只能用低沉的嗓子吼，滚！滚！滚！说完又回到里屋陪娘去了。大姐见老爹还在吼她滚，就跑到娘躺着的隔壁房门边，往地上一滚，继而呼天喊地哭道，天啊！你们这样欺负我，老天要作主啊！老天啊老天啊！

老娘尚剩一口气，还是躺在病床上，大姐竟然这样在娘的房门边撒泼。二妹夫三妹夫忙把大姐架了出去，大姐仍在坦场上哭喊，声音撕破夜空。此时，左邻右舍有几个妇女跑到我们院内看热闹，大姐像一头发怒的雄狮横冲直撞，好像受了天大的委屈。我实在看不下去了，冲上前，用她的衣服塞了她的嘴巴。大姐一愣，发现是我，继而怒吼着，你打人啊！你打人啊！我明天就到公安局告你！我也吼了起来，你再喊，我要撕你的嘴巴！边说我边往她身边靠，却被妹妹们拉住了。见我认了真，大姐终于安静了。

这时大哥才从自己家门赶过来，指着大姐说，黄家洲不是你撒野的地方，今晚你就滚蛋！为了不再出祸端，当晚我们请外甥把大姐送回了九江。当晚我猜疑，这就是大姐预期想要达到的"自己想走却让他人赶她走，自己对不照顾老娘没有责任"的想法吧？

当晚三个妹妹集体讨伐了大姐，并说了一件往事。前几年娘还没中风的腊月二十边，大姐买了一身衣服给娘，试穿了以后，娘很满意，这时大姐就问，姆妈，到底是儿子好还是女儿好？娘没加思索回道，儿子好。大姐当即翻了脸：你说什么？我这样对你好，你还说儿子好！娘接着说，女儿也好。可大姐不放过娘，说娘第一句话已经很清楚了，就是顾儿子，还说女儿就是女儿，对娘再好，娘也不会领情。大姐喋喋不休责备娘，娘被她吵烦了，加之娘多次解释都被大姐顶了回去，没有解释的余地，娘流着泪把刚刚穿上的衣服脱了下来。这时大姐更恼火了，骂娘不知好歹，还说自己是没找到一个好丈夫，过得可怜就没人尊敬她。娘一直没吭声，大姐唠叨得更有劲……

那是一个伤心的夜晚，娘没怎么睡，气得不知流了多少泪。娘告诉三个妹妹的时候也是泪流满面，说自己从没偏袒过谁，大姐那样冤枉她，唠叨她，是她没有想到过的。娘是个死心眼，爱记仇，那身大姐买来的衣服从此没再穿过一次。娘还说，看到那身衣服心里就发慌发急。

大姐是个唯我独尊的人，个性特别特别强，她说话总是唠叨别人的错，自己却从来没有错，更不会认错。她的强势，让我们兄妹见到她都远远回避，生怕被她拽住唠个不停，引发不必要的烦恼。大家躲着她，她都觉察不到别人回避她，还无事找事靠拢别人，然后自言自语唠过去哪个事某某做得不对，哪个人瞧不起她，哪个人很喜欢她。反正她不管身上有事无事，嘴巴就是唠个不停。就连她亲生的三个儿女，见了她都怕她唠叨。

或许，她的唠叨就像一把杀猪刀，长年累月举得高高的，随时都有"杀人、伤人"的潜在风险。

五

娘在中风住院期间，大姐在九江完全可以请到假回家乡，但她找借口没回。谁没有工作琐事呢？娘重要还是工作重要？可这次又为何人人都得罪个遍呢？说到底也是她有小心眼吧。在老家待了三天，大姐接到一个朋友的电话，说帮她找到了工作，叫她赶紧过去。大姐或许认为直接请假不妥，只好闹些事来，让别人赶她走，就变得名正言顺了，就不会受到兄弟妹妹们的指责。当然这是大家的猜测，不过，从那晚我们请好车叫她回九江，大姐整行李箱的过程来看，时间极短，似乎事先是有准备的，衣物没怎么收拾，像早就拣好了一般。

走就走了呗！值班护理的事还得继续。大姐走了，剩三男三女，一男一女排半个月一个班，正好排三轮班。大哥三妹一个班，二哥二妹一个班，我和细妹一个班。

就在二哥二妹的班还有一天结束，我拣好了衣物和笔记本电脑，并到单位请了年休假准备接班时，二哥打了电话来，说娘很反常，连茶水都不喝了。在两位哥哥轮值的日子里，每当接到娘垂危的电话我都会及时赶到乡下，有一回是一天两次下乡并在乡村过夜。这次我仍然抱着之前的想法，准备接班好好伺候娘尽孝，可是世事非人可掌控，当我把车停好在村头时，二妹夫哭着跑了过来，说，细哥，姆妈走了！我心一惊，三步并作两步，奔跑到娘的床头，双膝一跪，放声痛哭。我不相信娘就这样走了，胸如万箭穿心，长跪不起。

我很后悔没有提前一天赶过来见娘最后一面。其实早在前一天就接到了爹的电话，说娘可能不行了，可我仍然固执地认为，娘是反反复复的，不会走得那么快，就想等到接班日期，结果酿成了今生的遗憾。妹妹们安慰我，娘是看到她在人间时我付出了很多，不想拖累我，怕我吃苦，就提前走了。可我认为，虽然娘重病之后的半个月我也坚守了值班，但轮流的班没值到，就是没尽到孝。我越来越自责，骂自己是个混蛋，是个舍不得吃亏的大混蛋。我要是提前两天来接班，就不会有遗憾。妹妹们哭着告诉我，娘在喘着粗气的时候，她们也大喊过，请老娘等等细崽，可老娘还是没能坚持住，停止呼吸时，眼角有一丝泪。我知道，那是老娘挂念人间的泪，挂念子女的泪，她只是说不出来，心里难受时才涌出来的。

村里的祖厅坐北朝南，外表金碧辉煌雄伟壮观。瘦小的娘安静地闭上眼，躺在冰棺里，像睡着了一样。娘的遗容，还是那么美，跟她生前那样，安详而端庄。想想今生再也没娘叫，心如刀割般难受。偌大的祖厅里面空荡荡的，撕心裂肺的哭泣声在厅内盘旋回响。等到夜晚左邻右舍的乡亲前来吊唁时，厅内才有间断的嘈杂声。

大姐得到娘离世的消息，并没有不顾一切赶来，而是先担心我们兄弟仨对她人身伤害，就托她的女儿从中试探。起初我们反对她来，娘病重危急关头，她都一走了之不尽孝道，难道死后过来就有意义吗？后来，想到亡母，她一生含辛茹苦带大我们兄弟姐妹七人，也是希望七个子女都到齐来送她，于是我们不计前嫌，答应她来见娘的最后一面。大哥这时发话了，大姐要来可以，只能给她一个小时，等见了娘之后立马走人。可村里的长辈又提出了不同的看法，大哥又改口说，来了可以，不要吃我们办的伙食，叫她自带方便面。此时二妹公然顶嘴：大哥你这样做是不是太绝情了，还要自带方便面，哪有这样的道理？你既然可以对大姐这样无情，也同样可以对我们另三个女姊妹无情！我劝了劝二妹不要多说，二妹仍然坚定地说，哪有这样的道理，大姐就是再有错，我们不能做错事，世人看到，不会说大姐，而是说你们兄弟做得过分。我虽然认为二妹说得在理，但大哥在长，我也不好当面反对，只能劝双方都忍一忍，不要再说伤害兄弟姐妹的话。

大姐来后，看样子很愧疚，在娘的冰棺边哭得死去活来，她一边数娘吃的苦，一边破天荒反思自己的过错。等哭得差不多的时候，村里的婶婶来劝她了。她随后泪流满面来到老爹住处，双膝一跪，喊道，爹爹，我错了，我错了，我赔礼！老爹这时已说不出话了。

娘的灵柩在祖厅摆了七天七夜。当火葬场的灵车来接娘去火化时，我们知道，从此今生再也没有娘了，不禁悲痛万分，失声恸哭。火葬场的上空升腾一缕缕烟雾，在屋顶持久往上盘桓，我感觉那是娘在跟我们作最后的告别，她要离开人间去天堂了。

夜空绽出绚丽的烟火，点缀着这人间的锦绣，接连不断的鞭炮声把我从清冷和恍惚中惊醒。脚步踉跄，我来到娘住过的床边，痴痴地坐着，心就像坦场上那桂花树上的叶子，蒙上了露珠还要受到风吹雨打和冷冻，不禁一片凄凉。夜半醒来，枯坐床边，仿佛娘还躺在床上，想到娘的音容笑貌，脑袋一片空白。

春天已蹑足而来，可我沉痛地感觉到，一夜之间，春天已在我心里变了模样。

六

娘下葬后，兄弟仨算完账，平摊了开支。多了两百多条毛巾，还有二十多条香烟。毛巾是我从县里批发来的，每条三元六角，大哥说毛巾质量很好，二哥愤愤不平地说，还要到县里去买这么贵的毛巾，三汊港镇又不是没有二元五角一条的毛巾。言下之意是我不该买贵的，应该买便宜的。我马上说，我们兄弟仨埋个娘，也要那么节俭吗？别人兄弟一个也都买这种毛巾呢！二哥接着说，那你可以货买三家，怎么不还价？我说，你怎么站着说话不腰痛，我哪有那么多时间去讨价还价？我去那个店本身就是堂妹玉英带我去的，玉英经常在那家店买物品呀！是批发价一点也不会错的。接着二哥又嘟囔着说，那二十多条卷烟本来也可以拿到本地商店去卖，就不会亏那两百元。我又解释说，如果每包烟不让利一元钱作为批发价给人家，哪个商店要你的零售价香烟呢？二哥还在耿耿于怀，我说，放心了，这两百元损失算我的，我会补给你俩，这总可以吧？

接下来，是商量护理爹的事。两位哥哥也没跟我商量，就擅自做主，要我和细妹补班。如何补班呢？以前两人配合是值了半个月的班，现在我和细妹要值一个月的班。我有些不解，问为什么要翻倍补班，两位哥哥瞪着眼说，你又不是不知道，我们值班是多么的辛苦，晚上根本睡不着觉，所以翻倍就是应该的！我说，幸好有个老爹在，可以补班，如果没有老爹，那岂不是要把老娘从土里挖出来？两位哥哥见此，有些生气：如果不同意，随便问村里的人或找娘舅都可以！接着两位哥哥在背后议论时历数我的"罪状"，说我的朋友同事真是多，前前后后吊唁收的礼进了自己腰包。还说巢家守成出手大方，见到农村的兄弟可怜，开支是一包揽。言下之意，说我这次收礼多不仅没上交，还没有承担主要的开支。事后我问了巢家守成，他平时很少管娘，是家中两个兄弟吃苦劳累，所以在娘走后就主动拿了两万元开支，也并没有包揽所有的支出。

屋里的空气顿时凝固，好像瞬间被压缩得只剩下一丝空隙。我就像狂风暴雨来临之前躲在水底的一条鱼，想将鳃探出水面，急切地呼吸氧气。好两个亲兄弟哟！我从来对两个哥哥尊敬有加，却没想到他们这样认真"算计"我。我终于火山爆发一样开始申辩，我的朋友同事前来吊唁是看得起我，送的礼我都是要还的，你们俩总不会帮我去还吧？再说，我也是拿硬工资的，不跟有的人当官或经商，我都是实打实礼尚往来呀！接着我历数参加工作以后，爹娘一有病都是我上前忙活。特别是爹娘患了重病以后，我不仅跑来跑去，就是费用也都是我一个人独揽，能不耽误两个哥哥就尽量不耽误，目的也是考虑一个在九江，一个在景德镇，打个工也不容易，怕耽搁了工夫误了赚钱。娘中风以后，三次到县城住院，每次都有一周以上，我也从没叫过两个哥哥来帮忙，全都是我一马当先，车接车送把娘的病治好。

大哥见我嗓门高，认为我在对抗他，竟然嘲讽我"作秀"！说娘死后我跪在床头哭泣了几分钟，是作秀为了让村里人看到。我当时气得说不出一句话来，心里想，大哥怎么是这样一个人？娘死了，哪个做儿子的不伤心流泪？至于我跪在床头地上，那是因为娘还躺在床上，我总不能站着哭吧？我跪下，在当时属于很自然而然的情况。

二哥听完我的反驳，没有半点感激，嘟囔着说我靠得爷娘近，在爷娘头上多做点也是应该的。我笑了，世上怎么竟有这样自私自利的人？他看不到别人的付出，还强词夺理说别人是应该的。本来你两个哥哥考虑我是有单位的人，假期也是有限的，应该帮助弟弟才对，何况弟弟已为哥哥分担了不少忧虑，怎么就这样不讲一点情面呢？我怀疑我以前对他俩的好全是自作多情，我觉得他俩突然间都变成了不讲任何情面的冷血动物。唉！世上总有一些人，你无条件地配合他，时间久了，他就认为那是理所当然的，你偶尔拒绝一次，他就认为你忘恩负义。原来，亲兄弟也是这样。

大姐在旁边打"圆场"，对我很"诚恳"似的说，老弟，补班是应该的，怎么不能补呢？我也准备补。大姐见我没回她的话，接着说，两个哥哥以前对你那么好，你怎么能忘恩呢？你也是读了好多书的人，怎么就跟我们普通老百姓一样？再说，有的单位上的人同情乡下的兄弟，都是全部揽下所有开支。大姐在这种场合说这样的话，实际是"点火"，助两个哥哥的"威"。三妹夫在旁边忍了很久，见大姐这样说话，也站了起来说话：两个哥哥说补班太见外了，毕竟细哥以前对爹娘的付出有那么多。我气愤地说，我以前对爹娘的付出，你两个哥哥能不能补回来？三妹夫接着说，现在娘已经走了，不谈什么补班，只能说，以后有空的话，细哥多花些时间在照顾爹身上，这就可以！我知道，大姐是报复我上次要塞她嘴的仇，所以我也不想与她争辩，管她怎么说，我就是不接嘴。我想，要是捅了她这个"马蜂窝"，那就不得了啦！

我接着说，娘的护理基本上以女姊妹为主，儿子都是协助。大哥听后顿时变了脸，说，你竟然这样说，那你必须补到一个月，否则就请娘舅来，或者请村里长辈来！二哥也附和着说，随便叫谁来评理都可以，看看你要不要补这个班！我完全没有料到，我们之前兄弟见面时客客气气的，笑若莲花，这回面目狰狞，完全变了样。

见两个哥哥怒目圆睁，完全没有兄弟情，我也着了急，声音也大了：要请人，你们俩去请。大哥用指头指着我说，你读警校时，我在石堂做事，挣的都是血汗钱，我是十元一寄寄给你，寄过几次，那时的十元可抵现在的千元。我说，那是不错，我也一直带着感恩的心，对你恭恭敬敬的。大嫂的年龄被村委会登记时弄错了，要到九江市公安局找领导审批，我跑了几个地方才凑齐了证据，并以个人公职担保，前后去了九江两次，终于完成了你和大嫂的心愿呀！你的儿子在县城读高中，我也是把侄子当自己的儿子一样，帮侄子洗衣做饭。平时带爹娘看病，总是我抽时间还全掏腰包，我总没在你两个哥哥那里提过吧？你们兄弟有什么事，只要我能办到，我二话不说，出钱出力，对你们好不好，有天看到！

二哥睥睨地看着我插嘴说，你读高中没衣服穿，我在部队为你寄了一身衣服，这总记得吧？我反问二哥，这么多年来我给你的衣服少吗？我也是报你的恩呢！你因计划生育的事，自行车被乡里干部扣了去，你砸了乡办公室的门，后被乡干部抓了去，是我从中找人疏通才处理好；你在景德镇买房少钱周转，我一借就是六万……

我越想越觉得真情错付了，心里一片酸楚。我愤然想到，有人根本不值得你付真情，兄弟也一样。人情冷暖，利益、矛盾面前，人都是自私的。我把"黄家洲兄弟姐妹群"改为"黄家洲七个人"。

郁闷之下，我爱刷抖音，刷到了某个国学讲坛。讲到了格局与思维，实际上是人的认知问题，懂不懂道理的事，把道理搞明白了，你的格局你的思维立刻飙升，就没有想不开的事。

没过多久，我把群名恢复了原状。我想，我们每个人为人做事对得起自己的良心就行，不能要求别人怎样理解你、回报你。我在心里一遍又一遍痛骂自己，作为一个知书达礼的读书人，还有一个作家身份，经常写小说，写人性，可连兄弟姐妹的恩恩怨怨都要牢记在心，这岂不是一个小肚鸡肠的人呀！别人对不起你，那是别人的事。你若以牙还牙对不起别人，那你还不是和别人样一个道上的人！我醒悟了，今生能在一起做兄弟，是缘分，来生不一定能聚首。于是我在"黄家洲兄弟姐妹群"发出语音：你们两位哥哥在上，怎么安排怎么是，我决不拖后腿。

轮到我补班，可又接到了一个去外地笔会的邀请，见我很想去，三妹彩云主动帮我代班一周。爹爹也很理解我，知道我并不是去外地玩，而是想认识更多的文学路上的人。接着是大姐补班，补了一个月后，爹还是意外地走了。

在操办爹的丧事过程中，我开始准备什么事都让大哥二哥做主去办，但见到他俩那么忙，我还是主动去做我可以做到的事。譬如买毛巾什么的，再譬如去西山福地帮爹办火化手续，先要在村委会办起，再到乡卫生院，再到派出所销户，最后才能到西山福地办好手续。等办好了这个手续，就要办骨灰盒入公墓的相关手续。我也跟之前办娘的手续时一样地去办好了。这期间我们兄弟姐妹没有任何隔阂。

我发现大哥二哥都已六十多岁了，在外面做泥工也比以前少了很多收入，心中也不是滋味，联想到二哥为什么那样"斤斤计较"，觉得他们挣钱不容易，也是一直过着苦日子过来的，我心里就开始原谅二哥了。再者，二哥也只是说了一两句不满的话，并没有对我这个人有什么看法，我能跟他"翻脸"对着干吗？我反而觉得自己说了一些过头的话。我开始"大哥、二哥"地大声叫了，一是表明自己没有生他们的气，二是大点声音表达我尊重他俩。这样两位哥哥也原谅了我的言语粗暴，和据理必争的性格。

而对大姐，我也并没有另眼相看。在回礼的环节上，女姊妹四个我一视同仁。我把她们送的礼，分到我名上的钱全部退了回去。这样我就心安了。大姐在九江打工，是帮两户人家煮饭炒菜，而这两户人家又不在同一个小区，相距较远，于是不管风里雨里，她每天要骑电动车行60多里路，冬天常常骑着骑着眼泪鼻涕一把抓。我听大姐唠叨，心如刀割，大姐过得也真的不易。至于她总是那样的唠唠叨叨，得理不饶人，那是她性格使然。她目不识丁，能在九江凭自己的勤奋与辛劳打两份工，也是生活的强者，是值得我尊重的。

大哥在电话中听到我虔诚的道歉，也说人生苦短，父母走了，现在是我们兄弟姐妹最亲。大哥还说，我们兄弟姐妹以前就是一家人，现在也要一样，不能计较过去的事。我连声说，是啊，哥哥，你说得对，弟弟是什么样的人你最清楚，你多保重。

风雨过后，是一道美丽的彩虹。

（2023 年 8 月）

来日并无方长

一

五月的清晨，晨曦里飘忽着柔软的明媚，窗外的鸟儿叽叽喳喳叫个不停，仿佛要表达什么。我睁开惺忪的睡眼，打开半扇窗，驻足在防盗网上的鸟儿"嗖"的一下飞走了。恰此时，斯卡布罗集市的手机铃声响起，是爹的！爹在电话中的声音很微弱，说他这两天肚子隐隐地痛，问我有空带他去县医院检查吗？以往我会满口答应，但当天根本无法抽身，有一项紧要的工作必须完成。我就说，爹，就明天吧？

临近中午我把事干得差不多时，发现微信里三妹有语音，大致意思是，爹已到了县医院，进了急诊室，且已昏迷过一次。我心急火燎赶到医院，爹蜷缩在病床，双目紧闭。我喊了一声"爹"，爹微微地点了一下头，眼睛却未睁开看我，这是我从未见到过的场景。从九江赶来的大哥把我拉到一边，悄悄告诉我，医生已下了病危通知书，还要求当天把老爹送回家。说白了，爹的食道癌已到了无法医治的地步，吐的是血，拉的也是血，看来已挺不过这两天了。

爹被抬到救护车上的时候，他憋足了劲儿说话，问我们把他送到哪？当听到"回乡下"的回答时，爹忙说，就在这治呀！我有钱！但一个濒临死亡边缘的老人怎拗得过健壮的我们。爹一路沮丧和埋怨，我们哑口无言。爹被抬到乡下老屋的木床上，恍然大悟一般，急切地告诉我们他的几张存单存放的地点。爹还叫我按照他的提示打开抽屉，打开日历本，求证一下那几张存单是否还在。此后，爹蜷曲在床上，眉头紧蹙，嘴唇不停地颤抖，豆大的汗珠顺着额头涔涔滚落，口里却不喊一个"痛"字。我们兄弟姐妹围坐在爹的床榻边，不知所措，内心忍着悲痛，眼睁睁看着爹却无能为力。我们含泪地说，爹您如果难受，就喊一喊吧！爹只是微微地点点头，但还是不吐一个字。爹顽强抗争的样子至今还在我脑袋里盘旋。

从医院回来的次日是癸卯年 5 月 20 日，爹或许是忍不住疼痛的折磨，要我们想方设法到医院开杜冷丁（哌替啶）止痛。爹气若游丝，却以肯定的语气告诉我们，等止痛之后会跟子女们交代一些事。可是，当杜冷丁注入爹的身体后，爹就那样安详地闭上了双目。

那一刻，天崩地裂，海沸江翻，而世界也好像陌生了。

我以为，俺爹选择在"5·20"这个初夏的夜晚离开我们，是追寻两个月前已往天堂的俺娘去的，爹用生命兑现了他毕生的真诚：爱妻子，爱子女，爱这个世界。

这个夏天是热的，我的心却是冷的，我所有想说的话，什么怀念，什么愧疚都是苍白的，无力的，好像已没有任何意义了。天空，还是原来的天空，只是涂上了灰色的怀念。夜晚，仍然是原来的夜晚，只是掺杂了我悲痛的思念。

二

乡间有做"五七"的风俗，亡人走后五七三十五天，亲人们要到坟地祭奠。两个哥哥一个姐姐三个妹妹都是打工族，都在这天从四面八方赶来。墓地燃烧的草纸烟雾缥缈，鞭炮声夹杂着撕心裂肺的哭号，令人心如刀绞。

二哥虔诚地跪拜在坟前，泪如雨下地说，爹，您时常惦记的那个"表姐"早在年初就走了。我记起来了，爹在娘走后有一个强烈的愿望想实现，就是想让我开车带他去景德镇浮梁县，看望从小就到黄家做女儿、同爹一起长大的表姐。爹还告诉我们，他称呼的"表姐"实际上是爹的姨妈所生。因祖母只生下爹一人，"表姐"从小就到黄家做女儿，长大后却远嫁到了浮梁，三十多年他俩都没见过面。看到爹忧心忡忡的样子，我多次保证在爹身体好转的情况下一定会带他去了却心愿。

爹还想让我带他去看望他的大恩人，已入院治疗肺癌的村里的纪英爷爷。还想在我工作的小城小住一段时间，看看广场舞，听听公园里的吹拉弹唱，我也为爹准备了住处……可是，爹的这些愿望都没有实现，也成了我终生的遗憾。世间若有轮回，我敢对天保证：来世决不会像今生这样，留下这么多遗憾。

仰望苍天，心绪飘落，过去的已变成了回忆，想说的太多太多。

小时家里穷，上世纪六七十年代俺爹娘生下我们兄弟姐妹七个人，吃口饭都成问题。早晨盛稀饭，兄弟姐妹站成一排，爹每次都嘱咐，前面的人要为后面的人留米粒。意思是先盛的人不能盛得太稠，否则后来人盛的全是米汤。祖母也说过，让做重活的爹先盛粥，可爹每次都在最后，喝着能照出影子的稀粥。这样穷困的环境，更拿不出钱来供我读书。到了上学日子，我想读书就在祖母那儿"献殷勤"帮做事，之后嘟哝着说，别人都上学了。祖母明白我的意思，硬是顶着爹的不同意，用聚积的鸡蛋卖掉换成钱后供我报名。兄弟姐妹七个人，只有我一个人读完高中还上了警校，其他的几乎没进过学堂门。那时我对俺爹深怀恨意。等我长大后，我终于明白了，俺爹不是不想送我读书，而是家中实在拿不出一分钱。爹不同意的背后，是难言的尴尬与贫穷。

我读警校的 1984 年，那年暑假爹被疯狗咬伤，不想去医院扎针，竟是不想扯动我上警校报名的钱。那时我血气方刚，听祖母说出爹不肯去医院的缘由后，我不顾爹的反抗，强行把爹背到大板车上，奔跑着去了医院。等爹的脚好了，我也去了江西警校。

爹在村里背后的石堂做小工，夏天挥汗如雨，冬天冷得直打哆嗦，却把在石堂赚来的血汗钱寄给我。虽然每次寄十元，一个学期也只寄两次，但我很知足，我懂得家里的艰难，以至于每个学期我都有节余。俺爹在我读警校期间，还专门去找过我一次。那次见面情景记忆犹新。爹在我的寝室见四周无人，解开破棉袄，从怀里掏出一个油纸袋，敞开，露出一条白手帕，再打开，是三张面额十元的人民币。爹把三张人民币郑重地放到我手上，笑呵呵地说，你节省点用。这可是爹的血汗钱！我当时泪崩了，不肯接受，可爹用有力的双手握住我的手强行要我收下。就在那时起，我懂得了父母的心，懂得了世间的艰难与困苦，懂得生活要节俭，做人要朴实，来不得半点奢侈与虚伪。

此后，俺爹嫌石堂赚的钱少，就带着瘦得像猴子一样的大哥前往邻近的湖口县码头拉沙上船。一台板车，一条毛巾，几件衣裳，便是爹和大哥全部的行囊。爹把又湿又沉的沙子一铲一铲堆在板车上，轮胎压得扁平，爹双手握把，肩挽一条粗绳，身子前倾弓着腰，蜗行牛步似的艰难前行。鄱阳湖岸边留下了一串串深深的足印，汗水滴在每一寸土地上。爹和大哥肩膀上的一层印记，像印章一样血红，长年累月这血红又像疤痕一样刻在肩膀上。白昼辛勤劳苦，夏夜躺在湖边搭起的篷子里，还要忍受蚊虫肆无忌惮的叮咬。而到了冬天，刺骨的寒风毫不留情地钻进篷子，就连吃的饭菜偶尔还夹带着被狂风吹进的沙子，爹和大哥却从来舍不得扔掉，没事似的咽下。爹躺在病床上，大哥说起往事，泪眼滂沱，说在湖口县吃的苦是他人生经历最大的苦，总不会忘记。

为贴补家用，爹孑然一身前往景德镇浮梁县割竹子。爹坐在本村纪英爷爷驾驶的解放牌货车斗里，冷得瑟瑟发抖，下车时两腿像灌了铅，不听使唤，是纪英爷爷帮忙搀扶才慢慢恢复了体力。爹只带了几件换洗衣服和一罐子炒熟的米粉，饿了就下山找当地人家讨点开水泡米粉充饥，累了就躺倒在竹林里歇息。而到了晚上，爹不敢惊扰当地人，觉得当地人让他割了竹子就是对他最好的优待，于是爹钻进禾秆堆里过夜。过了多少个风餐露宿的日子，只有爹知道。多少个夜晚，爹忍受着饥饿、恐惧和不安；多少个雨天，爹一身泥水裹身，而爹心中一直装着那个愿望，要割好十几捆竹子再搭纪英爷爷的货车返乡。一路颠簸，舟车劳顿，回家后来不及休息，爹擦了擦脸上的汗水，继续用割来的竹子加工成各种各样的竹篮、簸箕和畚箕，然后送人的送人，卖钱的卖钱。

三

那时家里除了过年才有几斤猪肉，平时见不到一点荤腥。爹为了孩子们能吃上一点荤腥，就用木板做了几个木笼，装上"机关"，笼子里面放上一两条小鱼，再拿到田埂野地的沟沟坎坎里，捕捉一些野生动物。我十几岁时爹夜晚出行可能有些害怕，还带上我到附近的一个阴森恐怖的山林中，放置毒药"三步倒"狩猎。夜漆黑漆黑的，冷风不时呼啸而过，一两对叫不上名的鸟儿一呼一应的，吓得我毛骨悚然。我大气也不敢出，心儿一阵紧似一阵，攥着爹的手捏得更紧了。爹那时却很镇定，似乎不足为奇，举起手电筒东照照西探探，还大声告诫我："崽啊！不要怕，把头抬高，不要低头，即使有鬼也是怕人的！"我"嗯"了一声，似乎来了底气，腰杆子也挺了起来。

虽然后来野生动物受法律保护，爹没再狩猎，但爹那晚的话语让我一生记在心上。自我参加工作以来，我一直以爹说的"把头抬高，不要低头！"这句话作为人生的指航灯，照耀着我的从警路。面对邪恶，面对挫折，三十多年来我从没有低过头，而是昂首挺胸敢于同一切罪恶作斗争，敢于面对各种失败，坚定地做到"立警为公，执法为民"，一路阳光，一路欢歌，才奠定了如今洒脱、有所成绩的我。

爹除了教会我自信和勇气，还教会了我很多做人的道理。我有时抱怨工作中多做了事时，爹总是安慰我：工作上多做点，累不死人，吃点亏是有福气，是好事。是啊！记得每到"双抢"农忙季节，爹总是天还没亮，就起床劳作，干到太阳升起才回家吃早饭，再喊孩子们起床。

当然，也有意外之事发生。爹是急性子，娘是慢性子，不合节拍，加之爹总想把农事干到前头，特别爱催促爱发火，只要我们动作慢了点，爹就大声嚷嚷，偶尔还会爆粗动手动脚。娘是爹的出气筒，挨过爹多次殴打，虽然每次过后爹都在祖母和外婆面前认错、下保证，但性子总是那么急，言行也不一致。那时爹在我心里是一个"暴君式"父亲，心里恨得咬牙切齿。可随着岁月的车轮慢慢在细碎的光阴里碾过，终于明白爹作为一家之主的艰难，爹若不强硬，子女们就不会听话，或者会染上懒惰、拖延的毛病。虽然动粗不对，但这仅是爹偶尔教育我们的方式方法不妥而已。我们明白了，慢慢成长、好好做人，培养成优良的品格，才是爹所盼望的。

理解了爹的艰难，也懂得了爹的不易，这时爹却变老了。爹身体一向硬朗，家中有六亩地一直都是他勤劳稼穑，直到84岁高龄爹身体欠佳，吃饭经常打嗝，才让我带他去医院检查。岂料，爹竟然得的是食道癌！记得我在医院拿到结果的那天，我脑袋嗡嗡作响，心像被刀子扎了一般，可我还要在爹面前装作若无其事，这可是对我残酷的折磨啊！我乞求苍天原谅，我一直剥夺了爹的知情权。之所以隐瞒病情，是不想毁灭爹生存的希望和意志力啊！我每次开好七盒"卡培拉宾"化疗药品之后，都要事先把盒子外壳撕毁，怕爹看到盒子上面的"食管癌"字样。而爹看到没有包装盒的药品之后，也曾疑虑过，问到底是得了什么病？我强装笑脸地说，是食管上有炎症。爹竟然相信了。俺爹，您可知道，我表面坚强，心却在滴血啊！

爹被查出食道癌六个月之后，2021年6月，俺娘也因高血压中风瘫痪在床。娘的吃喝拉撒睡，全部由爹负责。其间我们也请了一个保姆，可保姆只做了一个月就被爹委婉地辞掉了。从爹的言谈里，我们感觉到那是爹舍不得每月三千元的保姆工资，认为儿子们生活也不容易，每月要摊派千元的保姆费是极大的奢侈。于是爹挑起了照顾娘的重担，还不忘在每次见到我们时演示一下照顾娘的方法和步骤。看到爹那么吃力地从背后抱着娘一步一挪上厕所，爹的脸庞涨得通红，我们上前想搭把手，却被爹断然拒绝。爹还说，我有的是力气！等爹把娘料理好后，竟然笑容满面地说，这是天意，让我来照顾你娘。我们疑惑地看着爹，爹真情流露，接着叹了一口气，说，我年少时对你娘过了分，你娘是多么本分善良的一个人哟！跟你祖母相处四十年没红过一次脸，就是我打了你娘，你娘也从没骂过我一句，总是默默地忍受，现在你娘瘫了，是老天给我还债的机会，所以我要好好珍惜这样的机会才是。我们一下惊呆了，在我的印象里，爹可是从来不会认错的人，更别说"还债"这样的字眼。

四

去年下半年，爹身上的癌细胞或许已扩散了，喝水都受阻，知道再也不能照顾娘了，想趁过年时跟子女们说一说，让七个子女轮流照料老两口。可还没来得及对爹的身体进行检查，正月十二俺娘就突然发病了。此后娘不到两个月就过世了，接着爹在娘走后两个月的同一个时辰追随而去。

我很愧疚的是，在娘过世后，我得到了一个照料爹的机会，却一心忙于警务工作而让三妹帮我顶了班，总以为来日方长。如今，我这块愧疚的"心病"将会伴我一生，直到老去啊！终于明白，来日并没有方长，一别就是一生。

看到爹留下的两坛芝麻油，爹在地里劳作的影子仿佛就在眼前。三妹哭着告诉我们，前年的一天在油菜地里干活，由于天气闷热，爹有一口气差点没喘过来，是三妹赶紧上前掐了爹的人中并送上几口水才捡回了一条命。我们兄弟仨也多次劝说过爹，都八十多岁的人了，不要再到田畈地头忙活，村里人见到会说闲话，更重要的是不安全。可爹固执己见，板着脸认真地说，土地不种东西就可惜了。

爹一生一世勤劳节俭，还乐意助人。村里只要哪个人过世，需要帮工，他总是自告奋勇争着去做，根本不要人家来请。而死者入棺木的最后一道法事，很多人袖手旁观，爹却不管不顾跑到近前，还扯着嗓子喊，人都有老的时候，大家都上来帮忙！爹虽是乡村普通一员，出身卑微，但爹的胸怀却很不一般。我听到村里人这样说起爹，内心荣耀不已。

乡村老屋依旧在，可爹和娘在两个月的时间里先后离去，这样的惨痛叫我们如何接受！供桌上面三根香烛闪着红色的火焰，遗照上的爹笑得那么灿烂。爹用过的木床、木桌、电视机，还有那些坛坛罐罐，都保留在那儿。那把挂在墙壁上沾满灰尘的二胡，又让我想起了往昔夏夜爹演奏时沉醉的样子。月亮爬上树梢，虫鸣蛙叫之时，爹劳累了一天，还是闲不住，拿出二胡，端坐在木凳上，偶尔跷起二郎腿，或者用双膝盖夹住二胡的琴筒，那个夏夜开始生动起来。兄弟姐妹们或躺或坐在爹定做的竹床上，跟爹一样沉迷在《天仙配》《孟姜女》《女驸马》等一曲曲好听的音乐里，继而在《春江花月夜》《枉凝眉》等古典名曲那清澈唯美的意境里幸福地睡去。

爹临终有话要说，我们都猜到了爹想说什么。娘过世之后，在商量排班照顾爹的事上，我们兄弟姐妹有了点隔阂，爹看在眼里，忧在心头。爹曾在临终前一天打电话给二哥，嘱咐兄弟们要团结，要讲情义，多多照顾要打卡上班的我。听完二哥的话，我心头一酸，泪水潸然。真是天下父母心，爹病得那么重，还不忘担忧子女们。其实爹真的不必担忧，兄弟姐妹是"打断骨头连着筋"的，亲情永远无法割断。

爹出殡的那一天，村里不少人流下了热泪。大家都说，你爹是个好人，在村里没人比得上他的勤快，也没人像他这样喜欢帮助人，你爹吃尽了世上的苦，什么苦差都做过，要说没做过的，就是没做过贼。

走进空荡荡的院子，叶落遍地，满目凄凉。枣树上那些密密麻麻的小果子都已深红烂熟，树底下掉落了一层的枣子。那棵桂花树枝叶繁茂，清香扑鼻，点缀着这仲夏的夜晚。几棵橘树也是硕果累累压弯了腰，可再也没人去采摘去料理。

或许我与爹前缘未尽，昨夜我在梦里见到爹了，我请求爹原谅我的不孝，给爹留下了那么多的遗憾。如果有来生，我一定好好地待爹，不让爹吃那么多的苦，不让爹留下那么多未了的心愿。

爹的一生虽然坎坎坷坷，但总保持着阳光的心态和正直、善良的品格。是爹教会了我太多太多……写到此，我再也看不清眼前的显示屏了，我也不知道怎样去牵引我沉痛的语言，才能抵达爹的内心深处。

（2023 年 8 月）

那盆夏威夷竹

世上万物，无时不处在生与死之间。有的物、有的事，今天好好的，却不知明天的命运，或人为因素，或自然规律，或天灾人祸。

去年腊月末，好友送我一盆夏威夷竹。初见它时，个头比我高，竹节笔直，叶色淡绿，给人感觉高雅、清秀。我把它放在当时租住的店铺玻璃门边。店内因了它的存在，顿然显得生机盎然。每当我下班归来，打开卷帘门，透过玻璃门的夏威夷竹似是等待已久的佳人，频频向我招手示意。瞬间，我的内心有一种久违的亲切。

不知何故，我对它有一种言之不清的情愫。那时，我孑然一身，回到仄小而孤寂的小店，来回踱着步，看得最多的就是这盆夏威夷竹。不禁思索，想它以前的身世、以前的落脚，那么宽敞、那么明亮，还那么富贵，却因身不由己的缘故，"下嫁"到我处，与我同甘共苦，突然对它有点怜惜之意。于是，每日都要细观察、勤浇水，同时还经常给它松松土，以增大土壤之间的空隙，增强它根部的呼吸量。

时过三个月，我突然发现它的生存状态已不再如先前那么鲜活了。它身上的一些叶子开始发黄，继而枝干蔫了。我不懂得养花，也就不懂得如何救治它。一时竟然慌了。我请教了一位和我朝夕相处的同事，他是园林专业毕业的，家里也养了不少的花。他说了一些道理：很可能店内不通风，阴暗不光亮，生存环境差，才造成竹身无光泽，濒临死亡边缘。

是啊！作为生存能力很强的人都觉得店内逼仄，密不透风，更何况一株植物？平时我一上班，打开了卷帘门，但把玻璃门关上了，等于阻塞了它的呼吸。而到了晚上，店铺全进入了封闭状态，更无通风透气之说。我明白了，这盆夏威夷竹是不能自我表达的，全靠人去琢磨、去养护。

这盆竹陪伴我的时间并不是很长，但我依然对它的生存充满着希望，就像自己追求幸福的信心，从来就没有泯灭过。毕竟，好友送来的礼品，礼轻而情重，它也忠诚地陪伴了我孤寂难熬的岁月啊！于是，我反复思量，怎样才能救活它呢？

恰逢好友来访，谈到这盆夏威夷竹的生存，朋友见到我那副黯然神伤的表情，竟然乐了：一盆植物何以值得如此牵挂？

我眼睛一亮，朋友家是自建房屋，地段、风光无限好，如果把这盆竹移到他家，岂不妙哉？当即我就道出了想法，并央求他好好养育。朋友爽快地答应了，我心中也犹如一块石头落了地。朋友临别，我奋力搬起它，小心翼翼地放在朋友的车尾后备箱内，心中百感交集。也好，帮它换个环境，也许它会过得更好、更顺畅。我默默地念叨着。

这之后，每次到朋友家闲逛，我总要到他家店铺的侧边小屋偷偷地瞟上几眼。我亲眼看见，朋友把它搬到户外空地上晒过太阳，或偶尔淋点小雨珠。很庆幸，它如我愿，活了下来。其姿容焕然一新，枝叶绿了，枝干更挺直了，盆里的土壤还冒出几株新芽。太感谢了，这全是朋友给了它新生。我想这盆夏威夷竹啊，尽管与之交往的时间很短暂，但我们仿佛有了今生今世的情缘。曾因缘分相聚而生，曾因情形相似而眠。如今分别，各有归宿，这不是很好吗？

是的，环境决定着植物的生存，在生死边缘，该放手时也要放手，给它一个新天地，岂不妙哉？尽管我曾爱着它、欣赏它。我暗地思忖，人不是和这植物一样的吗？

一阵风吹来，我擦了擦脸上的汗珠，顿觉清爽许多。在爱的河流里，那盆夏威夷竹抛来一个简洁而生动的微笑，生命正充满着无尽的激情。

有爱，这个世界永远光亮。

（2016年8月）

女儿为我揉揉腰

二〇一四年五月，我在执行公务过程中，一个大喷嚏引发了我的腰椎间盘突出。顿时，我的腰部像被尖刀刺中一般疼痛万分，我呆在原地，几乎无法站立，坐也坐不下来，腰像断裂了支撑骨，头上、身上挥汗如雨。十几分钟后，同事陶志坚开来警车，还有秦政打开车门欲抱我上车，我摆摆手，细声说动不得。我慢慢地挪步，爬上了车厢后座，趴着身子被送进了都昌县人民医院。

医生在我腰部扎满了干针，四十多分钟后又帮我腰部按摩，临走又为我开了活血止痛的药丸，并嘱咐我每天坚持扎干针。两同事把我送到了居住的小区，我猫着腰忍着痛，几乎是爬行着到了家。一到家，我直往书房的硬板床趴去。

放学归来的十岁女儿见我痛苦不堪的神情，一改平日的欢笑，哇哇地放声大哭。我摆摆手细声说"不要紧的"，算是给她的安慰。女儿默默地坐在我的身旁，乖乖的神情，不知如何是好。

我无法正常上班，除服药之外，每天坚持到医院扎针、按摩。这一来一回的过程，如上战场一般，乘公交车都十分困难，一个活脱脱的中年人，转瞬间似乎变成了一个步履蹒跚的耄耋老人，我的心情低落到了极点。

为了减弱疼痛，我尝试趴着看书。此时，女儿是我的得力拐杖，不仅喂饭，还会帮我拿这拿那。一次看书看累了，不经意间，我交替着用双手按摩自己的腰部，感觉挺好，这一幕恰被女儿看到了。她说，老爸，我帮您按！在我的指点下，她先是用小手掌、小拳头，后来她可能是累了，就"自创按摩术"改为脚踩。女儿一边踩，还一边问，爸爸，踩得痛不？如果痛就喊一声啊！不知怎的，腰部、臀部经她一按一捶一踩，疼痛似乎立即减弱。就这样，女儿每天放学回家，在完成功课作业之后，必帮我按摩踩腰，这似乎也是她的"功课"，而我也沉浸在懂事的女儿一次次辛勤的付出给我带来的幸福中。

内心曾经枯萎，梦想差不多化为灰烬之时，有女儿最美的安慰，纯真而细腻，同我一起度过了一道道难关。

人的幸福快乐，莫过于风雨之后见彩虹。如今我的腰椎间盘突出的毛病已经痊愈，但女儿为我按摩、踩腰，以及汗流满面的情形却永留在我的心底。

（2014 年 6 月 2 日阳光小区）

女儿为我揉揉腰

走过生命的雨季

　　人生难免遇到挫折，比如困境与病痛的折磨。若能充满阳光和自信，保持一颗刚韧的心，我们终将摆脱精神上的桎梏，走出阴霾，走过生命的雨季，回到从前阳光灿烂的日子。

　　去年五月的一天，我正在一家娱乐场所执行公务，突感腰部如压了万斤重担，像被尖刀刺中一般疼痛万分，左腿像灌了什么东西一般麻木，我呆在原地，无法控制站立，坐也坐不下来，腰像断裂了支撑骨，头上、身上挥汗如雨。同事陶志坚、秦政立即停下手中的活，试图让我坐上车，但身子弯下来都成问题。我只能慢慢移向墙壁，扶着墙，连呼吸都是轻轻的。半小时后，我感觉可以慢慢上车了，就趴着挪上了车子后座，整个身子平直扑在坐垫上。医院拍片子检查，诊断是急性腰椎间盘突出，被转到骨伤科治疗。

　　余清云医师先让我扑在单床上，然后在我腰部扎满了干针，四十多分钟后又帮我腰部按摩，临走又为我开了活血止痛的药丸，嘱咐我每天坚持扎干针。

　　我无法正常上班，更不能坚持业余写作了。除服药之外，每天还要到医院扎针、按摩。这一来一回的过程，如上战场一般。白天，一个人站在空荡荡的公交站，任悲凉的冷风肆虐吹拂，就是上公交车都十分困难，一个活脱脱的中年人，转瞬间似乎变成了一个步履蹒跚的耄耋老人。而到了晚上，不时的疼痛折磨，想睡不能睡，想动又不敢动，连如厕蹲下来都艰难，那时想一死了之的念头都有，我的心情失落到了极点。

到医院坚持扎干针半个月后，疼痛终于减轻了，医生安慰我说，此病不能彻底根除，只能慢慢保守治疗，也就是每天一日三餐吃药的同时，还要坚持倒走，倒走的路程可以根据身体情况而定。

难道就这样被病痛征服？不，不能，我还有太多的事未完成！于是，我重新调整自己，振作精神。按照医师的嘱咐，每日傍晚后开始倒走，小女儿此时成了我的拐杖。

一次网聊，认识了新疆笔友靳小华，她听说我的病情后，给我介绍了一个土方子：蜈蚣 10 克、全蝎 5 克、细辛 6 克、乌梢蛇 12 克，将药材研成粉末状后，按照规定的方案温开水送服。这些粉末药品不仅气味刺鼻，而且吞服时口感麻木，过后越吃越感到恶心。但一想到靳小华的介绍，其亲友就是坚持服用四个疗程之后痊愈的，我顿然来了精神，把吃药的事坚持下来了。

我把医院开的药停了，尝试着"土方子"的魅力，并坚持每日傍晚戴着护腰倒走。最开始每次只能倒走一二十分钟，后来竟然达到四十多分钟。其间，腰部虽有点痛，但慢慢坚持之后，感觉没开始那么疼痛，疼痛的程度慢慢减弱。

服药四个疗程过后十天左右，我竟然发现腰腿都不再痛了。原来每走一百米，左腿就放射性疼痛，现在就是走上五公里、十公里都没问题，而且一年多来，也没再反复。当然，如今我依然保持傍晚倒走或散步的习惯，在冬天寒冷时腰部还敷上一条长毛巾保暖活血。

战胜了病魔，我的工作、生活重又充满了阳光与快乐。但陪我一路走来的亲们，我的朋友、同事，我的父母兄弟姐妹，还有我素未谋面的笔友，都给了我无穷的力量，我始终忘不了。多少次回想，被他们的纯朴与真挚感动着。此时，江南的丝丝小雨飘落过来，我也感到温情脉脉，充满关爱和美好。

走出阴霾，挥别昔日的无奈，仰望晴朗天空，日子风轻云淡。

生命如此珍贵，只要能够健康地活着，哪怕还有诸多不如意，但我依然珍惜生命的每一天。因为，人生，真的丰富多彩！

（2015 年 8 月阳光小区）

写给女儿的信

女儿，每逢周末，你总闹着要到游乐场，可我总有这事那事，多少次爽约，在你幼小的心里，爸爸可能就是个"骗子"，现在我想和你说说悄悄话，也是我的心里话，希望能得到你的原谅。

还记得那个不愉快的周末吗？早在周五的晚上，你就告诉我，和班里的同学约好周六到游乐场，希望我带你去，我爽快地答应了。可是次日清早我突然接到一个约稿，虽然向你百般解释，但你丝毫不认可，哭着闹着，当时我心烦意乱，一怒之下我揾了你几下，以后就专心做自己的事。等到我写完稿颇感轻松时，已近中午，才发现你还躲在房里暗暗抽泣。当时我内心愧疚不已，为了自己的爱好或者说一点功利心，而把女儿一个小小的愿望无情地扼杀了。

宝贝，你虽然只读小学三年级，但你的书包实在太沉，我总是提醒你，把书包放到学校教室的抽屉里，回家时只带要完成的作业本或相关书，但你为了能全面学习，总说晚上要带书包回家。而每次考试，考上 90 分就报喜；没考上 90 分，要么不告诉，要么装作很沮丧的样子："爸爸，这回考试没考好。"我在这时就劝慰你："宝贝，你只要努力了，认真了，没有考好，爸爸不怪你。"我这样是希望你能认真读书，不想给你太多的羁绊和约束，让你有个快乐无忧的童年。后来，你真懂事，改掉了上课与同桌说话、做作业草率了事等多种陋习。

有回老师布置了一篇作文，要你写两种动物的故事。你喜爱看《灰太狼与喜羊羊》电视，所以你毫不吃力一会就写好了，还炫耀着拿过来让我瞧。我看后觉得很平淡且不太实际，提醒着说小羊在河边玩被狼追赶，羊竟然躲过了，这个不太现实。要你琢磨一下，狼为什么追不到羊。你就设计了，狼追赶羊的时候，自己摔断了腿，以至于抓不到羊。最后我还要求你把标题"狼和羊的故事"改为"狼追不上羊"，这样让别人读来，很有疑惑，狼怎么追不上羊？就有读你文章的欲望了。通过这事，你说启发很大。

　　前段时间，干涸的鄱阳湖滩上出现了百年难遇的蓼子草，为了弥补很少带你玩耍的愧疚，我带了你同去。看到你那么快乐，我也很开心啊！所以说，爸爸有空就会陪你玩，但你不能玩耍过头，认真学习才是你的主业啊。你还有诸如动不动就发火、爱哭的毛病，而我此时也控制不住自己，对你大喊大叫，甚至偶尔"出手"，事后我知道我的教育方式过于简单粗暴，我会改正自己，但你也要做个乖乖女，要明白爸爸的良苦用心，一切都是为你好。当我没空陪你时，你要体谅爸爸，只要爸爸有空，我绝对不会平白无故爽约。

　　这不今天我就带你来到了鄱阳湖边，你见到了那条黄牛很是惊奇，毕竟你一直在城里长大从没见过乡村的牛，你就跑过去要跟牛合影。鄱阳湖滩的沙堆上还坐着一对母女，我估摸着母女俩是放着这条牛。这对母女还在沙地烧着火，近前一看原来是在烤红薯。见你那个馋样，那个母亲一样的女子送给了你一只红薯，你高兴极了，连说谢谢。

　　真好，既看到了鄱阳湖风光，还吃到了烤红薯，你把右手虎口打开叉在下巴处，把右腿踩在一块石头上，双眼注视前方，做出了一个假小子状，我忙拍照记录了这个精彩瞬间。之后看来真是萌萌哒哟！

（2014 年 11 月 20 日阳光小区）

写给女儿的信

写给儿子的信

劲儿，今夜很静，我想给你写一封信，虽然不想马上发给你，但我想说说我心里的话，也让你更明白一些事。等合适的时候发给你，可我写好以后就犹豫了，还是放在电脑文档里吧！

你成为大人以后，父子面对面聊天时我不止一次忏悔过自己年轻时的鲁莽，言语很诚恳你是亲眼所见。你一定也不会认为我是假惺惺的，一定是心底里的话。是的，因为我的冲动与幼稚，让你12岁那年失去了父爱。尽管法律文书上你归我抚养，但实际上你是随娘生活。我也试图让你在我身边生活，可那时我靠租房生活，又在刑警队工作太忙，没有多少空余时间照顾你，幸好你娘一直没有放弃对你的照料，你就在娘的温暖怀抱里长大。我是很感谢你娘的，她的母爱很伟大。一方面她要到中学上课，那时从乡村中学调入城里压力很大，教学方面不干出成绩怕学校领导批评不说，更担心误了人家的子弟；另一方面你娘又要管你的学习与生活，吃喝拉撒全是你娘管得好好的。那时候我只管着自己的工作与个人生活，就连一句安慰的话都未曾说过，我的内心是很愧疚的，甚至痛恨过自己的无知。

你大学读书期间，我印象中只去过一次，还是你同意我去的，当时我送了那台电脑到你所在的学校，叫你一起吃饭，你却说不用了，马上要上课了，就那样匆匆忙忙离开了。你读初中高中时我也曾想去探望你，我向你娘问起你的班级时，你娘反复告诉我不要去，怕你分心，影响你的学业，我也只能听你娘的话。我知道那时你是恨我的，只是没有说出口。你孤寂冷漠的眼神加之你沉默寡言的外表就是我心中疑惑的答案。可我一点办法也没有，我根本改变不了我当时的状况。或许当时我根本没意识到自己的错误，一意孤行才会酿成无法弥补的后果。

劲儿，说句知心话，我一直活在愧疚中，以至于我舍弃那段感情的依赖而投入另外一个新的寄托，从而又为你增加了一个同父异母的妹妹紫娇。虽然有了女儿，但心中对你的牵挂与疼爱依然在心里有很重要的一席之地。你大学毕业没有找到合适的工作，就以打工度日，记得是帮一个装监控的小店安装什么摄像头之类的活儿。有一天傍晚，你突然打电话给我，说你在都蔡公路汪墩乡七角路段，问我有空去接一下吗？我马上开车过去，在昏暗的公路边上慢慢搜寻，终于在路边右侧发现了背着一个大工具箱的你。你一身工作服，在车上我看到有些脏兮兮的，你的双手也有些不像你那年龄段的苍老，可你脸庞露出了很开心的笑容。原来是老板带你下乡去干活，中途老板有事先走就留下了你。已过了七点你晚饭都没吃，我想带你吃点东西，你却说，妈妈在家等你吃饭，不必了。在步行街的那个广场边上你下了车，看着你远去的背影，我的心一酸，竟然泪流满面。儿子的处境与我有关呀！要不是我跟你娘离婚，你会走到这个困难的处境吗？我一遍又一遍骂自己，怎么这么无知？这么狠心丢弃儿子呢？

劲儿你其实也很幸运，你娘跟我分别一年后就为你找了后爸老郑，听我的朋友说，老郑是一个厚道老实人。听你介绍，果然如此。老郑对你视如己出，付出了真情实感。我也多次教育你，要尊重老郑，把他当父亲一样敬重，养父恩情大似天嘛！你听到我劝后，连声说，会的！会的！我知道。我为你娘获得了新的幸福而高兴，也为你能够健康快乐地生活感到丝丝慰藉。劲儿你知道，我内心偶尔也有小旮旯儿，每年大年三十，你都跟你娘到老郑所在的乡村去过年，成了老郑真真实实的儿子，我也有过不满情绪。拿农村人的说法，是卖了祖宗。可我仔细想过之后，知道儿子只能随娘，不去老郑的乡村能去哪呢？如果强行拉你来我家过年，很多情况不是挺尴尬的吗？所以我一直也没跟你提起这事，爱你就要尊重你的一切。再说，本身我也是一个开明人，计较那么多细枝末节有意思吗？顺其自然就是最好的生活方式。

我还要谢谢你娘那边的亲戚，为你在县人民医院找到了一个相对轻松的工作，虽然工资待遇不高，但还可以过得去，你也比较满足于现状。我也时常到医院找你聊聊天，看到你偶尔双手沾满了黑油墨，我提示你戴手套干活，可你却说戴手套干活不灵敏。

　　说到你个人现在的家庭，你一脸的满足，你把工资银行卡交给了你的老婆，还笑着说，给老婆银行卡就是让她有安全感！劲儿，我知道你很爱你的爱人，你已把一生托付给了她，相信你的老婆我的儿媳也是懂得的。只有互信互敬，才能相知相爱，劲儿你做得很对！

　　我的生日、节假日，或者天气异常时，你总不忘给我打电话，提醒我，关心我，我内心很欣慰。我多次表示，目前身体还健康，有老天相助，不必过多关照，可你依然如故，日复一日不念过往恩怨，尽着一个做儿子的责任与担当。劲儿，我还有很多心里话想跟你当面说，这里就不多说了。

　　谢谢你，劲儿，或许你已从心里原谅了我，那么我们就在未来的尘世里好好珍惜这一段父子缘分吧！虽然我们父子不在一个屋檐下生活，但父子连着心，此生缘分未尽。

（2024 年 2 月 13 日惠民小区）

初心如磐

爱的印记

　　白皙的皮肤、魔鬼般的身材，就是再漂亮的女人见到你，目光也会在你身上停留；姣好的容颜、娴雅的气质，就是再高傲的男人遇上你，也会怦然心动。你就像天边飘来的仙子，假如没有你的存在，幸福都将失去意义；假如没有你的参与，再有趣的故事都将失去精彩。

　　然而，在这高贵的背后，你的世界却隐藏着不为人知的忧郁……在没有相思的夜晚，在没有欢笑的黄昏，在没有等待的煎熬里，你总是忧伤地孤芳自赏。

　　想起那次，我无聊地慵坐于电脑前，鼠标点击了你的空间，看到你的博客空间就如你一样阳光时，就忍不住给你留了言。谁料，这漫不经心的留言竟成为我们互相欣赏的导火索，从此有事没事我们总是互递信息，互相祝福。

　　有一天，你突然说我的博客制作很精美，想请我为你的空间装修，我毫不犹豫地答应了。你毫无保留地把你的博客名称及密码告诉了我，我便为你的空间专门进行了设计及更新，这以后我们彼此熟悉起来。为了感谢我的无私帮助，你主动加了我的QQ，从此我们经常在孤寂的午夜，畅谈人生，诉说不幸。

　　我原本灰色的世界，顷刻间变得无比美好……

　　可是，这短暂的美好终于在一个故事中掀起了一层不小的波涛。

　　那是一个春暖花开的季节，一个没有风没有雨的午夜，月隐星现，寂寥的夜出奇的静。如果要说声音，就只有我的呼吸和敲打键盘的声响。不眠的夜晚，我总是习惯网上冲浪，于是我依旧打开我的博客和QQ，忽然你出现在视线里。你请我帮忙把网易博客的密码换了，我按照正常的操作方法更改后，却发觉新旧密码都登不上博客，可能是系统出了问题，也可能是新密码输入有误，或病毒所致，总之就是无法向你交差。此时一向自命不凡的我，突然像泄了气的皮球，变得沮丧和不安。我开始向网络高手求救，甚至向博客小管发信息，可不是答非所问，就是要我把此类求助转交网易服务中心。于是，我又发信给客服中心，把我的真实姓名、居民身份证和个人通讯地址、个人邮箱等所有资料全都填写传输了网易服务中心。因要等24小时或48小时才有结果，我在祈盼和焦虑中度过了两个不眠之夜，这一切，你都表示了充分的理解和感激。

服务中心来信，说传输的相片很模糊，要求再重传一遍，我把消息再次告诉你。你想到了网易中心所在的城市，就告诉我不要着急，说自己亲自去客服中心办理，我就把我的一切资料全部交与你去核对更改。

密码修改成功了，你再次相信我，把密码告诉了我，让我试一下能不能打开博客。正好我在电脑旁，马上试验，一试便通，我高兴得几乎心都要跳出来，马上发信给你，让你一起分享喜悦。

为排解心中这几天的愁闷，在出了客服中心后，你很浪漫地走进"棒！约翰"西餐厅，听着悠扬的萨克斯，看着窗外的人来车往，不知为什么，你突然想起这几天来和你一样愁眉不展的远方的我，就试着给我发短信，让我把你在西餐厅的感受写出来，意思不言而喻，也是想让我一起分享你此时的喜悦心情。我照着做了，你的心情，我的心情，忽然间变得明朗起来。

晚上，你在QQ里莫名地说出一句话，说有预感，有一天，我也会走进这家西餐厅，而且是和你一起进去，当时我觉得这是不可思议的事情，好似天方夜谭。

就在那个相互喜悦的午夜，我们有了今生美丽的约定……

这以后，我们相约彼此都不依存的城市。

几个月过去后，你的预感确实成了一种现实、一种奇迹，也许这都是为我们今生的约定所制造的铺垫吧！

初
心
如
磐

你从遥远的南国大都市广州，乘飞机翩翩而降，带给我如梦幻般的甜蜜，我们无话不谈，谈过去忧伤的人和事，谈现在彼此的牵挂与思念。

谁说网络没有真诚，我相信绝对也会有！仰望蓝天，看白云，听风观雨，用自己最舒畅的呼吸去感受我们彼此在一起的快乐时光，于是，我总喜欢把自己置身于现实与梦幻交织的波涛之上。

你说过，你会带我到那个客服中心，为了这句沉甸甸的诺言，你冒着烈日炙烤，特意带我去见证了他们一流的服务、一流的业绩。

听说我还没进过西餐厅，你特地带我到你上次修改密码后走进的"棒！约翰"西餐厅，去感受里面低沉的音响，那绵绵的略带暧昧的氛围；听说我没坐过地铁，你忍受着脚下高跟鞋带给你的累和痛，带着我坐了一站又一站；羊城有个享誉亚洲的大商场，你生怕我没见识过，也撺着我去，就像一个大人带小孩似的，让我一饱眼福，领略了大都市的文明与发达。

为证明自己是个多面手女人，你不顾劳累，回到家就干起家务活。你稍微小露一手，或炒或炖几个好菜，让我品味到了一个漂亮女人还会做菜、又体贴男人的情怀。

火车站一别，也许今生我无法释怀。当我们隔着火车车窗，互相对望时，情不自禁之间，彼此心中发酸。我伸出两个手指头，意思是说，还有二十多分钟车才启程，叫你先走，你似乎读懂了我所表达的意思，你那不争气的眼泪溢满眼眶，生怕我看见，转头便走。我傻傻地凝望，期盼你能回眸一笑，可是你的倩影在我酸楚的目光中慢慢变得越来越小，直至消失在视线中，我才沮丧落座。

有人说过，遇上一个人只要用一分钟的时间，喜欢上一个人只要一句话的时间，爱上一个人只要用一天的时间，但要忘记一个人却需要用一生。自从与你交为好友，不知为什么，总是无法把你忘记……

我总认为，时间可以改变一切，然而自从习惯了有你的日子，一闭上眼，回忆里都是你的温柔，泪水也不知不觉在脸颊流淌。此时我想，遥远的你是否也和我一样有着同样的感受？

我曾经想让自己不再想你，可是能做到吗？多少个不眠的夜晚，只有你的影子才是我最好的回忆。回忆里曾经拥有的东西，都被爱你的情愫冲淡了，所有的回忆中，只能找到你的影子。可这分明只是梦，爱你已是过去，再怎么深的思念也无法挽回，但不知道为什么，心已无法再变回从前的那颗心，无法重回原来的平淡了。没有过去那种轻轻松松的笑，连思绪都变得好乱，也许，心还是你的！

我哭了，为我自己！我哭了，为我俩那份情！连整天和我在一起的朋友都不知道，也许是我自己隐藏得太好了，但是，我终于知道了，有种液体叫泪水！

爱一个人，真的好难。特别是当你用心去爱的时候，会发现，爱是那么的酸楚和凄凉。很多时候我试着去摆脱这一切，可是情不自禁又会想起你！

爱你没有理由，你的所有便是我爱你的理由！我爱你，因为你让我感觉幸福，我像爱自己一样爱你！我爱你，因为你真诚，你的感性，你的味道，你的让人心疼的可爱，你的让人幸福的纠缠，你的傻气，你的孩子气，你所有的一切，一切！

如果有一天，我化作黄土，这黄土长出来的青草也是为你而绿，开出的黄花也是为你而香；如果有一天，我化作一溪清泉，这清泉里翩翩游摆的鱼儿也是为你而舞，那叮咚的泉响也是为你而唱。

世界上最遥远的不是距离！明明知道彼此相爱，却不能在一起，才是最痛苦的事。你知道吗？每天空余的时间里，我会偷偷地取出你的单人照，仿佛读着你春风般的温柔，体味着你那夏日般的热情，还有你那秋意般的浪漫，身体如冬雪般的洁白。可是，当我无法抵挡对你这股思念时，却还故意装作丝毫没有把你放在心里。

茫茫人海，不停洗牌，就像我遇见了你，是场美丽的意外。仿佛，我们有过的不止是五百年的回眸。

像一首歌的歌词一样，"我和你，男和女，都逃不过爱情"。也许，最能疗伤的是爱情，最伤人的也是爱情。闭上眼，你的影子已点燃我的神经末梢，我们是谁吸引着谁了，又是谁爱着了谁？此时你温柔的发丝落进我的嘴角，我好像闻见幸福的味道。这一幕，定格在我记忆的这年夏天。许多伤感的幸福，习惯在记忆里重复查询，也许我只是这样一个低级的男人，一个离不开你的男人。

习惯了每天要收到你发来短信，否则我会想入非非；习惯了每天给你发一两条打油诗一样风格的短信，想让你开怀一笑；习惯了在办公室无人的时候，在洁白的纸页上写满你的名字，涂上无数含笑的眼，诉说着我无尽的思念。

亲爱的，你可知道？今生，也许，我为你而来。情依旧，爱永留，思念依然似这夏天的颜色，愈浓，愈盛。

亲爱的，你可知道？今生，也许，我为你而来，即使我不知道我们的结局，即使要喝下奈何桥边的孟婆汤，等候千年，来世，我也要做你的知心爱人。

双宿双飞

夏日的夜，虽有点热，但我的心里异常清凉。或许，是因为有你的缘故吧！你真不好，让我静下心来的时候总是想你！本已疲惫，可我的行囊中从此装满了你的影子，走到哪儿，哪儿便有你的追随。

皎洁的月，比较纯净，我仰望的脸已爬满月光流淌的痕迹，痕迹里有忧伤，也有快乐；有沉思也有回想……

仿佛看见蓝天一架飞机展翅飞翔，仿佛听见飞机的轰鸣声，仿佛看见心爱的你坐在飞机座位上也在落寞地忧伤。

别愁吧！就让我凌乱的愁绪伴着你远行。

回想那天离别，我与你分手后，缓步登上机场大巴，与你渐行渐远。我知道你在候机室，就是没有拥抱，就是没有面对面，也要与你最短的距离多保持几秒。此时，我的视线飘过车窗外，再次回眸刚刚分别的站台。

不想再悲伤，因为我的心已伴你远行；不想再悲伤，因为你对我的爱已见证太浓；不想再悲伤，因为我们还会有更多的重逢！

那就顺着幻觉吧，那就顺着憧憬吧！慢慢地品味我们的生活，我们的过往，我们短暂而幸福的快乐。我相信每一个回味里，不仅仅只是辛酸，更多的是难忘的甜蜜！

大巴行驶半个多小时后，到达长途车站，我也收起回忆，脑子还是嗡嗡的，莫名的忧伤与彷徨随之袭来，无法阻挡。

我只好打开手机，点击发信息，却又收到你发来不愿离别的短信。也许，两颗心已经彼此相连，彼此牵挂！

我知道，不论你在哪里，你的生命里总有开满写着我名字的鲜花；不论我在哪里，我的思念里总有你多情与真挚的笑靥。

时间在指尖寂寞地溜走，等待重逢的日子还会有你的影子，因此，我不想让思念的痛揪心难耐，只想用这平凡的文字见证我们一起走过的岁月。

牵手吧！正午里我们走来，夕阳西下时，我们归去！

坚持，你会吗？

双宿双飞

绝美等候

黑夜，吞噬整个世界的时候，也侵袭了我的灵魂。人声不再沸沸扬扬，街道也不再川流不息，自然界一片祥和，而我，纷繁的愁绪总在不经意间撞击思维，让我变得神魂飘荡起来。

人在矛盾之中，心情也变得烦躁不安。情感的征途，付出过太多的代价，得不到最完美的回报，却是莫大的伤害。可是，面对幸福的向往，哪怕是万劫不复的深渊，我都会有勇气跳下去，皆因，人是向往幸福的，也是爱赌明天的。

总以为，自己的肩膀可以成为一个衷爱自己的女人最坚实的依靠，可现实并不是你想的那么容易。不住拷问自己：难道你想抛开世俗，抛弃现实的一切，如工作、亲人，去远方来迎接你梦中勾画的天边仙子吗？这是不现实的，也是不理智的！我坦诚地回答。

网络上不经意的一次邂逅，让我有了写打油诗的冲动，可我却不懂诗，还写什么诗呢？

"那就洒一把相思的眼泪／喝一杯轻轻淡淡的愁／任秋风在窗外萧瑟地吹着／吹不去满屋的浓云／枫叶又红／依然是无解的谜／默默凝望却又模糊／你说要把握／你说真情可贵／要把那誓言常相守"。

以梦的理由拥抱爱情，像枝头的小鸟，随时准备逃离枝头，却意外被猎枪射中坠落……或许落下一片殷红，从此，历史会铭记这一段凄美的历程。

秋天落叶飘零，秋天的花儿却迟迟不愿凋谢，就像我对幸福的向往情愫不愿轻易放弃似的。

其实，幸福和悲哀，仅一念之隔，当我赶走烦闷时，我依然记得你满含深情的笑靥。

幻想，在梦里见到你的容颜，缠缠绵绵依偎在我身边；幻想，在梦中轻抚你沧桑的脸，抚平你心中多情的伤痕；幻想，于今生今世天天能念叨你的芳名，老来时坐在摇椅上回首往事一起慢慢变老……

穿越如水的岁月，你纯真的笑颜依旧，守望秋天，为你绽放最美的嫣红。想你的日子，我习惯了等待，习惯了守候，习惯了被动地接受电话、短信和QQ，只想，未来的岁月里，一定有你我幸福的痕迹。从此，秋风中飘落的花瓣记录着我们最美最真的过往。我笃信，你是我梦中的唯一，我也是你梦中的唯一。你是我今生红尘中最美的遇见，你的所有都将定格在我不老的记忆里，因此，我们永远不离不弃，好吗？

等这场绝美的相守，需要太多的代价，还能坚持多久？

看着窗外，夜无言，依旧固执着午夜的黑暗……

也许，若干年后，我们相忘于江湖，以沧桑为饮，以年华果腹，以岁月为衣，于百转千回后悄然离去；也许，若干年后，我们携手同游人间，以相知为饮，以幸福果腹，以互爱为衣，于滚滚红尘中笑傲余生。

不是吗？这是一场绝美的等候……

爱难抗拒

　　隔窗望你，渐行渐远。弥留在心里的那份温馨却久久不能散去，你的背影随列车的蠕动已在我模糊的视线里消失。

　　回味，你的容颜，你的柔情，还有你的孤寂，感觉你并没有走，你的叮咛依旧在我耳边深吟浅唱。

　　初次南昌邂逅，飘飘细雨弥漫街头，打湿了我们的衣服与鞋帮，足足走了半个钟头的路途，你说累了，甚至从心里埋怨了，我却浑然不知，也许初次我不能懂你。

　　你与我有太多的相似，命运、喜好，不言不语，彼此感知。

　　我说，这是一场梦，一场自欺欺人的梦魇。你说，就如第一回走过的路，走尽艰辛终有幸福。也许，人是要有点精神的，也要有点自信，敢于向命运挑战才能赢得对生命的尊重，得过且过并不是生活的好方式。

　　等候，等候，等候那一份沉甸甸的约定，纵然知道前面是万丈深渊，也无怨无悔地跳下去。你笑着说，要的就是这种感觉。于是，每日虚拟在梦里，始终没有勇气去颠覆那份心底的约定。

　　我依然相信这只是个梦，一场没有醒过来的梦。梦里虽然美好，醒来却是酸楚与疼痛，更有莫名的无奈。

　　我知道，人可以改变命运，却难逃命运的捉弄。你有权利去追求人生的美好，可以有执着的追求，但是你一旦执着起来，会变得烦躁，会变得不安，因此对自己总是不断地折磨。

当牵挂在心里疯长时，思念也在愁绪里搅拌，也许忘却，也许放弃，是最好的解脱。

　　然而，试过多次，已经无法更改。许多过往，许多故事，虽然随风而逝，却依然清晰如昨，挥之不去。

　　你用柔情将我点燃，我悄悄萦绕在你的身边，彼此感受温暖与心醉。

　　好想抛开尘世，除去世俗，换取我们一世倾城的爱恋，那么，你，就是我生命中爱情的终结者。

　　你的关怀，你的爱恋，成了我心里的依靠。

　　你的情，你的爱，我已无法抗拒。

美的记忆

或许心有点乱，也有点内疚，这些天来，总有点撕心裂肺。你曾哭着对我说：你变了，我会好好重新认识你、了解你。我与你吵嘴时，你负气地说：一定要在年底再找一个新的彼岸，还会是有钱的，甚至是高官。可是临走时，你还是那般的深情，默默地帮我准备乘火车时吃的喝的；鸡翅、面包、饮料，还有水果，总是一样不少。其实你心里根本不知道，一个男人的眼泪不会轻易流，也不会轻易暴露在你面前，因为你要知道，男人要坚强才像个男人，纵然你对我——曾经爱的人有许多的误解和不满，我唯一能做的，就是不能伤害你，只是默默地祝福你，我的心也在流血，也在震颤。

我敢发誓，我真的真的没有骗你，我从始至终都没有骗过你，我不具备做骗子的"本领"。那次火车站最后一别，我的心里当时就认为这是最后一次了。因为自你与我相识后，每回送我到火车站，你总要送到候车室，而这回却是火车站的进口，所以冥冥之中我隐约地感觉，也许这是最后一次了。

"秋天的落叶最后一次安然飘落，你说要陪着我一起走到最后……我问你有一天我们都将老去，谁来做留下来的那一个。你傻傻地说要让我先离去，因为走开的人会少些回忆的心碎……"不知咋的，我心里开始在凄婉地唱着那首《最后一次》。

火车将你与我拉开，你还在发着思念的短信，我也在回味着在一起的日子，在一起的快乐、吵嘴，而最终没有任何有价值的答案。那时的场景，时至今日，仍然像昨天一样历历在目，虽然痛，却依然无法遗忘。

"如果知道那是最后一次，你怎么会放开我的手？如果知道那是最后一次，我怎么会笑着说再见……"半吨兄弟沧桑的歌声再次拨动我柔软脆弱的那根琴弦，禁不住泪出痛肠。

凄夜过去，黎明醒来，一个人走出站台，一个人乘着回家的客车，看着手牵手的恩爱情侣，心中总有许多凄凉，不管什么时候，也不管什么地点，身边总是少了一个人的位置。回到暂时的小家，好似依然有你未尽的气息。躺在床上，任泪水悄悄地顺着脸颊轻轻滑下来。用尽所有的力量，将残存的你的气息贪婪地装在心里，每每想到今生不能与你再次相拥，那种痛今生都不想再重复。上天似乎在跟我开了一个大玩笑，让我遇到你，让我毫无顾忌地喜欢上你、爱上你，却在你的生日来临那天，无奈地分手……曾经的誓言，曾经的深爱，都付之风中，像秋风中的落叶与飘雨，随风而逝。

关于你的回忆，如罂粟一般让人沉迷不已，想要忘记你，真的很难。你买的衣物，我穿在身上，痛在心扉，这几年，从上衣到下裤，从背心到短裤，甚至是袜子，哪一件不是你准备得好好的。我没有良心，也许是你的最新发现，可是你要知道，我满眼是你心里也装着你。

我用无聊的方式打发无聊的时光，现在我身边那个令我高兴快乐的小天使——可爱的女儿也离开了我，到一所小学上一年级了，吃住让女儿一个亲戚管理，我心里更是落寞发慌。我与女儿分开的那天晚上，正是我与你说分手的夜晚。世上的事就是这么绝，这么怪，我一夜之间连失两个心中所爱，我落泪，我无法成眠。我多想，把唯一留下来的美好回忆，好好保存。于是，我只能选择把那些旧衣物穿上，可是选来选去，都是你买的衣物，无奈，只能选择一些已穿旧的，把那些比较新颖的留着，作为日后的回忆。

依然记得那个秋风轻扬的午夜，我们执手走在广州街头，你一时激动特地用粤语唱了那首《偏偏喜欢你》，你翘起的嘴角扬起的弧度写满了爱恋，弯出了深情。霎时，我心起微澜，点点欢喜溢于眉目。

我曾把你作为幸福的彼岸，可我以为你已不再爱我了。我曾经多么自信，又曾多么张狂，把你的真爱作为我的骄傲，你给我发短信，我愿回就回；你给我打电话，我愿接就接，不接就摁掉。特别是那次我去广西南宁防城港出差，事先你得到我的消息，你要我出差结束转道广州，我也口头答应了，可你望眼欲穿未见到我，就打电话给我，当得知我在返程的火车上时，你哭得稀里哗啦，骂我骗子、没良心的东西，只要是能骂的词你破天荒全用上了。那次电话持续了半个多小时，等你骂够了哭累了，我再安慰你，说自己正严重感冒，怕传染你，可你不再像从前那样听我的话了。我知道我伤透了你的心，这也是我们要分手的其中一个原因。现在我也想清了，天涯海角来相聚，只是因为前世五百年的回眸，才换来今生的擦肩而过，或许因为没有足够长久的凝望，今生才不能互相拥有。

　　依然记得，"怎么会爱上你这头土猪？"这是你对我说的一句口头禅。接着你把香吻送给我，抱紧我开始一声不吭。我推开你想知道你沉默无声的缘由，却从你焦渴的目光中，似乎看到了你淡淡的忧伤。我知道你笑我是一头土猪，其实你心里是很欣赏我喜欢我的，什么事你都为我考虑得好好的。现在我没有了你，我的生活又回到了从前，唯一留下的是那无尽的泪水和无限的疼痛……原以为，你将是我独一无二的宠溺与爱恋，可是只要一句分手，那份爱就能相忘于江湖。可悲啊，上天让你与我相识，却又不能让你与我天长地久，也许是遇见的时间对，而遇见的地点错了；也许是遇见的时间错了，遇见的地点对了；也许是遇见的时间错了，遇见了不该遇见的人。

　　把你从我心里移走，何其难，还是留个位置安放吧！就藏在心底里，不再为那绝美的等候，也不再为那正午里来、夕阳西下时双宿双飞。所有的故事都有美丽的开始，也有凄美的结尾。你与我，可能就是那凄美的结尾。

　　"相逢已是上上签，何须相思煮余年。"我也渐渐明白，知足是心里最好的慰藉。

　　只是，岁月弹指老，纵是刹那芳华，却成为我一生永不磨灭的记忆。

随风而逝

室内的空调温度开得很低，心却还是燥热不安。

我钻进冰冷的被窝，敲打这一行行文字时，心里落寞荒芜，白天的一幕幕挥之不去。

你哭着对我说，我不知错在哪里？你为什么这么冷漠无情！你为什么总是大声吼、大声骂？我也是一个正常的女人，非要接受你的一次次辱骂？

我据理力争，你为什么一有空就翻查我的手机？我正常上班，你三番五次跑到我单位，或者通过微信联系要求视频，这明明就是查岗嘛！不相信我，还过什么过！

你满腹委屈地说，我是你老婆，翻看一下你的手机又有什么关系，跟你视频是看你上班忙不忙、累不累，到你上班的地方去过两三回，也是顺便经过，你心里没鬼怕什么呀！？

我就是有一百张嘴，也跟你说不清，于是我开始对你吼叫，但每次都是无济于事。

你依然我行我素。

我愤怒之下，把手机解锁图案更改了，你不能再打开我的手机时，更加增添了疑惑与恼怒，于是唠叨、喋喋不休，脸上的笑容也不见了。到了晚上，还是不肯睡，非要问个究竟，非要给一个说法。我双眼皮开始打架，说很晚了，睡吧！可你还是不依不饶，直到我把解锁图案乖乖地划给你看时，你才破涕为笑。

当然，不是每次你的强硬要求都能得逞，我有时也有男人的狂野与抗争。那天晚上，你唠叨着我手机的解锁图案又换了，直到夜间十二点了，你还在絮絮叨叨。白天我下乡上了矿山，中午根本没按惯例睡上几十分钟，到了晚上就非常渴望睡觉，可你一直在闹。我心里非常气愤，难道娶个老婆就是为了折磨自己？我霍地起床，愤慨地说，你吵你吵，我到车上去睡总可以吧！我穿着一身睡衣下楼了，没想到你又是堵又是拉，可是你一个女子怎么拉得住一个大男人，洪水汹涌来临时，也是不可阻挡的。我跑得很快，钻进了我的小车里，可是你赶到时，仍然拍打着车门要进去，我可是好不容易换来清静，肯定不会打开车门，而你竟然傻傻地守在车门边……不顾天寒地冻地等着，直到我从车内乖乖出来。我真的无语啊！难道我在车上休息的权利也没有？

你一有矛盾，非要当日道清，当日解决，留不到第二天。

想想自己，我也没有特别对不起你的地方。我和前妻因为女儿的事还需要保持微信联络，何况夫妻不成也不能成冤家，而且我的女儿也需要我偶尔的探望。我内心很难受也很纠结，女儿正是需要我的时候，我却选择离开了她，我的良心被狗撕了去吗？我做什么人？

我甚至怀疑我的人生，我的脑子进水了。当初闪电去了民政局，领了两个红本子，是不想外界对我们的交往指指点点。可是接下来，不亚于一场地震，背后的议论、嘲讽、疑惑等等席卷我的身心，加之对亲生女儿的不舍，整个人如同进了地狱，可是又有谁理解呢？当别人要求吃喜酒时，我还只能隐埋不安地强装笑脸，尴尬地摆摆手说，不搞那一套，不搞那一套。

我的选择有没有错？我时常权衡利弊。

不过，我总竭力想着你的好。

你有一流的厨艺，红烧肉、煎鱼，就是烧的素菜，落到友人的口中，换来的也是啧啧赞叹。你每次烧饭做菜，总不要我帮你，总是一个人在极短的时间里弄出一桌色、香、味俱全的菜肴。吃完了饭，也不需要我洗个碗，而是一个人默默地做。你每次都是汗流浃背，特别是那红红的苹果脸上，不仅有流不尽的汗水，还有那灿烂的笑靥。

清早起来，我洗漱完毕，正在房间磨叽时，一杯温开水端到了我面前，你像对小孩子一样命令，喝掉！开始，我还认为对我的好，是刻意伪装的。可时间久了，天天如此，我默许了你的好，也颠覆了我内心的小旮旯儿。

你总是不经过我的同意，帮我买这买那，因为我朴素惯了，总是抗议、抗议、再抗议。特别是你按着你的思维，为我量身裁衣，而我觉得又不合适，还瞪着眼睛怒吼，乱买什么东西？可以买得什么好东西！而你在一旁也不顶个嘴，而是怯怯地说，那到店里换换吧！我仍然不屑一顾，把声调提高，一字一句认真地说，以后不准再买，要是再买了我试都不会试！语气斩钉截铁，说过之后，我知道你内心并不好受，但我真的希望你不要再买什么衣物，只好使着性子用这粗暴的言语好让你改变。

我每次喝醉了酒，头痛欲裂，你总呆坐在我身边，恨不得把我的疼痛抢过去。你这时又像一只温顺的羔羊，细声细语地问我，想吃什么水果？我说，下次再要喝醉酒，我就不是人！你说，你记得自己说的话哈，我在酒席上又不敢劝你不喝，你个小酒量，还每次兴奋来时，抢着要酒喝。想想也是，我这种性情，遇到对路的酒友，也总是"拼命三郎"的样子，一醉方休。

通看今朝，辛劳半生，却上无片瓦，下无寸土，我惆怅落寞，愁眉不展，这时你总安慰说，大不了到公租房过晚年，或者到养老院，总之就是要过好每一天，只要我们身体健康，就是福分。我开始认真打量你，一个女人家，竟然有这种宽阔的胸怀。

你尽管大多的时候很豁达，但偶尔发怒时，也像一头愤怒的雄狮。"走吧！到民政局离了！"成了一句口头禅。我也试着跟你去过两次民政局，一次到了民政局门口，一次差不多到民政局门口，才发现你口是心非、一副痛不欲生的样子，你甚至把你那张结婚证撕毁，又让我这样一个慈善之辈开不了离婚的口。你不止一次地说过，我今生爱的人就是你，把你疼到心坎上了，含在口里怕化了，握在手上怕丢了，有朝一日真要是跟你离婚了，我就跳鄱阳湖，一了百了。这不亚于万箭穿心！于是，我在心里发过誓，我情愿违心地活着，也不想摧毁一条鲜活的生命啊！

……

你总是说，我大男子主义一个，性傲，嘴硬，从来不晓得哄女人，而且特别提示我，说自己因为太在乎我，总是落得自己太受伤，其实只要我稍微哄一哄，你就会立马笑起来。我当然也清楚，只要我说上一两句原谅的话，你会马上转弯，既往不咎，一如从前那个快乐单纯憨厚的你，可我总放不下那个臭面子，总以为哄女人是丑事，是虚伪，你却笑着说，明明知道你是虚伪地哄我，也一样开心。

我知道，你整天疑神疑鬼，是担忧我像鸟儿一样飞走了，担心自己好不容易得来的幸福瞬间灰飞烟灭。我心里明白，你的心中始终装满了爱。

然而，我们还是去了民政局。确切地说，是我主导要去的，我是犹豫再三之后下了很大决心。那天一办完离婚出来，想到以后再也不能如影随形，再也不能缠缠绵绵，我忍不住停下车，把车停靠路边放声痛哭，任心里的委屈像洪水一样咆哮……

而今，天各一方，一切都成往事。只不过，今夜寂寥，我又思念谁？

随风而逝吧！我只希望，你一如从前，安稳，美丽，平安。

（2018 年 8 月）

遇见鲁院

深秋过后，我有过很多失眠的夜晚，想起那张我曾爱着而今渐渐变得陌生的脸，莫名地失落，揪心地难过。孤寂的夜晚，一个人的执着，每一分每一秒都在绝望、无助中度过。我也恨过自己，骂过自己，无奈对这份情感看得越重，心越纠结越放不下。我的生活一如漂在湖中的船，一时找不到远航的方向。

就在这无助、彷徨的关头，我获得了去鲁迅文学院研修学习的机遇。

我不敢相信这个事实。我乃一名农家子弟，才疏学浅，加之培训的指标微乎其微，鲁迅文学院可是许多人梦寐以求的地方啊！这等好事怎会落到我的头上？

我诚惶诚恐地把这振奋人心的消息告诉我亦师亦友的咸济先生，他为我的幸运非常高兴："能去鲁院淬火一直是我的梦，你去了圆了我的梦，鲁院会重置你的境界与格局……"但我心里依然有很大的不确定，世界这么大，社会又如此复杂，是不是还有其他的变数呢？

我的担心是多余的，当天下午我就被邀请加入鲁迅文学院公安作家文学创作培训班微信群，之后在群里接到相关入学培训红头文件。局领导听完我简要的请示，欣然同意我前往深造历练。

踏上夜行的列车，我一路向北，心也如花一样绽放开来。

鲁迅文学院作为我国唯一一所国家级作家培训机构，在中国当代文学发展史中占据重要地位，被誉为"文学殿堂""作家摇篮"。

一颗比往日跳得更欢快的心，终于在鲁迅文学院公安作家文学创作研修的地点——中国人民公安大学恢复了平静。我无法忘记这段美妙并为之自豪的灿烂时光，2020年11月。

人生的际遇就是这么奇妙，我们这些来自天南海北的50名学员素不相识，因为心里都装着同一个文学梦，缘分让我们相遇相知。

如今，那些文学大腕的话儿言犹在耳。

开班仪式上，中国作家协会书记处书记邱华栋老师对本期培训班学员寄予了深切的厚望。他希望大家作为肩负社会责任与历史使命的公安作家，要树立精品意识、勇攀文学高峰，努力创作出更多展现公安特色、展现鲜活深刻的当下生活的精品力作。

全国公安文联副主席武和平老师用他切身的创作体会，让我们明白，勤奋、努力、坚持是立足文学创作之本。武老师介绍自己每日凌晨4点半起床，几十年如一日雷打不动投身公安文学创作。他还告诫大家要学会认识自己、反思自己，作为一名公安作家是不是够格？在讲座结尾武老师抑扬顿挫地说，我今年69岁了，还是创作黄金期，如果可以，再借十年、二十年，还要干文学！还要写警察！

对比之下，我又有什么资格不去努力？还有什么值得骄傲？

是啊！在公安战线，从不缺少英雄人物的出现。那么，作为一名公安作家，为什么不多去挖掘那些感人肺腑的警察故事？为什么那些能感动自己的故事写出来了却感动不了他人？在一排排英烈墙上，那一个个鲜活的生命，有那么多的故事，又有多少人被书写？

法国著名雕塑家罗丹说：生活中不是缺少美，而是缺少发现美的眼睛。是啊！生活中，并不是没有美，只是欠发现。更可悲的是，发现了却不去书写！一个作家的责任与担当，在这种情形下表现的是多么的不称职甚至是羞耻！

一串串振聋发聩的拷问，如一盏明灯，给我指明了创作的方向。

我明白了，我的笔墨该洒向何方！我的热血该挥洒在什么地方！我是不是该从此彻底告别委顿？

初心如磐

创作小说是我近几年来比较热爱又操心的事儿，虽然写了一点，发表了一点，但是离我的梦想差之千里。《民族文学》原主编叶梅老师就中短篇小说创作，谈了三个关键词：情节、人物、语言，恰好填充了我在小说创作过程中出现的"卡壳""短路"等瓶颈问题，从而让我自信地继续握笔，勇敢地一路前行。

北京作家协会副主席宁肯老师就小说创作的技巧作了详细的阐述。他说，小说技巧是需要训练的，它是唤醒你内心经验的一个法门，所以不要把小说考虑得那么复杂，你要在写小说之前，老老实实地坐在那里写好故事。我觉得自己创作小说的传统手法该变一变，细节再注意强化一下，如有针线活儿那么细致就好了。最值得注意的是，对小说人物的塑造必须鲜活、独特，让人过目不忘，因为人物的塑造才是小说的灵魂所在。一个好的作家，让人记住的永远是他的作品，再后是名字。

我还有幸见到了八年前就在剑兰QQ群认识的《人民公安报》副刊部主任丁晓璐、编辑武忩。丁主任是看着我成长的，非常关爱基层作者，对我批评过，更多的是给了我教诲、指点及鼓励。我曾被聘为该群管理员，我个人出版的散文集《警歌飞扬》还是丁主任作的序。丁主任不要一分钱报酬，至今让我"耿耿于怀"。我感恩丁主任的培养，感恩《剑兰周刊》平台为我发表了那么多的散文。

一堂堂生动形象的文学讲座，目不暇接，虽然紧张，但快乐着，幸福着。这份营养忒丰富了，需要慢慢吸收、慢慢品尝。

此时，夜聊就是我们消化解惑的最佳方式。

高警楼的夜晚，灯火依然明亮。白天没累倒的同学们，或男或女，或老或少，围坐在1256图书馆，谈笑风生。之前的陌生一扫而光，欢声笑语溢于心间。我们依次介绍家乡的文化旅游资源及本地美食，诙谐的言语、精彩的讲述，让大家如临其境，心生向往。我们还谈文学创作遇到的瓶颈、遇到的困难，和盘托出之后，都能在现场得到有关熟谙人士完美的解答。取长补短，成了此刻彼此之间交换的最好的礼物。

我心里默念着，作为本期鲁院学员，一定要政治坚定，认真学习习近平总书记关于文艺工作的重要论述，以饱满的热情书写有筋骨、有道德、有温度的精品力作。鲁迅文学院学员的头衔不仅是一份荣誉，更多的是一份责任一种压力。我想，以后书写的每一篇文章，必须经过精雕细琢，多思考，多修改，以高质量严格要求自己，方对得起鲁院学员的称谓。

夕阳西下逛校园，一张张成熟的面容又是另一道风景。走过一道道弯，绕过一幢幢房屋，看那夕阳余晖透过一排排银杏树，那秋风中摇曳的红叶傲然挺立枝头，金色的光芒映照着一张张灿烂、自信的脸庞，手机拍照将我们美妙的瞬间拍照定格。真想挽留此刻的时光啊！我陡然叹服，落日黄昏竟也如此之美，如此让人眷恋。

快结业期间，培训班还组织了一场文娱晚会，节目由学员们自编自导。我和女同学潘海青只磨合了一两次，她就说，只要你带好，我就能跟着你把花样跳出来。果然她的悟性很好，可以顺着我的牵引把动作表现出来。虽然不流畅，但也博得大家一片掌声。我心想，可能是大家不熟悉这个"北京平四"才认为还好，哈哈，"山中无老虎，猴子充霸王"而已！

当我渐渐熟悉这里的环境，适应这里的温度时，却要离开了！要和老师、同学们说再见啦，也许这一别就是一世。

但这一段美妙的过往，已悄然刻在我心上。

无法忘记老师们的精彩授课，还有那语重心长的教导。无法忘记同学们虔诚的模样，还有那对创作激情的渴望。无法忘记银杏树下那灿烂的欢笑，也无法忘记高警楼1256图书馆那心灵的抚慰。

"执手相看泪眼，竟无语凝噎。"今日的离别，明日的思念，热泪在眼里打转。纵有万语千言，纵有太多的不舍，更与何人说？那，就让离别成为暂时的惆怅，我想，我一定会在鄱阳湖边深情凝望！

我已不再为个人的小情调而耿耿于怀了。因为遇见鲁院，我蓄满了能量。因为文学的拯救，我有了通达后的明亮。

想起来鲁院之前那个苦苦挣扎的狼狈的我，我轻轻地笑了。

（2020 年 12 月）

有喜哥作伴

岁月如歌，情谊如诗，每一句都是心间的珍藏。

第一次见他是十多年前，当时心里惊慕其外表：西装头，国字脸，身材魁梧，酷似一张伟人像。时任作协副主席邱林介绍他是作协主席，再叙竟然是阳峰老乡。他笑着说，"做鞋的"，哈哈，你要多"做鞋"哟！我愣神了一下，"做鞋"？再来一个"脑筋急转弯"，哦！"作协"谐音被许多不了解文学的都昌人误解为"做鞋"，方言与普通话混为一谈也。我也跟着笑了起来，这一本正经的外表之下，作协主席还藏有一颗幽默的心。瞬间彼此之间的距离缩短了许多。

提到都昌文学，他侃侃而谈，说需要更多热爱文学的同仁加入作协团队，并和众人一起欢迎我加入作协大家庭。那一刻我有点自豪，一个写新闻稿的普通宣传员，凭着在市级报刊发表了几篇"不太像样"的散文，就能顺利加入作协，真有点令我意外。不过，他又说回来，加入了作协并不等于你就是作家，真正的作家需要有好作品为前提，不断地创作不断地收获，才能在文学的道路上走得更远。我牢牢地记住了他的话，反复咀嚼，同时"作家梦"在我心里发芽并开始燃烧了。

随着交往的次数增多，和对彼此的了解，我发现他完全没有作协主席的"架子"，言谈举止之间情同兄弟相交。他多次在文友聚会时讲文学，讲人性，讲作家的责任与担当，经常建议我们多读名著，甚至外国文学名作，从而打开脑洞萌生文学的灵感。余秋雨也说过，阅读的最大理由是想摆脱平庸，早一天就多一份人生的精彩；迟一天就多一天平庸的困扰。看来，先要从阅读开始，增加知识量。从此夜深人静，我孤守空房，捧上一本书，慢慢读，慢慢品。后来竟也慢慢喜欢上了这样的日子。

文学沙龙一结束，有人提议到饭馆撮一顿，他笑着问提议的人，你买单？大家知道，作协并没有多少资金为会员提供吃喝，经费太多靠"化缘"而来。买就买呗！提议的人或许是没听够文学讲谈，就想转个场延续下去。这时他又提出了新的要求：我血压高，不喝酒只喝茶。"随意随意，喝酒不强求，也正好节约了我的票子。"请客的赶紧笑嘻嘻回。

酒店落座，开始倒酒。他右手夹着烟雾弹一样的卷烟，时不时往嘴里送，左手掌却盖住杯口不让人倒酒。看来这回真的打算滴酒不沾。罢了罢了，不喝就不喝，那就先把他晾着，看他能忍到何时。席间推杯换盏笑声不断，唯他坐在那儿有点呆萌。此时他这个样子就开始出卖了他哪！如此热烈的场面，如此芬芳的酒香，还有此起彼伏的敬酒劝酒声。特别是有人敬他的酒时，他总觉得欠了人情似的。终于他忍不住了，把玻璃杯往桌上一撇，说，倒酒！哈哈，这声音真好听！你作协主席早就该带头啦！他就像一条拴不住的脱缰野马，不喝个七七八八决不罢休。在酒精的作用下，他"原形毕露"。我喜欢看他酒后红着脸说话，他的嘴角扬起，磁性的男中音格外爽朗，藏有一种淡淡的调皮，回话仍然机智而幽默，常常令人捧腹大笑。

他喝进去的是酒，吐出来的却是真情。

他一高兴就喜欢在席上清唱那些高昂而又热烈的红色革命歌曲，譬如《太阳最红，毛主席最亲》《翻身农奴把歌唱》《珊瑚颂》等等，还说生逢盛世，我们这样的好年代怎能忘记共产党和毛主席呢？当他的高音飙不上去，我扯起喉咙接住时，他立即打着手势阻止我，并说，我重来！重来了几次，效果"涛声依旧"，他还在折腾，嘴唇不停地叨叨，是酒精限制了我的水平发挥，拿到平时，我唱的跟原声差不多呢！嘻嘻，反正吹牛不要本钱，你就继续吹吧！敬酒还是要敬的，酒还是要喝下去。我站起身子举杯喊敬主席的酒，他从C位站起笑容可掬真诚对我说，以后就别主席主席地叫，就喊我"喜哥"得了。我见他一脸的赤诚，就爽快地喊起"喜哥"了。谁知，这一改口，都昌搞文学的人都喊他"喜哥"，不管是年龄大的小的见到他都是"喜哥""喜哥"地喊。喜哥照单全收。"喜哥"一名就覆盖了他的原名"詹双喜"。

自古就有文人相轻之说，可从"喜哥"的嘴里我从未听到过他说某人的不是。他似乎可以容纳一切文学水准高低不一的文友，只要有文学情怀写文章的人他都一视同仁给予尊重。我偶尔在酒后也大言不惭"表扬"他笑迎天下的君子风范，他咧嘴一笑更欢了，然后严肃地说，我们搞文学的人心胸一定要比一般人开阔，如果连身边的文友都不能容忍，小肚鸡肠，怎能成为一个有觉醒有大度有温度的作家呢？再说每个人都有长处与短处，学习他的长处就行了。

结交如入宅，有两种择友方式。一种是先紧闭大门，对来访者一个一个审视，性情相通者请入，品德优者先。有曰：生命太短暂，不想把太多无关的人请进生命里；另一种是敞开大门，让众生涌入，然后审视或者不太审视，只要在同一条轨道就相容。真正不合意者，只是不深交。名曰：海纳百川，宽容可以被宽容的所有人。很显然，喜哥属于第二种人。只要是热爱文学哪怕是个只写点文章之人，他都给予充分的理解与包容。他尊重所有搞文学的人，心里其实更尊重的是崇高的文学。

他大学中文系科班出身，文学的种子早已在他那块肥沃的土地上发了芽，他在做好都昌县教育局教研室本职工作的同时，利用业余时间先后写过许多像《黄昏的麦地》《酒溪》等优秀小说发表在全国文学期刊，还主动为许多文友出书操办发布会、研讨会或撰写专业评论。譬如为付尚林的系列小说写下评论《悲悯的情怀来自于忠诚的基因》；为周玲的诗集《桐树巷》写下评论《站立在人间的灵光》；为王建军的散文集《永远的小溪》作品发布会在阳峰乡举办积极联系有关部门；为我的长篇小说《爱过》写下专业评论《平凡的力量》，并为作品研讨会的场地和后勤等事宜费尽了心血，等等，这些为他人作嫁衣的好事善举激励着都昌文学人，同时也得到了都昌文学界的高度肯定与广泛关注。

我认为，他卸下作协主席的"帽子"后，活得更随性更洒脱，更通透更淡然。他活出了他的可爱，活出了他的精彩，也活出了大家喜欢的模样。他虽然不再是作协主席，但仍影响着都昌文学的繁荣与兴旺。他就像一团永不熄灭的灯火，照亮着许多夜晚摸黑行路的人。我现在已成为中国作协会员，依然敬仰他的才华与情商。一轮明月挂苍穹，正照得云山如雪。我的心早已被他的言行濡染着感动着激励着，听他一开腔我就有豁然开朗的妙感。

茫茫人海就像一片戈壁滩，我们就如滩上的沙砾。不过，文学路上，有喜哥作伴，我不再感到渺小和孤独。

（2024 年 3 月）

初心如磐

怎样称呼他

　　真正与《我的都昌》一书的作者邱林先生谋面，是十多年前的事。那时我因局内一则新闻通讯需在电视台播放，联系来联系去，最终竟然找到了电视台副台长——邱林。

　　哎呀！这么巧啊，难道他就是经常在《江西日报》井冈山副刊上发表散文的邱林大作家？我曾看过邱林的散文，《风过南山》一文印象最深。我便试探性地发问。当得到确凿的答案时，我暗自称奇，眼睛一亮，心却在怦怦地跳。我知道，这份激动是出自内心的顶礼膜拜，也是因自己爱好文学而对文学的一种崇敬。

　　后来，因为宣传部经常召开全县新闻宣传工作会议，我能有更多的机会接触他，慢慢地，我与他熟稔起来了。与邱林成为文友，也就是前几年的事。听人介绍，他是市作协常务理事，而我欲加入市作协，这样我就很自然而然地想到了他。我带着一摞摞发表在全国各级媒体的散文、小说、纪实文学等报纸、杂志进了他的办公室，表明了来意。他看过以后，立即肯定地说，你加入市作协完全够资格够条件，让我来推荐吧！不久，我如愿以偿了。

　　搞新闻那阵子，我称他为"邱台"；成为文友谈文学时，我总叫他"师傅"。可他总是谦逊地说："师傅不敢当！文学本来就是自觉的个人行为，文学没有老师，靠的是自己的努力。"虽然他说的话不错，但于我而言，觉得在一些公众场合还是尊称他为"师傅"比较妥当。直到有一天，他悄悄地把我拉到一旁说：我们是兄弟一样，以后就别叫我"师傅"了，否则不太好。这样又让我为难起来。后来，县作协加班时、饭局上，或平时遇见，我往往是一会儿"邱台"，一会儿"师傅"，一会儿"大哥"地叫，弄得他也笑侃，你到底怎样称呼我呢？事实上，我连自己都不知道，该怎样称呼他，才合乎道理与情理。幸好，他也不拘小节，我怎样称呼，他都欣然接受。这样，我们的交集就越发随便起来了。纵然一些非正式场合，我们的某些意见产生分歧，甚至言语有冲突，事后也能得到沟通与理解，我们之间的友谊随着岁月的沉淀越来越深厚，也就成了无话不说的好兄弟。有赠字为证，他在《我的都昌》赠书寄语里，就这样工整地写上："黄华清兄雅正"，让我好一阵子感动不已。仅三月有余，他送我的书就读过两遍，但我始终把书放在枕边，作为教材一样，以便随手翻阅。

《我的都昌》一书横空出世，让许多都昌人震惊了，让一些搞文学或热爱文学的人也睁大了眼睛，人们认识了一个全新的真实的邱林。作家杨廷松动情地说："邱林的文章中，没有无病呻吟，没有风花雪月，没有多愁善感，也不见花前月下的矫情。对于故土的描述，语言干净利落，晓畅易懂，色彩明亮。"作家李志强这样评价邱林："他是一个不肯平地而卧的人。他给都昌的文化树了碑，也给自己树了个碑。"作家徐红生肯定地说："因为较真，邱林奉献了文学创作高峰时期的五年时光。因为奉献，让这部作品成为一部都昌文化断代史。"作家詹双喜这样描绘邱林的行囊："邱林一直孤独地背着行囊在行走，每一行脚印都成了一首深沉的诗，每一次回头都成了一首欢快的歌，每一个念想都成了精彩的故事，每一滴汗水都成了文字的结晶。行囊一次一次地像吸足水分的海绵，欢喜与惆怅不停地在行囊中膨胀。"

是啊！他一直坚持孜孜以求的人生态度，施以饱满的热情，丈量都昌的每一寸土地，并注入深刻而真挚的情感，通过精湛的叙述技巧和生动的图片效果，以散文的方式，向人们展示了一个历史的都昌、一个美丽的都昌。他的笔触，释放着大自然的美、人性的美，他胸怀着无穷的情感，让读者完全沉浸于他描绘的山山水水的精神境地，从而让人喜不自胜，为之沉醉，荡涤心性和灵魂。可以说，这样一个充满激情与大爱的作家，已经抵达了很多人一生都难以抵达的境界。

是的，作为一个作家，必须有很高的智商，但也得有很好的情商。而文学又是神圣的，有责任与担当的作家必有高于一般人的精神境界，才能让作品感动人、打动人。邱林所著《我的都昌》，便是直抵我内心深处的一股暖流，温暖着我冷冷的并不宽广的胸怀。

邱林身为电视台副台长，如今接下了詹双喜主席卸下的担子，成为新一届都昌县作家协会的主席，在忙于本职工作之后，还要勤于都昌作协的事宜，他那精力饱满的状态以及永不厌倦的毅力令人折服。他还是文学路上的勇士，不断地攀登，不断地拾级而上，相信他定能再展才华到达文学的巅峰。有个作家说，每个人都有多重角色，需要用一生的时间在这个世界上一一扮演。角色的难易不在于数量多寡，而在于完成的质量，在于是否真诚勇敢地迎接这个角色对你的挑战。

我的兄长——邱林，我就这样称呼他吧！在我眼里，他的每一个角色都扮演得很出彩。

（2016 年 10 月）

心性的清香

　　他，中等微胖的身材，头顶长长的黑发，浓郁的眉宇下，两道光芒不时从一双清澈的眼睛里透出，仿佛可以随时来往于你的内心。

　　他有点难以接近，他厌恶世情里太多的虚伪，和世相中缺乏灵动的平实——可一旦接近他，思维的鲜亮、心性的真切，都无法让他隐藏真实。

　　他不愿人称呼作家，他说较之他心目中的作家，他不够；相混于那么多"心灵"鸡汤作家，"一地鸡毛"作家，他不忍。

　　他不仅于我，在当地文学界众多人心目中，亦是举足轻重。这里有敬畏，有赞誉，当然也有不少非议。

　　他就是咸济。

　　咸济喜静。他与爱人原本居住市区中心，居所南北通风，光亮宽敞，生活又便利，可他觉得市区嘈杂，无法安心喝茶，读书写作。几经周折，他和爱人终究找到了地处偏远的市郊，租房而居。有趣的是，咸济看中市郊这套出租房，是因为看中了房子旁边有个垃圾窖——有了垃圾窖，就可以让无处不在的广场舞望而却步，就能让叫卖商品的高音喇叭销声避影。垃圾窖成了他安静的保护神。

　　咸济喜静。大多时间，他闭门读书，饮酒品茶，往往十天半个月不见人影，电话处于关机状态，微信朋友圈也没有任何踪迹。咸济善酒，可从来不喝场面酒，他说看似热闹的后面空无一物。文朋心友相聚，也是三五个即好。咸济坚决拒绝心性不合的人在一起，他说世界太大，不必把太多的人请进生命；生命太短暂，时光太宝贵，生命经不起抵触与消耗。

咸济的创作产量并不高，往往一两个月也没有一篇文章面世，但一旦拿出作品，都会让人耳目一新。咸济的文字有时像一束阳光，有时又像一丝雨露；有时像一把利剑，有时又像一杯茶水，总是以独特的视角、不同的思维，洞察人性，叩问世间的是非对错，追寻人间的真善大爱……这种特有的咸济风味，极容易与人的内心发生连接，濡染着读者的精神修为与人格操守，让人们回归至原本状态，心灵始终保持新鲜而持久的感受力和领悟力。

就文学而言，我与咸济有过多次茶酒相伴的交谈。咸济认为，真正的文学，连通着真正的心性。文学的书写，一定是文字与心性的相互照映，相映成辉——书写对象看似为外在的物相、世相，实则无一不是作者本人心性气质的内在投射。这种气质里，藏着你走过的路，读过的书，爱过的人，和你潜在的慧光与情怀。咸济直言，有些人根本就不适宜文学写作。

的确，现实如咸济所说，那些过于平实的人，缺少心性，或没有挖掘心性，文章仅限于字面翻腾打转，写出的东西无非是文字技巧较高的作文。这种无关心灵的写作，极易沦为文学小圈子里的自吹自擂，或曰自娱自乐、自言自语罢了。对此，韩少功有言，现在最平庸的人没法在公司里干，但可以在文人圈子里混。

咸济无论是行走在文字里，还是行走于生活中，都秉持着与现实拒绝和解的姿态。那些虚晃的手势，那些多彩的泡沫，都与咸济格格不入。咸济对权力，对金钱，亦是一贯保持着足够的警惕，进而有效地疏离。咸济说，文学需要清醒的独立，独立的清醒，否则心灵容易被遮蔽，容易把坏的写好了——真正的好便被湮没了，自己便成了搅世的大坏人。

咸济如此性情真切地呼吸，遭受非议也就成了必然。好在咸济坦然得很：真切了，必然会痛切——在一个都愿意模糊的语境里，自己却要表达得清晰，疼痛是宿命。咸济依然奉行：为文，"修辞立其诚"，为人，"正直即菩提"，"直心是道场"。

我与咸济虽称兄道弟，但面对他，我更多的是仰视。他的心性，他的清晰，他的睿智，他的渊博，无不令我由衷地叹服。同时我也能感觉到他待我的真情，一如他待他心中的美好。人言咸济傲，但他从不傲真情。他对人性中的真情、真善，干净与明亮，可以心灵叩拜。

　　咸济的散文集有《月落乌啼》《咸济酒话》，还有去年烟雨四友合著的《烟雨文萃》。咸济的作品，适用于夜读，细细咀嚼；咸济的人品，需得穿过世相的庸常，用心读。

（2017 年 5 月）

附录

友之韵

在这岁月的堤岸边
吟风弄月的人儿啊
你动人心弦的诗篇
若想挽我素腕
请把最美的那朵摘下
种在你的窗前
诗情画意
便铺满你的生活
季节的时针
永远停留在今天

平凡的力量

——读黄华清长篇小说《爱过》的一些思考

詹双喜

> 一个好的故事，必须有好的思想、精彩的事件、紧凑的结构，以及有趣的人物形象。
>
> ——马克·吐温

先从《爱过》的故事情节入手吧。我觉得这篇小说故事情节的真实性体现了生活以及情感的逻辑性。故事真实得就像发生在自己身边的事情。或许太熟悉华清的缘故，在阅读的过程中基本将黄华清与柯剑画上了等号。用一句话概括，就是一个男人与三个女人的故事。这种概括虽然有些粗暴，但我觉得还是比较客观。弗兰西丝·霍奇森·伯内特认为：好的小说不应该是讲述一个完美无缺的世界，而是要揭示真实的世界。小说的迷人之处就在于没有停留在个案的侦破上，而是通过破案写出了人性的复杂，人与人彼此的不信任、自私，以及命运的不可掌控。

整篇故事娓娓道来，作者虽为警察但没有吹捧警察，也没有刻意塑造公安队伍的英雄形象，只是含蓄表达了警察工作的艰辛、危险以及人物的复杂性命运，通过平凡的故事表现平凡人的生活和工作状态，恰恰是这种波澜不惊略带委婉的叙述，让我们读者在阅读的过程中充分得到情感体验。主人公柯剑的生活状态并不顺畅，成长却是一条非常清晰的线。

在我看来，平凡的故事中彰显出作者创作态度的真诚，他在作品中毫不掩盖自我真实的情感和思想，从而充分真实地展现了自我。作者并不追求市场或者主流口味，而是坚持自己的艺术追求。文章形式上采用朴实的语言风格，没有浮华误导，表达了作者对文学的深刻理解和爱。在主要人物角色的安排上，除了柯剑，还有严波、彭大、邵董等几位公安民警，其他都是社会人员。作者对帮助者的感恩，对使坏者的憎恨，对爱情的追求，对弱者的同情，对工作的热情都有真诚的抒写。总体而言，作者的创作态度是真诚的，值得读者品味和推崇。

文学作品一直是文化的重要组成部分，而作品的创作则需要作者的创作态度。在我的看法中，一位优秀的作家的创作态度应该是真诚的。真诚是一位作家必备的品质。文学作品往往从作者的内心深处流淌而出，反映了作者对世界、人民、事物的直观感受以及他们的思考和理解。如果作者没有真诚而只是一味地追求外在表现或者个人成就，那么他的作品必定会缺乏深刻性和感染力，读者也就无法获得共鸣。真诚的创作态度有着积极的价值。作家以真诚的态度去面对自己的内心，才能够更加深刻地认识到自己内心的真正渴望和目标，从而得以更好地塑造人物形象、探索故事情节和表达自己的思考。同时，读者也能够感受到作者自身的思想、情感和价值取向，从而更好地领会作品的内涵和价值。只有以真诚的态度进行创作，深刻地表现人性与社会的纠葛，才能够创作出具有深刻内涵的文学作品，同时也能够引起广大读者的关注和赞赏。

创作态度的真诚还表现在作者认真的反思与批判。《爱过》这篇小说通过刻画柯剑、严波、邵董、夏云、晓茵、贾梅等几位具有一定代表性的人物，展现出人性的多样性和复杂性，从而反思和批判社会生活中的不合理现象。比如说柯剑，在工作上勤勤恳恳、秉公执法，在单位却受到别人的排挤和算计，在生活中重情重义、从善如流，却过得一地鸡毛，这种看似偶然相遇发生的故事，实则是人性多样性及复杂性错综交集产生的必然结果。

小说情节和场景描写阐述的社会问题，具有生动直观的表现力。例如，小说在描述夏东贩毒的情节中，通过公平正义的法律精神去阐述人民警察的尊严和荣誉；通过夏云狭隘自私的婚姻观念反思当代社会家庭的种种问题；通过晓茵善解人意的性格呼唤理解万岁的爱情。小说通过情节和场景的刻画，以一种通俗易懂的方式阐释了社会问题以及价值取向，并将其形象化地展现出来，让读者深刻感知到社会问题和价值取向的重要性。启发读者去思考，引导他们对社会问题有正确的认识和判断。

《爱过》这篇小说塑造的人物形象的典型意义。"独自思考并不能让你成为一个健全和创新的灵魂。因为我们的思考是建立在文化传统的基础上的。对我来说，对于任何人来说，塑造人物永远是最重要的——正是通过这些人物，我们才能理解自己的生活，以及我们所处的世界。"（伊朗作家扎迦里亚·谢克尔卡尔）。在文学创作中，人物形象是作品最为重要的构件。作家对人物形象的塑造不仅是对人物形象的外在描写，还必须深入到人物的内心世界、行为习惯、性格特征等方面，共同揭示出人物的精神面貌。人物形象塑造是一项艺术活动，作家必须精准表达人物的形象特征，并通过人物的形象，达到情感表达、思想表达的目的。

《爱过》成功塑造了公安警察队伍里几个具有典型意义的人物形象。比如柯剑对于工作的热情以及对爱情的执着，公私有别，爱憎分明，从一个初出茅庐的年轻小伙，经过工作历练，成长为能挑大梁、屡建奇功的大队长。严波助人为乐，充满爱心，无私奉献，苦心培养年轻警察。邵董虽然身处公安队伍，但阴险毒辣，小肚鸡肠，见不得别人的好，处处使坏，十足的公安队伍中的败类。几个社会人物的形象塑造也值得称道。夏云主观猜疑，因爱生恨，婚姻破裂后，不反思自己的过错，反而处处设限，以报复为乐，常常因为狭隘的爱情及婚姻观与柯剑纠缠，给柯剑的生活带来极度的不安与烦恼。夏云以一个纠缠者的身份出现在小说中，这根线贯穿始末，使小说情节波澜汹涌接连不断。再者晓茵淳朴温婉，深情缠绵，对爱的理解极为单纯，为爱愿意付出一切。贾梅不仅貌如晓茵，言行举止有极多的相似之处，但道貌岸然，品行不端，以情谋私。这些人物都刻画得个性鲜明，栩栩如生。这些典型的人物形象往往代表着作者对社会和人性的观察和思考。因此，人物形象的典型意义在于其所体现的普遍性，能够引起读者对作品的共鸣和深思。人物形象的典型意义不仅仅是一个虚拟的形象，更代表着文学作品所体现的社会和人类生存现状及普遍性，是美学和人文情感的结晶。因此，在阅读文学作品时，我们需要通过深入地解读和理解人物形象，把握其背后所展现的社会、人性、文化等方面的内涵和意义。

爱，应该是刻骨铭心的。许许多多的文学作品都涉及爱的题材，关于爱的叙说，因人而异，但都来自作者的直接或间接体验，离开了这种体验，无非都是"少年不识愁滋味"的瞎咧咧。尤其是警务人员关于爱的情感处理更难，因为他们工作执法时要求铁面无私，六亲不认，而爱的世界则混沌一片，没有边界，处理不好，生活可能一地鸡毛，工作却不可以一塌糊涂。

《爱过》这部小说，所展现给读者的是平凡的题材、平凡的人物，表达的也是平凡的生活、平凡的感悟，但带给人们的思考却是深刻的。因此，不能忽视平凡，平凡的力量是我们大家所拥有的力量，它可以推动我们在文学以及生活的道路上不懈前行。

平凡不同于平庸，只要我们有志气，有拼搏精神，任何人都可以超越自我。

（作者为江西省作家协会会员，著有小说集《黄昏的麦地》）

初心如磐

爱情水面 事业天心

——长篇小说《爱过》读后

柳海林

　　警营作家黄华清先生的长篇小说《爱过》出版后，一直没写读后的感想文字，是因为担心与别人观点撞车。不过，我详细阅读过《爱过》的底稿，还是有话要说。

　　黄华清给《爱过》铺设了事业与爱情这两条双轨线，故事的列车就在这样的轨道上行进。詹双喜先生在他的《平凡的力量》中概括为"一个男人与三个女人的故事"，主人翁柯剑就是执剑柄者，因此，我理解为"一剑劈开三朵花"——人生河流上的三段浪花。

　　夏云很像"夏云"，天上有云地上阴。有时让你感到炎夏的阴凉，有时让你猝不及防，来一场狂风暴雨，让你变成落汤鸡；晓茵是爱情的芳草地，绿草如茵的场地任你扭结，任你缠绵；贾梅不是鲜草木，是塑料花，可装点厅室，但长期近闻有毒。夏云是现实人生，是柯剑绕不开的梦醒时分；晓茵是柯剑的梦场，是两个人的宿命；贾梅是柯剑的客场，也是柯剑的饮料架，不是酒樽。酒与饮料的区别在于酒是酿造的，而饮料是工业勾兑的掺和剂。

　　三个女人，三朵浪花，人生就是浪花里的歌。三个女人筑成了主人公的"赤壁"，无妨，"三国周郎赤壁"，曹操的赤壁。不是还有一个华容道吗？

"从此道可至华容。"

对了，柯剑生命中其实还有至关重要的第四个女人——他的女儿。女儿是柯剑的期望，也是柯剑的实处，却被夏云看作穴位，现实地成了柯剑的软肋。也正是这个软肋的软，漫反射出柯剑的人性光辉。

"怜子如何不丈夫"！

英雄之所以称为英雄，并不是人人身高八尺。豪情是寒光遇骄阳的事情。舞蹈，是骨架支撑的事情，血肉丰满，才显婀娜多姿。

"宝剑锋从磨砺出"。主人公的情感轨道侧向有点悲情，这是爱情双刃剑一条刃，自伤的过程也是成就自我的过程。"寒光照铁衣"。在事业轨道线上，柯剑剑气如虹。单凭辞藻堆砌的是空洞的高大上。柯剑是一个没有豪言壮语的人物，他是在断砖碎瓦中救助别人。深扎地下的根让他成为了一棵大树。在爱情与事业的双轨下面，铺设了无数根横向的枕木。柯剑为什么能立起来？归根到底是他对待事业的竭诚。人有多种品德，能把安身立命的基石踩紧，就是品质。在繁杂中守住另一种寂寞，内心没有独白也是坚强。

有人说，柯剑是作者自己的影子。其实，每个人都有自己的影子，每个影子都是我们。黄华清供职于警营，却始终把文学立柱在心胸，不瞭望远方的人会这样坚守吗？

在鄱阳湖"东方百慕大"的老爷庙溜达，手摸着朱元璋手书的"水面天心"石块，很多次畅想：那字只是字，但深刻进石头的帝王意志不是常人能比拟的。神龟渡他过鄱阳湖北岸，或许是他真命天子的自我炒作，但他看着惊魂过后的水面，还能看到倒映水面的天心。什么是帝王意志？这就是。

什么是我们的水面？爱情是。什么是我们的天心？事业是。独轮车走单线，火车必须要双轨。不跑偏，行将远。

可不可以这样说，柯剑是作者对自己的超越。成长是激情的原出处，事业是人生的出口处。好的爱情是事业的催化剂，曲折的爱情是事业的镇静剂。

爱情的水面映照着事业的天心，不管怎样，她们都在映衬着。用人间的文字，写着梦想的事情，本该就是文学爱好者的事。

现代的社会追求快速，如果也要用车来比，我宁愿把《爱过》比作绿皮车。速度、速冻、速暖都不那么快，但车上可以慢慢讲故事，而且绿皮车有自己的动力。年前，多地大雪冰封，高铁无法动弹，最后都是请"祖师爷"绿皮火车拉的。

临了，我用宋代张镃的《蝶兰花·南湖》来结束这篇文字。

> 门外沧洲山色近。鸥鹭双双，恼乱行云影。翠拥高筠阴满径。帘垂尽日林堂静。明月飞来烟欲暝。水面天心，两个黄金镜。慢＿轻摇风不定，渔歌欸乃谁同听。

关于这首诗，典籍中"慢""轻"之间掉了一个字。根据小说的剧情，我想补上柯剑的柯字。全句成这样："慢'柯'轻摇风不定，渔歌欸乃谁同听。"

注：柯，1.斧头柄。2.草木枝茎。

（作者为江西省作家协会会员，文学"烟雨四友"之一）

四美具 二难并
——浅谈《爱过》之美

万小璜

　　初识华清先生是因工作关系，熟悉他是作协的凝聚，深交他是近年来更多的文学交往与人生探讨，真正走进他的心灵并且骤然喜欢与仰慕他，则是读过他这部洋洋洒洒、跌宕起伏、扣人心弦，直击灵魂又充满悲欢离合、大爱情怀和初心使命的长篇小说《爱过》。5月4日收到赠书，一直想静下心来认真拜读。却因冗沉事务，紧巴的日子，挤不出时间。直至获悉5月19日县作协将举办作品研讨会，突然觉得惭愧与紧迫。作为被其看得上的好兄弟、好战友，又作为他间接的领导，于公于私，都想参加。一则想倾听各位文学大咖的精彩交流，增益自己；一则想表达对华清同志的友谊、尊重与崇拜。便恓恓惶惶挤出晚上时间开始阅读。

　　得闲时也喜欢读读书，但缺点是定力不足，许多书籍浅尝辄止，浏览居多。特别是小说类书籍多半看个开头与结尾，或是一目十行扫个梗概，便放入书架，任其静待岁月。翻开《爱过》，我却立即被该书的情节与语言、矛盾与悬念所深深吸引，被爱与恨、家与国、善良与丑恶、悲情与孤独、初心与正义所深深感动。奇迹般连续两个深夜读完。掩卷沉思，牢牢吸引我的是《爱过》之美。

悲情中的孤独之美

毋庸置疑，主人公柯剑的情感历程是充满坎坷充满悲情的。因爱窒息，因爱泪流，因爱遍体鳞伤。一块冰清玉洁的玉，一块至刚至润的玉，被无形之手任性地剑劈刀砍。

尽管事业一路朝阳，情感却在阴霾里挣扎失落。走进主人公柯剑生命中的三个重要女人的人生也是充满悲情的。结发妻子夏云风情万种，尽管相识于一场策划和交易性偶然事件，但也的确是一见钟情的真爱。本可以知心知性，相濡以沫白头偕老，却因无端的猜忌，犯了许多以爱之名为男人上枷锁的傻女人共同的错误，这是一种现实观照，让美好的婚姻变成了"吃甘蔗，开始是甜的，到后来变成了一堆碎渣"。夏云既是悲剧的制造者，同时也是一个悲剧人物。

红颜知己晓茵，曾经也有过不幸的婚姻，悲就悲在上天为她开了另一扇窗，却让这扇窗染上凄美之色，红颜薄命，香消玉殒。读着读着，深感世事无常。历经思念、顾盼，历经抗争与希望，跨越时空的异地恋终成一场虚幻，终成永久的怀念。悲之、哀之。泪目。

柯剑真正意义上的再婚妻子贾梅，有晓茵之美，却无晓茵之品，同夏云之猜忌，却更甚夏云之做派，更加不懂爱情，不懂底线，不懂男人，不懂爱。尽管同样深爱同一个男人，但结局注定更加悲惨，遭人唾弃，更是一个悲剧人物。

同时，亦师亦友，无私关怀、默默关注主人公柯剑的好兄长严波走了；敬之以恩情、痛之于自毁的大舅哥夏东也走了。孤独之感蚀骨噬心，痛绞灵魂。让人为之恻隐。

我大胆地猜测，此种孤独写尽，一定是对人间悲喜有着深刻洞察。作为华清的同志加友人，我甚至觉得，他是对自身或者身边人的某种代入。让孤独成美，让读者不自觉对号，这是作品成功的地方。正如主人公柯剑历经悲欢离合后的觉悟与慨叹："人生的遇见，其实也不容易，初恋的丽丽是用来欣赏的，情深意切的晓茵是用来怀念的，带刺的玫瑰夏云是用来成长的，风姿绰约的贾梅是用来遗忘的。"有哲理诗言：所有过往皆为序章，你吃过的苦，到最后都会变成"光"。欣赏也罢，怀念也罢，成长也罢，遗忘也罢，我从书中读到了孤独是天地留给一切高贵生命的终极之美。

跌宕中的构思之美

我始终固执地认为，小说的生命力在于主题的深度和广度，小说的吸引力在于悬念与诱惑，引人入胜是长篇小说必须牢牢掌控的必要构件。否则，必然丢失如我般无耐心的读者群。《爱过》全书五十一章，我把它们比作 51 个糖葫芦。有冰糖葫芦，有蜜糖葫芦，有酸葫芦，有辣葫芦，甚至有苦葫芦，有涩葫芦。但它们都是好吃的，能极大刺激唾液分泌，令人口水直流。我舔了一口就想吃一只，吃完上一只，立马又想吃下一只。每个章节都在冲突中诱惑我的猎奇心。当然，51 个糖葫芦又不是孤立的，不是割裂的，它们以柯剑的情感线为竹签牢牢串起每个糖葫芦，一步一步相辅相成，一环扣一环美丽展开。

细节中的艺术之美

尽管阅读得比较匆忙，但还是深刻感受到作者对细节的描写细致入微，对人性的把握入木三分。主人公柯剑的许多心理独白一定是作者感同身受的灵感，一定是充满真情大爱的流淌，令我在许多地方读着读着就眼中起雾心中起澜，风也潇潇雨也潇潇。足见作者用情之深。许多故事情节娓娓道来，佳人一颦一笑，争吵时一怒一怼，犹如书中若干个案事件抽丝剥茧，增一句太多，减一句太少，足见作者实力雄厚。书中适当寓诗于情，恰到好处。我不懂诗，但特喜欢那些诗句，有情意，有血肉，有浪漫，有遐想。轻灵空灵，荡人心扉。足见作者才华横溢。就连许多名字都是十分考究的，用意很深。诚如作者在后记中所述，把主人公起名柯剑的寓意；师傅严波，严师出高徒，主人公柯剑一步步成长至大队长，有严波这位良师益友和伯乐。夏东，东同冬音，冰火两重天，两面人。夏云，夏天的云朵，忽而美丽温柔，忽而阴沉狂暴。贾梅，贾通假，梅，迷失。终是一场凄美的梦，梦醒成假成空成幻。晓茵，名字最美，人最美，心最美，情最美，终是顶不过世事无常，成了永久的怀念。若此种种，足见作者创作的考究。增添了细节之趣、细节之美。

大爱中的初心之美

身为一名人民警察警营作家，无时无刻不在彰显正确价值取向和人民警察保护人民、打击犯罪、维护正义的英勇善战与英雄气概。作为情感类小说，兼顾社会正义与正能量，宣扬一心为公、无惧风雨的优秀品质，言情与言志两者得兼相得益彰，可称得上不同的"二难并"，令《爱过》远高于常见的都市言情小说，更加凸显了小说的时代价值。作者也毫不隐晦写到了邵董这个人民警察中的害群之马，佐证了一个充满正能量满怀善意的作家必然具有的社会责任感和不偏不倚的辩证思维。从来瑕不掩瑜，更加体现了实事求是精神，使得作品在弘扬主旋律过程中丝毫没有矫揉造作之感。读完佳作，境界之美，又催人奋进。

四美具，二难并。深情《爱过》，期待能在影视中再观看。

（作者为江西省作家协会会员，有《遇见一湖清水》《十里荷花香》《静悄悄的夜》等多篇散文获征文奖）

追风逐梦人

付美桂

　　我对黄华清的印象，估计与大多数认识他的人了解的一样，不外乎两点：一是他能够坚守着初心，做他热爱的有正能量的事，譬如宣传；二是人很勤奋努力，坚守着寂寞与孤独，几乎可以把自己的能量发挥到极致。

　　我任职政工监督室主任那段时日，可以说，黄华清每年对外宣传的稿件触目皆是。他先是在九江公安宣传方面站稳了脚跟，刊登稿件的数量遥遥领先，赢来了宣传处领导的注目。2006 年，黄华清因宣传工作特别突出被九江市公安局宣传处记个人三等功，后来居然引起了省公安厅宣传处的关注。他先后两次被省公安厅宣传处抽调，参与全省民警立功受奖稿件的整理与筛选工作，得到了省厅领导的好评。紧接着，2011 年、2012 年被《现代世界警察》《派出所工作》杂志社评选为全国优秀通讯员，他又作为江西省四位获奖代表之一参加了在福建省福州市举办的颁奖大会。2013 年《人民公安报》副刊部年终特别策划，以稿件在副刊发稿数量评定全国十位优秀字警，黄华清荣登全国前四，"个人创作谈"刊登在 2013 年 12 月 13 日《人民公安报》上。2020 年 11 月，全国公安文联与鲁迅文学院联合举办作家研修班，他是全国仅 50 人入选的研修班的一员。

　　他取得了一个又一个成绩，我为他高兴的同时，也曾把他的事迹投稿刊发在《人民公安报·剑兰周刊》的"原色"版面。这对他来说，是极大的鼓舞。为他人"做嫁衣"写宣传稿件只是他的业余爱好，他还要干他的本职工作，因此只能利用空余时间填充自己的爱好。他也从未因自己的爱好而影响本职工作，真正做到了"工作、爱好两不误"。

他就这样不知疲倦地在宣传道路上越走越远，成效自然越来越大。他还利用业余时间搞文学创作，几十万字的散文、小说发表在全国文学期刊上。2014年，他创作的散文集《警歌飞扬》出版；2023年他创作的涉警题材的长篇小说《爱过》由中国言实出版社出版。据我了解，近20年来，他发表在《人民公安报》的稿件多达300余篇，其中有一年竟然有31篇。千字以上的散文、随笔、人物特写等各类稿件120多篇。这些年宣传都昌县的警界人物达100余人，其中发在《人民公安报》人物版面的有15人，发在《新法制报》特别关注版面的有11人。这些优秀人物当中，有被县委、县政府和县公安局评定的工作典范，有被评为全国、省、市优秀人民警察，还有被公安部追记一等功臣的。

一路风光的背后，也有他的苦和累。多少个夜晚，无论酷暑还是严冬，别人沉浸在温馨的梦乡里，而他依然精神抖擞，坚持写作。他把太多的时间都花在写作与阅读上，虽然年已半百，但仍像一条老黄牛，继续奔跑在他热爱的事业和兴趣爱好的旅途中。他说，在宣传工作中"为他人做嫁衣"是他最幸福快乐的事。

成熟的稻穗低着头。黄华清现为中国作家协会会员，却仍保持着那份纯洁的初心，为人处世谦虚谨慎，不骄不躁，待人真诚。

他在寂寞孤独中领略着大自然的恩赐与美妙，是一位敢于追风逐梦的人。西哲说："世界上最强的人，也就是最孤独的人。只有伟大的人，才能在孤独寂寞中完成他的使命。"他并不伟大，或者说，是我们平凡人中的一员，但他孜孜不倦坚持着初心写作，值得敬佩。

（付美桂，女，为作者领导和同事）

等待的幸福

晴格格

再不转身，我害怕自己被泪水淹没；再不转身，我担心你无法离去。爱太深，容易看见伤痕；情太深，所以难舍难分。自古多情恨离别，我恨无情的列车，我叹离别的站台，甚至觉得我为你送行也许是个错误的决定……

当我转身走出站台的时候，我已是泪雨滂沱，过往甜蜜的片段，此刻如同电影银幕的画面展现在眼前……因为网易，我们相遇；因为密码事件，我们相知、相惜；因为五百年前的回眸，我们相恋。

还记得吗？我们初次见面是在那座被人誉为英雄城城市的飞机场。当我出现在机场出口，一袭黑色长衫向你走去的时候，你的眼神告诉我，我就是你今生要寻找的梦中天使。接下来，一切都是那么自然地发生了……你神秘兮兮地对我说："宝贝！你的美无法让人克制但也要坚守底线。"我听后就笑着骂你道貌岸然。你接着话锋一转坦然地说，情到深处互相懂得，就要学会原谅！你满满的诚恳我悉数收下。从此，我的心里装下了你，今生已经无法离开你。

念你是一种美丽的习惯，醉人的甜蜜；想你是一种幸福的忧伤，莫名的心跳，是种苦涩的期待。缘分的天空下，我们共同呼吸。无论身置何方，我心里总有一块属于你的圣地。人世间最宝贵的莫过于相知相爱，也许相爱更需要考验吧！爱如果没有波折，怎能变得刻骨铭心？也许是上苍的安排，注定要我们分离，让我们彼此时时牵挂。时光匆匆流逝，抹不去是相思的记忆，我们相互眷恋着，渴望有朝一日能够再一次重逢，剪烛西窗，细说别后相思。

几个月之后，你千里迢迢来到我所在的广州城。你傻傻地笑着说，广州是个繁华人间，像做梦一样。为了验证我当初的预言，证明这一切不是梦，我带着你再一次来到网易客服中心，我们走进了"棒！约翰"，享受着西餐厅带来的那份温馨与浪漫；为了让你体验国际化大都市的现代文明与发达，我陪你乘地铁，逛了有着"亚洲之最"美誉的综合性商场——正佳广场；我们还来到了南都最有代表性的商业街——北京路步行街，参观了地下古城墙。看着古老的街上挂满的红灯笼，我高兴得像个孩子似的掏出手机，拍下了红灯笼下潇洒的你的样子。

粤菜比较清淡，担心你不习惯，我亲自下厨为你烧了几道菜，看着你吃得那么香，我暗自对自己说，今生我一定要做你的厨娘！我们喝剩的那瓶红酒，我会为你珍藏，期待流火的七月，我们再次重逢，到时我一定又会为你把杯斟满。

我们在一起的点点滴滴，都已成浪漫的甜蜜回忆，我的心里为此飘落起绵绵的相思雨。你说我是清澈的湖水，你是水里游来游去的那条鱼，我的生命和你紧紧在一起，生生世世也不分离，我用眼泪酿成湖水，仿佛真的和你相拥在一起相偎相依，我们共同风雨。

相知、相恋，有时会在一霎那产生。既然有爱，想要忘记，也许要用一生的时间，所以我不想耗费我一生的时间来忘记。我想，既然我们有缘相遇，一定不会擦肩而过。你我曾经沧海，未来的路也许布满荆棘，宝贝，请你一定记住，那个美丽的午夜，我们执子之手的约定。请你相信缘分的天空下，桃花盛开的季节，我依然在爱的路上等你！

寂静的夜晚，顺着月光温柔的痕迹，透过清澈的玻璃窗外，深邃的蓝天下，你我牵手走向我们的林荫小道……仿佛你笑着向我走来，我忽然感到嘴里有种咸咸的感觉，那就是幸福的泪花吧。就让这幸福的泪花化为相思雨濡湿千里之外的你吧……

爱你，是种幸福的流泪；爱你，是种等待的幸福！

才情华清

咸济

与华清兄相近数年，竟不知相近之所因。想想，肯定不是文学，文学只是相近之缘。

应该也不仅是于我友好。与人交好我从不被动，不是人待我好，我就待人以好，还要其本身好，让人尊让人喜。

也并非纯理性交往。理性交往须以意识主导，如与志敏先生，我须得志敏兄异常的率直，时不时地对我冷水泼脸，让我不至于被世情被自己惯坏……

近日读华清散文，方得答案，与华清兄的世间缘分，原来出自其情感的真切，以及这份真切情感之上长出的真切才气——名曰才情。

华清的情感散文，无论是"亲情篇"，还是"爱情篇""友情篇"，汩汩流淌的，尽是淋漓的真元之气。奶奶的亲情，构成了华清的人格基调；一路生生灭灭的爱情，写照着华清跌宕的生姿；印象最深的，当是华清于乡下工作时对一口井的态度，"每逢刮风下大雨，为了不影响水质，我便早早地将井盖合上"，以便村民的用水能保清澈。

这是一个对所处世界，可以好得起的人。

此人是怀着爱的愿想，来到人间。因而他的文字，总是如一股股暖流，让一颗颗心瞬间柔软。

我将其视为一种文学气质。文学气质，当下可是稀罕品，现今的一些"文学"，宽泛无边，宽泛到了可以不要灵性，无须真切——文字立不住作者的基本性情。更无从说气质。

华清的真情，于文字中获得释放。华清的散文与小说，仅《人民公安报》文学副刊就登载了百余篇；有的文章还获醒目位置刊发，如《散文选刊》《人民日报（海外版）》；一些情感散文如《生如夏花》《在岁月的皱褶里行走》，被广泛荐读，转载……

华清的才情得到了认可。华清因写作荣记三等功；散文集《警歌飞扬》、长篇小说《爱过》先后出版，受到好评；被选派到文学界最高学府鲁迅文学院进修；成了中国作家协会大家庭的一员……

华清情真、意朗，如赤子随母啼笑。狄德罗有言，"情感淡薄，使人平庸"。的确，华清的重情，让生命展现出不同寻常的色彩。但，世间法是有漏的，重情，也让华清遭遇另一处境，生活的一地鸡毛。

这也许是华清应该承受的。华清念情、怀旧，放不下过往，虽然处于新的婚姻，却一路累加着曾经的情感包袱，怀念、负疚、担心。对儿女更是。让人感觉，华清是一个婚姻装不下的男人。

华清于情敏感，加之急切，易将情感演绎成情绪。情绪会伤人，加上有才气，伤人能入骨三分。华清待人的好，常常一拂帚，被自己扫落下山……

离文字的江湖日久，不再写市面上的文章。也许缘于自己也是真切，真切地疼痛着这样一种疼痛，遂写下这段文字，记下这样一个真切呼吸的男人，仰天高歌，跌跌撞撞，在人间走过。

（咸济又名李志强，为江西省作家协会会员，已出版文集《月落乌啼》《咸济酒话》等）